KB142800

남원성

남원성

역사소설

고형권

구름바다

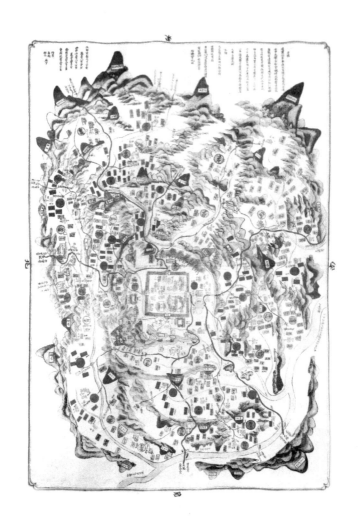

남원부 고지도

(남원 향토박물관 소장)

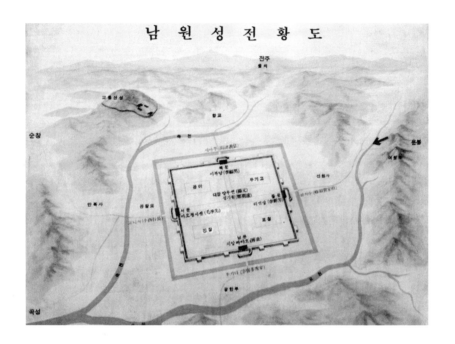

남원성 전황도

(남원 만인의총 소장)

남원성 (南原城)

사적 제 298호
전라북도 남원시 동충동

통일신라시대에 남원에는 지방 행정 중심인 소경(小京)이 자리하였으며 그에 따른 성곽이 있었다. 조선 초기에 중국식 읍성을 본 따 네모반듯한 모양으로 성을 고쳐 쌓았다. 규모는 2.5km 가량의 둘레에 높이 4m 정도였으며, 사방에 문을 두었고 성안에는 71개의 우물과 샘이 있었다. 정유재란(1597)에 이곳에서 민관군이 합세하여 오만 육천여 왜군의 공격을 받아 치열한 전투를 벌였다. 성은 함락되었고 만여 명에 달하는 성안의 주민과 관군이 장렬히 전사하였다. 전투 중 대부분의 건물이 불타고 민가 몇 채만 남았다고 하니 당시의 참화를 짐작할 수 있다. 시련과 좌절을 딛고 선 조상들의 기상을 간직해 온 남원성은 동학혁명과 전라선 철도 개설 등으로 많이 허물어졌는데, 최근에 일부를 복원하였다.

작가의 말

그해 여름과 가을, 나는 남원을 서성거렸다. 남원 내성에 앉아 성벽에 얼굴을 대고 그 차가운 소리에 귀를 기울였다. 피맺힌 소리가 들렸다. 내일 죽음을 앞둔 사람들의 외침이었다. 올 봄, 나는 광주에 갔다. 도청 계단을 올라 이층에서 금남로를 내려다보았다. 서늘한 시멘트벽에 얼굴을 대고 그날의 소리를 들었다. 당장 죽음을 앞둔 그 마지막 절규가 남원성벽에서처럼 사무치는 소리로 들렸다.

남원성과 광주 도청에서 사방으로 포위된 민초들이 꾸었던 꿈은 무엇일까? 설사 내일 당장 전부가 죽더라도 그 자리를 지켜야 했던 꿈은 무엇일까? 그들은 어떤 세상을 살았을까? 무엇이 그 어린 아이들을, 그 노인들을, 그 여인들을, 그 청년들을 그 자리에 있게 했을까? 나는 그 소리를 쓰고 싶었다.

나는 죽음조차도 차마 갈라놓지 못한 사랑이야기를 쓰고 싶었다. 단한 명도 살려고 하지 않은 그 남원성 싸움의 진실을 쓰고 싶었다. 멀리 일본 땅에서 코가 잘려 원혼으로 떠돌고 있는 그 소리를 쓰고 싶었다. 선조가 아니라, 이순신이 아니라, 이몽학이나 정여립이 아니라, 한물과 수련, 백이, 초희, 소석의 이야기를 쓰고 싶었다. 영웅의 이야기가 아니고, 백정의 아들 이야기를 쓰고 싶었다. 이순신의 명량이 아니라, 그때 노를 저었던 그 명량의 객군들의 이야기를 하고 싶었다. 관군들의 이야기가 아닌 남원성을 지킨 그들의 이야기를 쓰고 싶었다. 왜군에게 잃어버린 남원성의 승리를 복원하고 싶었다. 찬란한 그 하루의 승리를 쓰고 싶었다. 그들이 꿈꾼 세상을 그리고 싶었다.

나의 소설은 그런 의문을 가지고 시작되었다. 왜 한 명도 살지 못했을까? 전부 죽인 건가? 아니면 전부 죽은 건가? 역사적인 기록에 따르면 성이 함락된 날짜가 하루 차이가 나는데 왜 그럴까? 16일인가? 17일인가? 만일 17일이라면 왜 하루 차이가 있고, 왜 누구는 이 하루를 숨기고 싶어 했을까? 이런 의문으로 소설을 쓰기 시작했다.

　소설은 허구다. 역사적인 사실을 근거로 했으나 소설은 소설일 뿐 나는 역사학자가 아니다. 나는 역사를 기록하고자 하지 않았다. 그러니 책임도 나에게는 없다. 허구의 인물이 내 소설의 주인공이다. 나는 대중소설을 쓰고 싶었다. 쉽게 읽히는 소설을 쓰고 싶었다. 그러다보니 스토리에 매몰되어 소설의 완성도는 떨어지고 부끄러운 작품이 나오고 말았다. 굳이 변명하자면 이 소설은 완성작이 아니다. 전편이 있다. 한물과 수련 그리고 강대길이 남원성에 오기까지, 금아와 초희가 이날 남원성에 오기까지, 비연과 바우가 전국을 떠돌다 여기에 오기까지, 백이와 마야가 어떻게 남원성에 왔는지의 이야기가 아직 써지지 않았다. 이 모든 이들이 우연히 남원성에 모여 치른 일주일간의 이야기가 이 소설이다. 나는 앞으로 이들의 살아온 이야기도 소설로 쓰려고 한다.

　나는 이 소설을 이런 분들에게 바치고 싶다.

　"순결하지 않을지라도 결코 빛나지 않을지라도 흔하고 너른 들풀과 어우러져 거침없이 피어나는 민들레"

　남원성의 그 숱한 민들레꽃들에게 이 소설을 바친다. 다시 그 원혼들이 남원으로 돌아오기를 기원한다.

2018년 추석 즈음 고형권

남원성

차 례

「 작가의 말 」

1장. 피비린내

2장. 아오키의 용

3장. 입성

4장. 민심은 천심

5장. 침략회의

6장. 인연

7장. 복수

8장. 공포

9장. 여인골

10장. 대결

11장. 전령

12장. 공격과 수비

13장. 도화선

14장. 희망

15장. 역적

16장. 첩자

17장. 함락

18장. 저승길

19장. 어긋난 꿈

20장. 지옥도

− 에필로그

「 작가 후기 」

1장. 피비린내

정유년 팔월 열하루 인시 삼경 무렵, 교룡산성

"써-꾹, 써-꾹, 써-꾹"

소쩍새 울음소리가 세 번 울렸다. 구름 뒤에 숨어있던 달이 다급하게 뛰어나왔다. 순간 어둠이 걷히면서 한물의 모습이 달빛을 받아 드러났다. 만월에서 몇 치 부족한 달이 떠오르자 낮인 듯 사위가 밝아졌다. 달이 가장 커진다는 추석이 코밑이다. 한물은 차고 있는 환도가 부르르 떨리는 진동을 느낀다. 이제 두 번째 피비린내를 볼 때가 온 것이다.

소쩍새는 이미 남쪽으로 날아 간 지 오래다. 소쩍새 울음소리는 내년 봄에나 다시 들을 수 있을 터이다. 이는 필시 규슈에서 출동한 와키자카 정찰부대의 신호 소리임에 분명하다. 규슈에는 지금도 소쩍새가 울고 있을 것이다.

1한물은 다시 미소를 지었다.

'그래, 이리로 올 줄 알았다. 예상대로 된 것이다.'

교룡산성에 주둔한 관군과 남원부 백성들은 부총병 양원의 명에 따라 남원성으로 철수했다. 교룡산성은 공식적으로는 비어있어야 했다. 그러나 처영이 이끄는 의승병과 남원의 대방계원들은 교룡산성을 지키기로 비밀리에 결의하고 남아 있었다. 왜군의 간자는 어디에나 있었다. 일만 명에 이르는 명군과 관군 그리고 의병과 남원 인근 백성들이 교룡산성에서 나와 남원성으로 이동하는 것을 왜군의 간자가 놓쳤을 리가 없다.

다시 사방이 칠흑 같은 어둠으로 들어갔다. 한물은 교룡산성 북쪽, 심마니들이 즐겨 다니는 산길 정상 부근 바위 위에서 어둠에 쌓인 아래쪽을 응시하고 있다. 이 길은 경사가 심하고 바위투성이 길에다가 잡목이 빽빽해서 인적이 드문 길이다. 노루도 뛰어다니길 꺼려하는 길이다. 그래서 몇몇 심마니들만이 이 길을 알고 있다. 계곡을 따라 겨우 한 사람이 지나게 난 길을 한숨 돌리고 정상에 다 올라올 즈음 넓은 공터에 이른다. 그 밑에 결사대 네 명이 매복을 나가 있다.

띠돈매기를 한 환도의 칼집 끝이 눈앞에 어른거리고 어깨 밑으로 양마(코등이)의 튀어나온 굴곡이 느껴진다. 하필 이때 한물은 수련이 떠올랐다. 수련이 건네준 숫깍지(활을 쏠 때 엄지손가락에 끼우는 가락지)를 이미 손가락에 끼우고 있는 것이다. 상아로 만든 숫깍지에는 蓮(연)이 음각되어 있다. 한물의 칼이 피비린내를 기억해 낸 모양이다. 칼이 조용히 찌르르 운다.

*

한물이 처음으로 사람의 피비린내를 마주한 것은 임진년 이듬해인 계사년 칠월 운봉 전투였다. 수도 없이 목검으로 목을 베고 허리를 내리치기는 했지만 실상 진검으로는 개 한 마리 죽여 본 적이 없었다. 가끔 화살로 노루를 사냥했을 뿐이다. 왜군은 임진년 개전 이후 조선 팔도를 분탕질하기는 했지만 남원 땅에는 들어오지 못했었다. 처영 스님이 이끄는 의승군의 일원이었던 한물은 권율장군의 명령으로 운봉으로 이동하였고 이때 처음 왜군과 마주쳤다. 진주성을 함락시키고 전라도 쪽으로 넘어온 고니시 휘하 왜적들이었다.

왜군은 고깔 모양의 투구를 썼고 화약 냄새를 풍기고 다녔다. 그중 장군은 뿔 모양의 투구에 울긋불긋한 갑옷을 입고 각반을 찼는데 멀리서 봐도 빛이 났다. 왜군은 만장을 하늘하늘 휘날리면서 몰려 다녔다. 마치 굿을 하는 무당과 같이 화려했다. 왜군은 날라리 같은 나발을 불고 다녔고 목탁소리가 흘러나왔다. 가끔씩 허공을 향해 조총을 쏘아 대기도 했다. 갑주에 달린 철편 비늘이 철렁거리는 소리가 십리를 넘어 달려왔다.

안개 속에서 한물이 왜군과 처음으로 마주쳤다. 왜군은 거리낌 없이 달려왔다. 왜군은 죽음에 대한 두려움이 없어 보였다. 조총 소리는 천둥이 치는 듯했다. 조총은 방패를 뚫고 들어와 갑주마저 뚫고 살에 박혔다. 조총 알은 총통환보다 작았지만 위력은 좋았다. 삼열로 늘어서서 차례차례 조총을 발사하면 조선의 기마병과 보병은 보이지도 않는 총알에 픽픽 쓰러졌다.

그러나 조총은 시야가 좋지 않으면 발사할 수 없었다. 천우신조일까? 그날은 안개가 자욱해서 왜군과 한물은 칼을 빼어 들고 싸울 수밖에 없었다. 왜군의 칼은 환도보다 더 구부러져 있고 날카로웠다. 그 중에는 쌍수도를 쓰는 왜군도 있었다. 왜군은 마치 종교의식을 치르듯이 몰려왔다. 무심한 듯 초점 없는 눈이 번들거렸고 겁이 없었다. 한물은 그 눈이 두려웠다.

한물은 사방진으로 숨어 들어갔다. 혼자 칼을 들고 설 때의 두려움이 진 안에 있으면 없어져서 좋았다. 한물은 북쪽 진에서 시작하여 회전하면서 습격해오는 왜군의 칼을 쳐내기도 하고 피하기도 하고 베기도 했다. 첫 번째 왜군의 칼이 무심하게 일직선으로 찔러들어 왔다. 몸을 비틀 수도 없고 피하기도 어려웠다. 본능적으로 한물의 칼이 마중을 나갔다. 두 칼의 금속이 서로 부딪히며 내는 '쨍―' 소리가 칼자루에 전해지고 이내 왜군의 거친 숨소리와 화약 냄새가 훅 불어왔다. 비릿한 바다 냄새가 실려 왔다. 두 번째 왜군의 칼이 날카롭게 찔러왔다.

한물의 눈에는 적의 동작이 그려졌다. 왜군의 움찔하는 어깨선을 보면 칼이 어느 쪽으로 움직이려 하는지 읽혀졌다. 머리 위로 들어졌던 칼은 이내 한물의 가슴을 정통으로 찔러왔다. 방어는 없었다. 한물이 피하기만 하면 왜군은 무방비로 노출될 것이다. 그러나 피할 수 있는 방위가 없었다.

한물의 칼은 그대로 왜군의 칼을 맞받아 제치고 심장을 정통으로 찔러갔다. 칼끝이 갑주를 뚫고 살을 지나면서 물컹거렸고 이내 뼈에 닿아 비켜나듯 살에 박혔다. 칼이 뼈에 박히는 소리가 들렸다. 왜군의 투구가 한물의 머리 위에 걸쳐졌고 왜군의 신음이 들렸다. 그 마지막 떨림이 그대로 칼자루에 전해졌다. 칼은 빠지지 않았다. 왜군의 몸이 칼을 꽉 붙잡고 있었다. 이윽고 신음이 그치자 한물은 칼을 비틀어 뽑아냈다. 왜군의 심장에서 피가 뿜어져 나와 한물의 뺨에 쏟아졌다. 불에 댄 듯 뜨끔했다. 살았다는 안도의 한숨이 끙 소리로 베어 나왔다.

또 한 명의 왜군이 달려왔다. 덩치가 한물의 두 배였다. 물소 뿔 모양의 투구를 썼는데 갑옷을 입지 않고 띠만 걸친 채 무릎까지 두꺼운 각반을 찼다. 거의 맨몸뚱이였는데 큰 고릴라 같았다.

한물은 순간 얼어붙었고 두려웠다. 왜군은 얼굴에 붉은 칠을 해서 마치 야차와 같았다. 붉은 칠을 한 것인지 조선군의 피인지 알 수 없었다. 땅이 쿵쿵 울리며 달려오는 소리가 들렸다. 왜군은 도리깨 모양의 철퇴를 휘둘렀다. 연신 조선군의 머리통이 투구채로 뭉개지는 것이 보였다. 땅울림과 함께 철퇴가 한물의 머리통으로 날아왔다.

한물은 엉겁결에 방패로 막았다. 방패는 깨어졌고 뜨거움이 머리에 전해졌다. 한물은 땅바닥에 널브러졌다. 순간적으로 사방진이 깨진 것이다. 머리에서 뜨거운 액체가 뺨으로 흘렀다. 하늘이 노래지고 머리가 띵했다. 다시 철퇴가 머리통으로 날아왔다. 가까스로 철퇴는 빈 땅을 때리고 황토가 한물의 머리에 뿌려졌다. 한물은 벌떡 일어서서 환도를 잡았다. 거리를 두어서는 안 된다는 생각이 본능처럼 지나갔다.

왜군의 철퇴를 든 손이 뒤로 재껴지는 것이 보였다. 한물은 나는 듯이 왜군 쪽으로 한 바퀴 몸을 굴렸다. 왜군의 부릅뜬 눈이 위에서 한물을 내려다보고 있었다.

"어 어"

당황한 기색이 역력했다. 한물의 칼이 날아올라 왜군의 목을 수직으로 찔러갔다. 칼은 목을 뚫고 목뼈를 비집고 나왔다. 피가 분수처럼 뿜어져 한물에게 쏟아졌다. 왜군의 둔중한 몸이 한물에게 그대로 넘어졌다.

한물은 나중에야 자신이 벤 왜군 장수가 고니시 부대의 '검은 야차'라는 별명을 가진 유구(오키나와) 출신의 왜군 선봉장이라는 말을 들었다. '검은 야차'가 나고야에 보낸 수령장에는 조선군 귀의 숫자가 일천오백삼십 장이라고 쓰여 있었다. 또한 그는 계사년 진주성 싸움에서 난공불락이던 진주성의 서문을 처음으로 돌파한 일등 선봉장이라고 했다. 고니시는 '검은 야차'를 죽인 조선군을 반드시 생포하라고 명령을 내렸다고 했다. 자신의 손으로 목을 베어 '검은 야차'의 원혼을 달랜다고도 했다.

한물은 그날 처음으로 피 맛을 보았다. 피는 뜨거웠고 끈적끈적하고 짭짤한 맛이었다. 한물은 이 날 두 명의 왜군을 찌르고 세 명의 왜군을 베었다. 전투가 끝났을 때 한물의 오른발 각반에 왜군의 단도가 박혀있는 것을 발견했다. 한 자 가량 되는 단도였다. 언제 박혔는지도 몰랐다. 단도를 뽑아들자 거기에서도 피가 뭉글뭉글 배어 나왔다. 단도의 칼자루에는 丹心(단심)이라고 적혀있었다. 왜군의 정인이 적은 것이리라. 칼날의 피를 소매로 닦았다. 기다리던 정인은 영원히 돌아가지 못한다. 단도를 주머니에 담았다. 수련이 떠올랐다.

운봉 전투가 끝나고 남원으로 돌아오는 길에 한물은 길가에 널브러진 많은 주검을 만났다. 귀가 베어진 주검들이었다. 어린애의 허리가 베어지고 그 옆에 어미의 주검이 있었다. 피가 배어 나와 검게 땅을 물들였다. 피는 선짓국의 선지처럼 물컹거렸다. 피가 황토와 쉽게 섞이지 못했다. 아니 피가 땅으로 돌아가는 것을 거부하는 듯했다.

"우웩"

한물은 비로소 비린내에 못 이겨 뱃속에 있는 물질을 토해내기 시작했다. 피비린내가 내장 속을 헤집고 다녀 울렁거리는 속을 참을 수가 없었다.

*

"우우웅–, 우후웅–, 웅–" "우우웅–"

올빼미가 운다. 열 명이 지나간다는 신호다. 왜군 정찰대가 정상에 도달했다. 매복 나가 있는 소석이 보내온 신호다. 소석은 짱돌처럼 몸이 작았지만 다부지고 날쌨다. 산에 들라치면 축지법을 쓰듯이 날아다녔다. 한물은 입이 바짝 마르는 것을 느낀다. 몸이 살짝 떨려온다. 아직도 사람의 피비린내가 익숙하지 않다. 다시 사년 만에 왜군과 마주서게 된 것이다.

한물은 동개에서 편전을 한 대 뽑았다. 동개에는 편전 이십 대와 유엽전 열 대가 들어있다. 왜군은 인적이 드믄 북쪽 산길로 정찰대를 교룡산성에 들여보내서 간자의 보고대로 산성이 비어있다면 동쪽에서 산성으로 난 길을 통해 재빨리 산성을 점령하려고 하는 것이다. 새삼 처영의 혜안에 감탄하지 않을 수 없었다. 처영은 왜군이 반드시 남원성을 치기 전에 교룡산성을 먼저 공격할 것이며 그날이 오늘이 될 것이니 북쪽 계곡에 매복하고 있다가 왜군 정찰대를 맞이하라고 지시했다. 처영이 이끄는 의승군 본대는 이미 교룡산성에 이르는 동쪽 계곡 주능선에 매복하고 있을 것이다.

한물은 통아에 편전을 한 대 메기고 숫깍지로 활시위를 살짝 당겨 보았다. 팽팽한 느낌이 팔에 전해져온다.

"쉿"

왜군 정찰대의 선두에선 조선인이 숨을 죽였다. 왜군 정찰대는 발에 노루가죽으로 만든 덧신을 신어 소리를 죽여서 신속히 계곡을 오르고 있었다. 정찰대는 심지어 조총도 거치적거려 무장하지 않고 왜도와 활만 착용한 상태였다. 맨 앞에는 조선인 향도가 길을 잡아나갔다. 이 길을 통해 잽싸게 교룡산성에 들어가서 산성 안의 상태를 살핀 후에 효시를 쏘아 올리면 정찰대의 역할은 끝나는 것이다.

산 아래에서 교룡산성에 이르는 길은 얼추 한 시진이면 족할 길이다. 그러나 달이 구름을 비켜나올 때는 낮과 같이 밝아져서 잠시 엎드려 있다가 다시 달이 구름 속에 들어가 어두워지면 이동하다보니 다소 시간이 지체되었다. 계곡길이어서인지 달이 뜨더라도 정찰대가 노출되지는 않았다.

"今だ来たん.(이제 다 왔소.)"

다시 조선인 향도가 나지막이 말했다. 정상에 거의 다 올랐다. 산성과의 사이에는 겨우 한 마장 정도의 개활지만 남아 있을 뿐이다. 개활지만 재빠르게 이동하면 끝이다. 조선인 향도가 수신호로 자세를 낮추라고 신호를 하고 왜군 정찰대는 서서히 개활지로 들어왔다.

한물은 어둠 속에서도 뭔가 개활지로 들어오는 것을 감으로 알아차렸다. 물론 매복하고 있는 결사대 또한 스멀거리며 지나가는 왜군 정찰대의 담배 냄새까지 이미 맡은 것이다. 열 명이 개활지로 들어가는 것을 확인했다. 이제 왜군 정찰대의 퇴로는 막힌 것이다. 독 안에 든 쥐가 되었다. 한물의 활 솜씨는 반 마장 안이라면 설사 까치라도 무사하지 못한다. 한물은 눈 깜빡할 찰나에 편전을 한 대 날리고 다시 한 대를 장전할 수 있다. 열 명은 한물 혼자서도 처치가 가능하다. 하물며 결사대까지 화살을 날리면 결과는 빤한 것이다.

왜군 정찰대의 후미가 개활지에 들어선 순간 달이 구름을 제치고 나왔다. 정찰대는 당황하는 기색이 역력했다. 낮같이 밝아진 개활지에 왜군이 그대로 노출된 것이다. 패대기쳐진 개구리마냥 바닥에 바짝 엎드렸다. 숨이 꼴깍하고 넘어가기를 몇 번, 선두에 엎드렸던 조선인 향도가 고개를 들고 주위를 살피더니 낮은 자세로 서서히 개활지를 가로지르기 시작했다. 동작은 조심스러웠으나 허둥거리고 있었다. 빨리 건너라고 수신호를 보냈다. 정찰대가 개활지 중앙으로 더 깊숙이 들어왔다.

이때 쉭 소리가 나는가 싶더니 왜군 정찰대 선두가 한 명 픽쓰러졌다. 처음에는 돌부리에 걸려 넘어지는 줄 알았다. 그러나 또 한 명이 픽 쓰러지자 왜군정찰대는 비로소 상황을 깨달았다. 어떤 놈은 바닥에 엎드리고, 어떤 놈은 활에 화살을 메기고 어디를 쏘아야 할

지 몰라 하고 있고, 어떤 놈은 무작정 개활지를 벗어나기 위해 달렸다.

퇴로는 이미 네 명의 결사대가 막고서 유엽전을 날리기 시작했다. 산성 앞 바위 위에서는 한물이 편전을 연신 날리고 있었다. 화살은 가슴을 관통했다. 픽픽 쓰러지는 왜군이 늘어났다. 순식간에 열 명 중 달리는 자는 별로 없게 됐다. 개활지를 벗어나서 싸리나무 덩굴로 달아난 자는 없어 보였다.

달이 다시 구름 속으로 들어갔다. 침묵이 계곡과 산성 정상에 가득했다. 화살을 맞은 왜군 신음 소리만이 간간히 들릴 뿐이다. 죽음 같은 침묵이 흐르고 다시 달이 나왔다. 걸음소리가 들리고, 칼날이 휘둘려지는 소리가 들리고, 왜군의 비명소리가 들리기도 하고, "助けてください.(살려주세요.)" 하는 신음 소리가 들리기도 했다. 나직이 관세음보살을 외우는 금아의 음성도 들렸다. 그 찰나에도 피비린내가 진동했다. 사람의 피 냄새는 이다지도 지독한 것이다. 한물은 널브러진 왜군의 주검을 보면서 저절로 미간이 찌푸려졌다.

"한물 성님! 총 아홉 명이요."

초희의 말이 가늘게 떨렸다. 윤 객주 딸 초희는 오늘 처음으로 사람을 죽였다. 백이와 소석 또한 사람을 활로 쏘아 죽여보기가 처음인 것은 마찬가지였다. 백이는 백정의 아들이라 그런지 담담한 편이고 소석도 아비를 도와 의원을 하면서 죽어가는 사람을 많이 보아서인지 애써 담담했다. 금아는 이미 운봉전투에서 한물과 같이 피비린내를 겪었다. 초희는 애써 이를 앙다물고 흥분을 삭이고 있다. 그러나 초희의 몸은 의지와는 다르게 덜덜 떨고 있다. 몸이 말보다 정직

한 모양이다.

"성님! 한 명이 도망갔는디요? 앞잡이 섰던 조선 놈이 보이지 않는디요."

백이가 얼굴을 실룩거리며 말했다.

"내가 고놈 얼굴을 분명히 기억하고 있는디, 쥐새끼 같은 놈일세. 얼굴에 칼자국이 있는 놈인디 이놈이 어디로 튀었다냐?"

백이가 개활지 주변을 뒤지려고 하자 한물이 말했다.

"동생들 그만 두게! 그만 하믄 됐네."

한물이 팔을 저었다.

"나는 산성으로 갈 테니 동생들은 시체를 수습하고 산성으로 오시게. 처영 스님 쪽도 급하게 되었네."

한물은 황급히 자리를 떠났다. 결사대도 상황을 알고 있는 듯 급히 왜군 정찰대 시체를 한자리로 옮긴 뒤에 서둘러 자리를 떴다. 사자에 대한 예의를 차리기에는 사정이 너무 급박했다.

한 식경 쯤 지나서 다시 어둠이 깔렸다. 왜군 정찰대들이 소리죽여 올라 왔던 계곡 길을 따라서 살아남은 한 사람이 구르듯이 달려 내려갔다. 얼핏 달빛에 비친 얼굴에는 칼자국이 선명했다. 조선인 향도였다.

'한물 이 새끼, 또 네놈이구나! 내 반드시 원수를 갚고 말 것이야.'

그는 연신 저주하듯이 숨을 토해내며 달려 내려가고 있었다. 그러나 한편으로는 황천길 문턱까지 갔다가 살아난 것이 다행이다 싶기도 했다. 한물의 활 솜씨를 익히 알고 있는 그였다.

'한물 이 새끼, 이번에 나를 죽이지 못한 것이 천추의 한이 되게

해줄 것이다.'

그는 속으로 다짐하면서 죽기 살기로 달려 내려갔다.

2장. 아오키의 용

정유년 팔월 열하루 묘시 오경 무렵, 교룡산성

"써 꾹-, 써 꾹-, 써 꾹-"

소쩍새 울음소리가 세 번 울린 지도 벌써 한 식경이 지났다. 정찰 나간 요시다가 보내온 신호인데 거의 정상에 도착했다는 말이다.

"흠-"

가볍게 한숨이 실려 나왔다. 순간 사사키의 모습이 달빛에 드러났다. 수염을 기르기는 했으나 앳된 얼굴이다. 꾹 다문 입 꼬리가 위로 올라가 있다. 말에는 노루가죽으로 덧신을 신기고 재갈을 물려놓았다. 그가 이끄는 와키자카 부대는 기병 이십에 보병은 삼백이다. 그 중 이백은 조총병이고 일백은 창병이다.

기병들은 모두 말에서 내려 교룡산성으로 오르는 동쪽 계곡 길

아래 숲속에 은신하고 있다. 소리를 내지 말라고 철저히 단속을 했지만 답답하기는 말도 마찬가지인 듯 바닥을 차는 소리가 연신 가늘게 들려온다.

"주군!"

부장 미우라가 숨을 죽여 가며 조용히 다가온다.

"효시 날아오를 때가 지났습니다."

사사키는 말이 없다. 얼굴은 여전히 무표정하다.

"주군, 와키자카 장군께서….."

미우라가 말꼬리를 흐린다. 사사키도 부엉인지 올빼미인지 울음소리를 듣기는 했다. 지금쯤이면 교룡산성에 도착했을 정찰대의 효시가 날아올라야 했을 시간이다. 사사키도 약간은 불안함을 느낀다. 말로 내달리면 아무리 계곡길이라 하더라도 반시진도 안 돼서 도달할 거리다. 내친걸음이다.

"미우라!"

"하이, 주군!"

여전히 숨죽여 조용한 말투다.

"나 사사키는 누구인가?"

미우라는 잠시 당황한 듯 말을 못했다.

"누구인가?"

사사키가 다그치듯이 강하게 물었다.

미우라가 다급히 말했다.

"아오키의 용입니다."

미우라가 '용'에 방점을 두고 말했다. 사사키는 장인인 와키자카 장군이 분로쿠 일 년(임진년)에 기병 천오백 명을 이끌고 조선 땅 용인에서 전라병사 이광이 이끄는 조선군 오만을 야간에 기습하여 섬멸하였을 때 정작 본인은 나고야의 본영에 남아 있어야 했다. 도요토미 태합이 와키자카 장인에게 내리는 상을 대신 받으러 가서도 사사키는 자신이 조선 땅에 있지 못함을 한탄했다. 그 자리에서 사사키는 도요토미 태합에게 조선에 출정할 것을 자원했다. 그러나 조선 땅은 밟아보지도 못하고 대마도에서 일 년을 허송세월하며 보내다 다시 나고야로 돌아가야만 했다.

그렇게 전쟁이 끝나는가 싶었는데 다시 기회가 왔다. 게이초노에키(정유재란)가 시작된 것이다. 사사키는 장인 와키자카 부대에 합류했다. 선봉장을 자청했다. 칠천량에서 원균부대를 살육하고 사사키는 끝내 원균의 목을 손수 자르는 기회를 얻었다.'아오키의 용'사사키의 시대가 열린 것이었다.

하지만 사사키는 아직 부족했다. 조선 땅 남해, 하동, 구례를 휩쓸고 왔지만 전쟁다운 전쟁은 해보지도 못했다. 조선은 군대다운 군대가 없었다. 한심했다. 어떻게 이런 군대한테 싸움에서 진다는 말인가? 사사키는 싸우지 못해 안달이 났다. 남원성을 향해 갈 때 조선군에 침투한 간자로부터 '명군이 교룡산성을 버리고 남원성으로 피신한다'고 보고 받았을 때 사사키는 내심 쾌재를 불렀다.

'교룡산성은 사사키의 것이다'

와키자카 장인도 모르게 사사키는 이 밤, 자신 휘하의 선봉대를 이끌고 교룡산성 공략에 나선 것이다.

동이 터 오려는 모양이다. 어둠이 한층 짙어졌다.

이때 산 쪽에서 누군가가 굴러 내려오는 소리가 들린다.

정찰나간 요시다는 아니다.

"사사키 장군! 사사키 장군!"

조선인 향도다.

"빠가야로! 교룡산성은 분명히 비어있다고 하지 않았느냐?"

사사키는 와키자시(刀)를 빼어들고 소리쳤다.

"사사키 장군, 살려주십시오!"

조선인 향도가 바짝 엎드려 연신 손을 비빈다.

"그래 산성에는 몇 명이 있더냐?"

"장군! 산성에는 몇 명 없사옵니다. 불과 이십 명 정도입니다."

향도의 말꼬리가 흐렸다.

"조선군 이십 명에게 정찰대가 당했단 말이냐! 이놈이 어디서 거 짓말을!"

사사키의 칼이 올라갔다.

"장군 살려주시오! 정말입니다. 기습을 당했습니다. 어두운 곳에 서 화살이 날아와서 당했습니다. 산성은 비어있습니다. 몇 명 없습 니다. 이제 들이치시면 됩니다. 장군! 살려주시오!"

향도는 머리를 땅에 박고 연신 손을 비볐다. 사사키는 칼을 내리 고 생각을 정리했다. 조선군의 활솜씨는 사사키도 인정하는 바이다. 조선의 활은 강하고 빨랐다. 그렇다면 정찰대가 기습을 당해 전멸할 수도 있다. 장수는 결단을 해야 한다. 물러나고 나아감에 한 치의 주저가 있어서는 안 된다. 교룡산성을 아무도 지키지 않을 리가 없 다. 그것은 병법의 상식이다. 그러나 간자의 보고가 틀릴 리도 없다.

간자는 조선군에 깊숙이 침투해 있다고 했다. 그렇다면 교룡산성에는 많이 있어봐야 일백 명이 넘지 않을 것이고 설사 대군이 주둔해 있다 하더라도 나는 '아오키의 용' 사사키가 아니던가. 와키자카 장인이 경거망동하지 말라는 지시까지 있었는데 이 전투를 이기지 못하고 돌아간다면 나는 할복해야 할 것이다.

사사키는 고개를 한번 쳐들었다. 구름이 걷혀 있었다. 만월에 가까운 파란 밤하늘이었다. 사사키는 순간 아오키의 밤바다가 떠올랐다. 대양에서 밀려오는 짠 내 밴 바다 냄새가 그리웠다. 그 끈적끈적한 바다 냄새가 그리웠다. '아오키의 용'이라는 별명은 사사키가 해적질을 할 때 얻은 별명이다. 바다에 들어가면 용처럼 수영을 잘해서 얻은 별명이다. 사사키는 바다에서 뿐만 아니라 땅에서도 나무를 잘 타고 행동이 민첩했다. 사사키가 칼을 쓰면 칼날이 보이지 않을 정도의 쾌검이었다. 사사키 입장에서 보면 이 싸움은 반드시 이겨야 했다.

사사키는 조선인 향도에게 물었다.

"너의 이름은 무엇이냐?"

"조선말로 강대길이라 합니다."

"좋다. 앞장서라! 네 목숨은 잠시 유보한다."

사사키는 전군에 명령을 내렸다.

"전군 출동이다. 재갈을 풀고 덧신을 벗겨라! 교룡산성으로 신속히 진군해라!"

진군나팔을 불지는 않았다. 기습을 해야 하기 때문이다. 교룡산성에 이르는 계곡은 말 두 마리가 겨우 지나갈 수 있을 정도의 좁은 길이었다. 경사가 가팔랐다. 사사키의 군대는 눈에 생기가 돌았다. 조총병이 방패를 들고 선두에 서고 다음에 창병이 서고 뒤로는 기병이 따라 올라갔다. 사실 이 싸움은 기병이 필요 없다. 조총병으로 승부는 가름될 것이다. 사사키는 말을 타고 부장 미우라와 조선인 향도를 데리고 선두에 섰다. 조선인 향도는 앞장서서 길을 짚어 나갔다. 동이 터온다. 산봉우리가 붉은 빛을 머금기 시작했다.

＊

한물은 교룡산성 성문 앞 계곡이 끝나는 곳에 만들어진 좁은 공터에 서 있다. 공터의 끝에 넓은 평상 같은 바위가 바닥에서 일장 높이로 튀어나와 있다. 한물은 그 바위 끝에서 계곡 아래를 응시하고 있다. 동이 터오면서 주위가 희끄무레하게 변해가고 있었다. 갑주도 입지 않고 투구도 쓰지 않았다. 환도 한 자루만 띠돈매기를 하고 동개를 두르고 활과 화살을 찼을 뿐이다. 한물은 계곡을 따라 올라오는 왜군의 말발굽소리를 듣고 서 있다. 처영은 성문 위에서 한물을 엄호하듯이 내려다보고 있었다. 의승군 삼백 명은 이미 오래전에 계곡을 따라 산 정상 능선 길에 매복을 나가 있었다.

"나무아미타불 관세음보살"

처영이 나지막이 불호를 외치는 것이 들렸다.

"어허 역대 조사 스님들에게 이런 불경죄가 있나!"

연신 혀를 차는 처영의 목소리가 들렸다. 그때 왜군 선봉대의 투구가 번쩍이는 것이 시야에 들어왔다. 한물은 서서히 환도를 뽑아들었다.

*

동이 텄다. 교룡산성 정문에서 사사키는 부장 미우라에게 말을 맡기고 걸어 올라오느라 잠시 숨이 찼다. 하지만 '아오키의 용'이 아니던가! 사사키는 날듯이 가볍게 올라챘다. 계곡은 경사가 심해서 말을 타고 올라 올 수가 없었다. 만일 계곡에서 조선군이 기습을 했다면 큰 낭패를 볼 뻔 했다. 허나 기습은 없었다. 사사키의 군대는 계곡 옆길을 따라 한 마장 정도 길게 늘어섰다. 산성에 도착했다.

순간 또르륵 또르륵 똑 똑 똑 똑 목탁소리가 들렸다.

"마하반야 바라밀다 심경"

염불소리도 들렸다. 반 마장 정도 떨어진 교룡산성 성문에는 한 스님이 목탁을 두드리고 있었고 성문 앞 좁은 공터 바위 위에는 장정 한 명이 서 있는 것이 보인다. 젊은 놈이었다. 군복을 입지 않았다. 갑옷도 투구도 없고 저고리도 입지 않고 갓도 쓰지 않았다. 단지 머리에 흰색 띠를 두르고 조선 환도를 뽑아들고 서 있다. 이제 막 올라오는 해를 등지고 서서 얼굴을 자세히 확인할 수가 없다.

"私は朝鮮の將帥である(나는 조선의 장수다)"

유창한 일본어가 흘러나왔다. 목소리에 기운이 느껴졌다. 사사키는 고수임을 직감했다. 한발 늦게 도착한 미우라와 조선인 향도도 상황을 파악했다. 조선인 향도의 얼굴이 심하게 일그러지면서 다급하게 외쳤다.

"저놈입니다. 저놈입니다."

향도가 손을 휘휘 저으며 소리쳤다.

"쏘아버리세요. 쏴라!"

뒤이어 도착한 조총대 일렬이 급히 조총을 일제히 장전하고 앉은 자세로 바위 위를 겨냥했다. 성급한 조총이 한 발 발사되고 바위에 튕겨 불꽃이 튀었다. 여전히 바위 위에 선 장정은 덤덤하게 서있다.

"出て敵対する將帥が誰か?(나와 대적할 장수가 누구인가?)"

장정은 다시 말했다.

"멈춰라."

사사키가 발포를 제지했다.

"いい!私が闘ってくれ(좋다! 내가 대적해주지)"

사사키는 설사 이것이 조선군의 함정이라 하더라도 물러설 수 없는 한 판임을 직감했다. 그는 명예를 소중하게 생각하는 사무라이다. 적은 한 명이고 대담하게 검술로 승부를 겨룰 것을 청하고 있는 것이다. 이런 상황에서 적을 사살하는 것은 사무라이가 아닌 것이다. 사사키는 조선에 출정해서 처음으로 강한 승부욕을 느꼈다. 사사키는 일장 높이의 바위 위로 혹 날아 올라갔다.

사사키는 비로소 상대의 얼굴을 찬찬히 확인했다. 느낌대로 젊은 놈이었다. 나이는 약관으로 보이고 준수한 얼굴이다. 키는 중키에 짙은 눈썹이 인상적이다. 파란색 도포를 입었다. 칼을 양손으로 잡고 칼끝을 눈높이로 들어 올렸다. 발은 기마 자세로 벌렸다.

사사키도 서서히 타치(太刀)와 와키자시(길이가 한자에서 두자 정도의 짧은 칼)를 칼집에서 빼들었다. 발은 어깨 넓이로 벌리고 타치는 눈높이로 칼끝이 오게 벌리고 와키자시는 가슴 부위에 칼끝이 오게 올렸다. 왜군 조총대는 이제 삼열까지 바위 위의 장정을 조준하고 있었다. 그러나 사사키가 바위 위로 올라와 있어서 쏠 수는 없는 상황이었다.

사사키가 먼저 움직였다. 두 발이 동시에 움직였다. 걷는 것이 아니라 날듯이 장정 쪽으로 접근했다. 장정도 두어 발 뒤로 슥 움직였다. 이제는 사사키가 해를 등지고 서게 됐다. 사사키는 승리를 예감했다. 타치를 어깨 위로 둘러메고 와키자시를 쭉 뻗어 장정에게 다가섰다. 사사키가 승부수를 던지기 전에 늘 취하는 마지막 자세이다. 이때 장정이 칼을 땅으로 늘어뜨리고 칼을 뒤로 젖힌 이상한 자세를 취했다. 가슴과 머리가 그대로 노출 된 상태이다.

사사키는 순간 당황했다. 검법에 이런 자세는 없다. 그러나 이상하게도 빈틈이 없어 보였다. 사사키는 발가락과 발꿈치를 조금씩 구부려서 마치 자벌레가 이동을 하듯이 조금씩 거리를 좁혔다. 꼼지락 꼼지락 하면서 거리를 좁혔다. 사사키는 이런 경우는 단 한칼 싸움임을 직감했다. 사사키는 속도에 자신이 있었다. 사정거리에 들어오면 먼저 타치를 휘둘러 적이 받아치게 하고 승부는 와키자시로 적의 배나 다리를 찌르면 된다. 꼭 심장이나 목을 쳐야하는 것은 아니다. 단칼에 목숨을 날리지 않아도 된다. 중요한 것은 승리하는 것이다. 그것이 사사키의 검도였다.

그렇게 시간이 정지했다. 어느 순간 사사키도 움직임을 멈추었다. 사사키가 머리를 살짝 흔들었다. 사사키의 머리에 가려있던 해가 장정에게 쏟아졌다. 장정이 눈을 깜박거렸다. 지금이다. 사사키가 장정의 머리를 겨냥하고 타치를 휘둘렀다. 동시에 와키자시는 찌를 준비를 했다. 적은 반드시 타치를 맞받아 칠 것이었다. 그때 자연스럽게 적의 옆구리가 노출된다. 그걸로 승부는 끝이다.

"헉!"

신음소리가 흘러나왔다. 두 명이 서로 겹쳐있어서 누가 칼에 찔렸는지 아래에서는 볼 수가 없었다. 장정의 칼이 사사키의 심장을 관통하여 갑주를 뚫고 등 쪽으로 나왔다. 장정은 예상과 달리 사사키의 타치를 후려친 것이 아니라 그대로 칼을 길게 뻗어 사사키의 가슴을 정통으로 찔러갔다. 당연히 사사키의 타치는 장정의 어깨를 후려쳐서 피를 뿌렸고 사사키의 와키자시는 장정의 다리를 찔렀다. 그러나 죽을 만큼은 아니다. 장정의 환도는 사사키의 심장을 관통했다. 사사키는 어이없다는 표정으로 심장에 박힌 장정의 검을 바라보았다.

사사키의 몸이 서서히 뒤로 넘어지자 그제야 상황을 파악한 왜군의 조총이 불을 뿜었다. 그러나 이미 장정의 몸은 바위 뒤로 사라진 다음이었다. 조총부대가 황급히 바위 위로 올라오기 시작했다.

*

이때 교룡산성 안 용천사에서 법고가 울렸다.

"둥 둥 둥 둥 둥"

동시에 효시가 날아올랐다.

"피 이 이 잉-, 피 이 이 잉-"

길게 소리를 끌고 교룡산성 능선으로 날아갔다. 그때 한물이 서 있던 바위 위에서 사람 몸뚱이 두 개만한 둥근 바윗돌이 굴러 내려왔다. 바윗돌은 조총병을 뭉개버리고 계곡으로 쏟아져 내렸다. 바위는 워낙 크고 계곡의 경사는 심해서 달릴수록 속도가 붙었다. 한여

름 홍수로 불어난 계곡물이 용틀임을 하며 몰아치듯 한꺼번에 쏟아
져 내려왔다.

바윗돌은 원래 용천사 일주문 앞에 세워져 있던 고승들의 부도탑
이었다. 지눌선사의 부도탑이 갓을 버리고 몸뚱이만 굴러 내려가고
있었다. 바윗돌은 왜군의 말을 부수고 계곡을 좌충우돌하며 밑으로
내려갔다. 왜군의 말이 놀라서 뛰어 올라 계곡 밑으로 달아나려 하
는 통에 왜군은 깔려 죽는 자가 속출했다.

이때 능선에 의승군 삼백 명의 깎은 머리가 쑥 올라왔다. 잿빛 승
복에 만(卍)자가 새겨진 머리띠를 둘렀다. 일제히 질려포통을 계곡
으로 던졌다. 바윗돌을 피해 계곡 옆으로 몸을 피했던왜군은 질려포
통이 땅에 떨어져 폭발하면서 터진 파편에 손발이 상하고 화염에 휩
싸였다. 질려포통과 함께 왜군에게 화전이 쏟아졌다. 왜군은 피할
곳이 없었다. 계곡의 양쪽에서 쏟아지는 화전은 왜군의 몸에 박히거
나 나무에 박혔다가 잠시 후 화염을 뿌리며 폭발했다. 간신히 계곡
을 벗어나 능선으로 기어오르는 왜군은 계곡 양쪽에 포진한 의승군
에게 알맞은 사냥감에 불과했다. 표적사격으로 유엽전이 날아가서
왜군의 몸을 관통했다.

＊

"나무관세음보살"

"아! 이 업보를 어찌할꼬!"

처영의 염불소리가 신음소리처럼 들렸다.

전투는 그리 오래가지 않았다. 교룡산성 계곡에 갇힌 사사키 부

대 사백은 승군 삼백 명의 매복 합공에 막혀 거의 전멸했다. 한 두 명이 말을 돌려 도망갔다. 교룡산성 계곡은 지옥도를 방불케 했다. 바윗돌에 뭉개진 시체, 불에 타 죽은 주검, 팔다리가 꺾여 고통으로 신음하는 소리가 아수라 같았다. 마침 거세진 바람을 타고 계곡은 불기운이 거세졌다. 의승군은 연신 불호를 외쳤다.

"나무관세음보살"

한물은 대방 결사대와 성문을 지키고 있던 의승군과 같이 산성 성문까지 올라온 왜군 조총 부대를 사냥했다. 대방 결사대는 사방진을 펼쳐 왜군을 도륙했고 한물은 조총을 쏘려는 왜군 조총수를 연신 편전으로 관통시켰다. 성문 앞 좁은 터가 어느덧 피바다가 되었다. 여전히 사사키의 시체는 바위 위에 반듯이 누워 있었다. 한물도 어깨와 다리에 부상을 입었지만 피는 이미 멎어 있었다. 시체 타는 역겨운 냄새가 계곡에 진동했다. 한물은 욱 하고 토해냈다. 다리가 풀려 털썩 주저앉았다.

"사형, 한물 사형!"

초희가 한물을 부축했다.

"나무관세음보살"

금아의 불호 소리가 커졌다. 이번 추석은 추위가 먼저 찾아왔다. 팔월이건만 벌써 날씨가 차가워졌다. 왜군 부상병의 신음소리가 서서히 잦아들었다. 의승군은 왜군의 시체를 한데 모아 화장하기 시작했다. 항복한 왜군과 부상당한 왜군은 계곡 아래로 따로 옮겼다. 왜군의 조총만 따로 노획하여 전리품을 챙겼다.

"큰 스님! 이놈을 어쩔까라?"

팔 척 장신의 스님 가관이 큰스님인 처영에게 물었다. 가관은 매부리코에 도끼눈을 하고 있었다. 승려인데도 수염을 수북이 길렀다. 가관의 도리깨에 오늘도 여러 명의 왜군이 작살났을 것이다. 가관은 조선인 한 놈을 개 끌듯이 매달고 왔다. 사사키 부대를 이끌고 온 조선인 향도였다. 이미 가관에게 한 번 매타작을 당했는지, 얼굴은 온통 피범벅이 되었다. 다리가 부러졌는지 다리를 질질 끌고 있었다.

"죽여라!"

조선인 향도가 악을 썼다. 핏발선 눈이 한물을 쏘아보았다.

"왜 죽고자 하느냐?"

처영이 물었다.

"살아 봐야 뒤진 것이나 하나도 다를 것이 없는 인생인께. 언능 죽여라!"

말에서 독기가 묻어나왔다. '으르렁'거렸다.

"이미 오늘 범한 살생만으로도 충분하다. 네 놈이 무슨 사연으로 왜놈들의 앞잡이가 되었는지는 모르나, 너도 알고 보면 불쌍한 조선의 백성일 터 목숨을 가벼이 하지 말라. 살려줄 터이니 왜군도 조선군도 없는 깊은 곳으로 도망가서 살아라!"

처영은 신음하듯이 한숨을 쉬며 가관에게 조선인 향도를 풀어주라고 지시했다. 처영의 옆에 서 있던 한물이 그에게 나지막하게 말했다.

"강대길!"

조선인 향도가 고개를 돌려 마지못해 한물을 쏘아보았다. 노란 눈이 다시 번들거렸다.

"오늘까지 너를 세 번 살려주었으니 이제 너와 나 사이의 은원은 없다. 가라!"

조선인 향도 강대길이 한물을 삼킬 듯이 강렬한 눈초리로 쳐다보았다. 그의 눈에 불길이 치솟았다. 대중의 시선이 모두 강대길에게 쏟아졌다. 그의 얼굴에 난 칼자국을 따라 피가 뚝뚝 떨어졌다.

"인연이로세! 업보로세!"

처영이 염주를 굴리면서 몸을 돌려 산성으로 향했다. 승군들이 뒤를 따랐다. 강대길은 다리를 질질 끌고 일어났다. 부들거리며 다리를 버티고 일어섰다. 사사키에게로 기어가더니 겨우겨우 사사키를 들쳐 업었다. 비틀거리면서 산을 내려가기 시작했다.

"아니, 저놈이 그래도 정신을 못 차리고"

가관이 강대길을 도리깨로 후려치려고 하자 한물이 가관을 막아섰다.

"스님, 가게 그냥 두세요!"

강대길은 몇 걸음 걷다가 넘어지고 또 일어나서 걷다가 넘어지고 하면서도 사사키를 들쳐 업고 계곡을 내려갔다. 이제 해가 중천에 걸렸다.

3장. 입성

정유년 팔월 열하루 오시, 남원성

남자는 유건을 쓰고 도포를 두르고 짚신을 신었다. 도포를 둘렀지만 행색은 중인과 비슷했다. 수염은 짧고 신장이 팔 척 정도이며 얼굴은 굴곡이 크고 가슴은 떡 벌어진 것이 든든했다. 그 옆에 선 부인은 고름과 소맷부리에 남색을 두른 반회장저고리에 남색치마를 입었는데 치마 속에 입은 무지기의 보라색이 은은히 비쳐 나오고, 쪽진 머리에 옥색 비녀가 잘 어울렸다. 살짝 찍어 바른 분 냄새가 향긋하게 퍼졌다. 동글동글한 얼굴이 살구와 닮았다. 분명 양반가의 부인 행색이다.

그 앞에는 머리를 단정하게 땋아 내리고 빨간 댕기를 맨 계집아이가 방긋 웃으며 두 어른을 올려다보고 있다. 가지런한 이가 살짝 벌어진 미소 속에서 석류 알 마냥 반짝거렸다. 남자는 만면에 미소를 머금고 계집애의 머리를 쓰다듬고 있고 부인은 계집애의 눈높이에 맞추어 앉아 얼굴을 가만히 쓰다듬고 있다.

계집애는 부인의 분 냄새가 싫지 않은 듯 눈을 지그시 감고 숨을 깊게 들이 쉰다. 계집애가 눈을 뜨고 부인 얼굴을 찬찬히 들여다본다. 그러자 부인 눈에 이슬이 맺히더니 이내 얼굴이 흐릿해졌다. 자세히 보니 동그랗고 아담한 얼굴에 강단 있어 보이는 표정으로 바뀌어 있었다. 부인의 곱상하고 어딘가 요염하기까지 했던 얼굴이 사라진 것이다. 그러나 얼굴이 낯설지 않았다.

'어디서 봤지? 아—!'

바로 자신, 수련의 얼굴이었다. 옆에 섰던 남자의 얼굴도 익숙한 얼굴로 변해 있었다. 수염은 짧으나 미소가 가득한 짙은 눈썹에 각진 얼굴이었다.

'아, 서방님!'

꿈에도 그리던 한물의 얼굴이었다.

"서방님….'

수련은 아랫배에 심한 통증을 느끼며 외쳤다. 꿈이다. 수련이 생부와 생모를 처음 만나던 날이 분명했다. 비록 꿈이지만 그때가 너무나 생생했다. 그런데 한물이 꿈에 나온 것이다.

수련 옆에 같이 잠들었던 올케가 화들짝 놀라 덩달아 잠을 깬다. 수련의 팔이 어느새 터질 듯이 부풀어 오른 아랫배를 가렸다. 햇빛이 남원성 서문 안쪽에 있는 옹기장이네 사랑방에까지 훤한걸 보니 이제 대낮인 모양이다. 깜박 잠이 들었다.

동틀 무렵에 교룡산성 쪽에서 생전 듣도 보도 못한 총소리가 요란하게 울렸다. 잠자고 있던 사람들이 전부 다 깨어났다. 사람들은 놀라서 이리 뛰고 저리 뛰고 허둥거리고, 어떤 이는 삼태기를 뒤집어쓰고 땅바닥에 코를 처박기도 했다. 어떤 이가 왜군의 조총 소리라고 아는 체를 했고 누군가는 벌써 왜군이 남원성을 쳐들어 왔다고 울고불고 난리가 났다.

칠장이 아내, 보성댁이 겁먹은 표정으로 소리쳤다.

"그리게 지리산으로 도망가자고 했잖아. 괜히 남원성으로 들어와서 온 식구 다 죽게 됐다."

보성댁이 이제 갓 돌 지난 아들을 들쳐 업고 칠장이를 타박했다. 보성댁은 지금이라도 지리산으로 도망을 가자고 칠장이는 눈만 끔벅거렸다. 사정은 다른 사람들도 마찬가지여서 웅성거렸다.

사람들은 잔뜩 웅크리고 숨죽여서 교룡산성 쪽의 소리에 귀를 기울였다. 왜군의 조총소리는 한 다경 정도 계속되었다. 용천사 북소리가 '둥 둥 둥 둥' 계속 울렸고 돌 구르는 소리도 들리고 다급한 말울음 소리까지도 생생하게 들렸다. 조총소리가 잦아들고 나서는 바람결에 개를 그슬리는 냄새가 실려 왔다. 냄새가 사람들의 놀란 가슴과 주린 배를 헤집고 지나갔다. 어떤 이가 아는 체를 했다.

"시체 태우는 냄새여. 시체 태우는 냄새랑께!"

"쌈이 끝났는가 보네. 누가 이겼을까?"

순간 수련은 가슴이 덜컹했다. 그제 이별한 한물이 교룡산성에 있기 때문이다. 한물은 처영 스님이 이끄는 의승군과 같이 교룡산성에 남아 있었다.

‘관세음보살님, 서방님을 보살펴주소.’

수련은 마음속으로 치성을 드렸다. 지금 수련이 할 수 있는 것은 그것밖에 없었다.

＊

한물은 그제 남원성에서 오 리 정도 떨어져 있는 수련의 양아버지 심재호 도가에 들렀다. 한물이 방으로 들어서자 온 가족이 황망하게 둘러앉았다. 만수의 처 점순이 반가운 내색을 하며 급히 보리밥 한 그릇에 찬물 한 사발 김치 한 조각을 차려왔다.

"아이고 서방님 언능 드시쇼."

점순의 큰 입이 더욱 크게 웃었다. 수련까지 불러온 배를 뒤뚱거리며 한물 앞으로 바투앉아 한물의 입에서 말이 나오기를 기다렸다. 한물은 말없이 숟가락질만 했고 그런 모습을 지켜만 보았다.

"어째야 쓸까?"

한물이 밥숟갈을 내려놓자 심재호가 은근하게 물었다.

"왜군이 이미 운봉까지 들어왔습니다. 내일쯤이면 남원성을 들이칠 것입니다. 허니 지리산 깊숙한 곳으로 빨리 피신하는 것이 좋겠습니다."

한물이 침착하게 답하자, 점순이 잽싸게 참견을 했다.

"서방님은요? 서방님도 같이 가셔야지라."

한물이 잠시 뜸을 들이며 우물거리자. 수련의 말이 절로 배배꼬였다.

"지리산이 살 길이람서 어째 서방님은 살 길을 놔두고 혼자만 죽을 길로 갈라고 허요?"

수련의 말꼬리가 올라갔다. 만수도 거들었다.

"그려 동상. 수련이 뱃속에 애기가 금방 나올라고 하는디…."

그래도 한물이 바닥만 쳐다보고 있자. 수련이 입을 앙다물고 말을 이었다.

"그라믄 우리도 성으로 갈라요. 지리산에 들어가도 왜놈들한테 안 들킨다는 보장이 없고 이제 겨울이 오면 지리산 골짝에서 뭐 먹고 살 것이며. 설사 잠시 몸을 피해 목숨을 구걸했다 한들 왜놈들 시상이 되면 죽어지기는 매한가지 아니요?"

수련이 옹골차게 말을 뱉었다. 점순이도 덩달아 올케의 역성을 들었다.

"그래요, 서방님. 동네사람들 이야기를 들어본께. 올해 쳐들어온 왜놈들은 독살시러워서 골짝까지 다 뒤져서 아들이고 노인이고 전부 코를 비고 죽여분다고 합디다."

점순이 진저리를 치며 말을 이었다.

"워매, 어짜쓰까라. 구례하고 진주 양반들이 지리산으로 피난갔다가 왜놈들한테 토끼몰이 당해가꼬 다 죽었다든디."

한물이 대답이 없자, 심재호가 진중하게 물었다.

"한 서방, 싸움은 승산이 있겠는가? 진주성에서도 이기지 못한 싸움이네. 원균이 땜시 수군도 칠천량에서 전부 죽어부렀고, 명나라 병사만으로 싸움이 될까? 소문에 왜군 십만이 온다는디."

점순의 얼굴이 심하게 일그러졌다. 수련이 뭔 말을 더 하려고 하자 한물이 말을 끊었다.

"왜군하고 싸워 성을 지킬지는 나도 모르것소. 천지신명만이 알 뿐이지라. 백성 된 도리로 당연히 싸워야 할 뿐이제라."

수련이 소리를 빽 질렀다.

"도리는 뭔 도리? 백성 된 도리는 뭔 얼어 죽을 놈의 도리."

수련이 도끼눈으로 쏘아부쳤다.

"애비를 지키고 처자식를 지키는 것이 도리지? 또 다른 뭔 도리가 있간디? 조 뭐시기 의병대장도 벌써 늙은 어매 들쳐 업고 지리산으로 들어갔답디다. 당신이 남원부사나 돼요? 아니면 전라병사라도 돼요? 뭔 놈의 도리라요? 그놈의 도리는 잘난 양반님네들이나 하라고 하소"

끝내 수련이 눈물을 뿌렸다. 점순이도 덩달아 눈물을 비쳤다. 심재호는 천장만 끔벅끔벅 쳐다보고 한물은 바닥만 바라보았다. 긴 침묵이 흐른 후 한물이 평소 품에서 놓지 않던 수련 친어머니의 유품인 찻잔을 수련에게 맡겼다. 수련은 입술을 앙다물고 같이 죽자고 했고, 한물은 고개를 저었다.

"뱃속의 아기는 세상을 봐야 할 거 아닌가."

만수오라비가 수련을 말렸다. 한물은 수련의 양아버지 심재호에게 하직인사를 했고, 수련의 양오라비 만수에게 수련과 아기의 출산을 부탁했다.

짧은 포옹과 떨림. 손잡음이 느리게 지나갔다.

"나는 반드시 살아서 돌아올 것이여. 잠시 소나기를 피하고 있소. 왜놈들을 물리치고 지리산으로 찾아갈라네."

한마디 남기고 무심하게 한물이 돌아서서 교룡산성으로 돌아갔다. 한물의 무정한 뒷모습을 한참이나 허망하게 쳐다보고 있던 수련이 갑자기 허둥거렸다. 수련은 양아버지와 조카들만 지리산으로 보내고 자신은 한물과 같이 죽겠노라고 만월처럼 부푼 배를 뒤뚱거리면서 걸음을 남원성으로 향했다. 수련의 고집을 익히 아는지라 심재호도 말리지 못했다. 혀만 끌끌 찰뿐이었다. 만수 오라비가 보다 못해 지게에 수련을 올렸다. 어쩐 일인지 점순은 시아버지 재호 편에 큰아들 짐만 꾸려 지리산으로 보내고 이제 갓 백일 지난 둘째를 들쳐 업고 멀찌감치 만수 뒤를 따랐다.

"나도 서방하고 같이 죽을라네."

점순이 저만치서 만수에게 소리쳤다. 만수가 지게 다리로 휘 휘 저어 쫓아내도 잠시 도망갔다가

"나는 밥은 굶어도 서방하고 떨어져서는 못 사네."

하고 이내 종종걸음으로 뒤따라왔다.

그렇게 세 명은 앞서거니 뒤서거니 하면서 남원성으로 들어와 옹기를 대 주던 주막거리 옹기장이집으로 왔다. 원래는 윤 객주의 객관으로 갈까? 했는데 막상 와서 보니 윤 객주의 객관은 이미 사람들로 발 디딜 틈이 없었다. 옹기장이는 지리산으로 피난 가고 없었다. 수련은 주인 없는 집 안방에 떡하니 자리를 잡았고, 산달이 내일 모레라고 만수 오라비가 군불까지 살짝 지펴주었다.

남원성 안에는 사람들이 넘쳐났다. 살림집에도 사람들이 그득했고 관아 빈 귀퉁이에도 어김없이 사람들이 오글거리고 있었다. 교룡산성으로 피난 갔다가 남원성으로 몰려 온 사람들이었다. 사람들은 주로 북문 쪽 객관 옆의 주막거리에 모였다. 사람들의 눈에는 시름

이 그득했다. 그 중에는 남원성은 죽을 자리라고 맘먹고 짐을 싸는 치도 있었고, 어떤 이는 몰래 성을 빠져나가 지리산으로 도망가는 이도 있었다.

지리산이라 하여도 안전하지 않기는 매한가지였다. 정유년에 쳐들어온 왜적은 임진년과는 사뭇 달랐다. 이번에는 조선 사람이면 애 어른을 가리지 않고 죽이고 코를 베기 시작했다. 지리산 자락까지 샅샅이 뒤져 사람을 죽인다고 소문이 파다했다. 이미 구례 땅은 사람의 씨가 말랐다고, 남원성으로 피난 온 구례 사람들이 말했다. 차라리 남원성에 있는 것이 생로를 뚫는 길인지도 몰랐다. 그래도 남원성에는 명군이 삼천 명이라 했고, 일만 명 이상의 구원군이 전주에서 남원성으로 오고 있다고 했다. 무엇보다 수련은 한물이 죽고 자신만 혼자 사는 것이 죽기보다 싫었다.

교룡산성뿐만 아니라 남원성 밖의 민가가 전부 불에 타고 있다. 온통 집 타는 냄새와 연기가 남원성에 가득했다. 집 타는 냄새는 교룡산성에서 넘어오는 시체 타는 냄새와 합쳐져서 비위 약한 아낙들은 숨을 참느라 고생이었다. 명나라 대장 부총병 양원이 어제 남원 부사 임현에게 지시하였다.

"전부 불태워라. 왜군이 쳐들어와 문짝을 뜯어 방패로 쓰고 집을 엄호물 삼아 남원성을 공격할지 모르니 전부 불태워라!"

집이 불타서 남원성으로 들어온 농부는 눈물지으며 장타령을 늘어놓았다.

"저 집이 어떤 집인데, 어떤 집인데, 우리는 인자 어짠다요!"

누구도 맞장구쳐주는 사람이 없었다. 지금은 전시였다. 죽고 사는 문제 앞에서는 그 따위 집이야 속절없는 넋두리일 뿐이다.

지금 남원성으로 몰려오고 있는 왜군은 일만이라는 치도 있었고 어떤 이는 십만이 넘는다고도 했다. 수련은 도무지 십만 명이라는 수가 가늠이 되지 않았다. 석 달에 한 번씩 도가 가마에 넣는 도자기가 한 가마에 아무리 많아야 천 개였다. 그런데 그 수의 열 배의 열 배의 사람이라니. 단옷날 광한루와 장터에 나온 모든 사람을 헤아려도 그것이 천 명이 될까? 수련은 순간 몸서리를 쳤다. 이길 수 없는 싸움이리는 생각이 스쳐지나간 것이다. 수련은 도리질을 했다. 지금 당장은 새벽 전투의 결과가 몹시 궁금했다.

그때 교룡산성 별장 신호가 보낸 전령이 남원성에 들어왔다고 하는 소식을 사당패 바우가 떠벌이고 다녔다. 그는 만세를 부르며 어깨춤을 추면서 돌아다녔다. 유일하게 성안에서 태평인 축은 사당패뿐이었다.

"우리 편이 이겼당께! 처영 대사가 이겼다네! 대승이랑께!"

"왜군 사백을 죽였다네! 포로가 마흔하고도 둘이라네!"

"한물 장군이 왜군 대장 목을 벴다네!"

수련은 귀가 번쩍 뜨였다.

'아, 한물 장군!'

수련은 속으로 관세음보살을 연신 외쳤다.

'아, 살아 있구나!'

수련의 표정이 밝아졌다. 한물은 관군에 소속된 장군은 아니다. 그냥 남원성 의병군의 무술 사범일 뿐이다. 남원, 운봉, 구례, 곡성 등에서 모집된 의병군은 오백 명 정도였다. 조방장 김경로 장군이 지휘하였다. 그러나 실질적으로는 남원 상단 객주 윤문상이 내밀하게 대방계를 중심으로 움직였다. 그러니 '한물 장군'이라는 말은 허튼 소리였다. 하지만 계사년에 한물이 운봉전투에서 왜군 장수 '검은 야차'를 단칼에 베어 죽인 일이 있고 나서부터 남원 인근 사람들은 모두들 한물을 은근히 '한물 장군'이라고 부르기 시작했다. 자고로 민심은 그렇게 촐싹이는 것이었다.

"수련아! 한물이 이겼단다."

만수 오라비는 사당패가 흥이 나서 나불거리는 소리를 귀동냥하고 돌아왔다.

"서방님이 왜놈들 선발대를 전부 교룡산 까마귀밥을 만들었당께!"

올케도 옆에서 거들었다.

"왜놈 포로들 끌고 성으로 오고 있다는디, 동상!"

"한물 서방님도 개선한다는디."

점순의 입이 유난히 크고 환하게 웃었다. 사람들은 겨우 귀만 쫑긋 밖으로 내놓고 나오지를 않았다. 석수장이 박 씨만 나와 사당패한테 귀동냥을 하고 돌아오자 사람들이 석수장이한테 우르르 몰려왔다.

"뭔 일이여?"

석수장이가 자초지종을 이야기하자 발 없는 말이 금방 성을 한 바퀴 돌아 퍼졌다. 그제야 사람들도 모두 나와 수군거렸다.

"왜놈들도 별거 아니네!"

"뭐시냐, 임진년에도 진주성서 십대 일로 싸워놓고도 김시민 장군이 이겼잖여!"

사람들은 그래도 한 가닥 기대를 버리지 않고 있었다. 어쩌면 이번 싸움에서 이길지도 모르는 일이었다. 말은 그렇게 했지만 여전히 사람들의 표정은 풀어지지 않았다.

이때 북문이 소란스러웠다. 교룡산성에서 한 떼의 병사들이 북문으로 들어온 것이다. '뿌우 – 뿌우 –' 나발이 길게 울렸다. 개선나발이었다. 북문에서 망보던 병사가 바쁘게 동헌으로 내달렸다. 동헌에서는 성내 모든 장수가 모여 작전회의가 진행 중이었다. 교룡산성 별장 신호가 앞장서고 보군 두 명이 창을 들고 왜군 포로를 이끌고 들어왔다. 보군 두 명의 걸음이 힘차고 당찬 것이 '나 봐라' 하는 시늉이다.

왜군 포로는 목에 밧줄을 매달고 주렁주렁 매달려 왔다. 개중에는 피 칠갑을 한 놈도 있고 부상당한 왜군을 업은 놈도 있고 어떤 놈은 거적에 들려오는 놈도 있었다. 포로가 거의 마흔 명 정도였다. 수레에는 왜군의 조총이며 활이 가득하게 세 수레가 넘었다. 수레는 승병이 끌고 있었다.

수레 뒤에는 처영이 오고 한물과 결사대가 마지막을 경계하면서 들어왔다. 처영은 가사를 입었으되 허리를 끈으로 질끈 묶었고 각반을 찼다. 승병들도 같은 복장이었다. 사람들이 북문으로 몰려들었다. 수련이 몸을 일으키자 만수 오라비가 말했다.

"수련아 너는 여기 있어라, 내가 한물이를 이리 데려 오마."

만수 오라비가 걱정이라는 듯 연신 머리를 긁으면서도 바삐 북문으로 걸음을 옮기고 올케도 조카를 들쳐 업고 북문으로 잰걸음을 달렸다. 사당패만 신나 돌아다닐 뿐 사람들은 왜놈들 포로를 보고도 귀신을 본 듯 쭈뼛거렸다. 왜군들에게서 염병이라도 옮을 것 같은 표정들이었다. 조심스럽게 얼굴만 내놓고 구경을 했다. 그때 석수장이 박 씨가 용기를 내 왜군 조총을 만져보기도 하고 왜놈들을 유심히 들여다보기도 하자 한 사람이 머리가 봉두난발인 채로 왜군 포로 한 놈에게 달려들어 주먹을 날렸다. 하긴 남원 인근에서 왜놈에게 화를 당한 이가 한 둘이 아닐 것이었다.

"왜놈들 이 쳐 죽일 놈들, 면상이나 보자. 이 썩을 놈들!"

그러자 구례에서 넘어 온 한 피난민이 원통한 듯 울부짖는다. 오십 줄은 넘어 보이고 왼손에는 날이 선 낫을 쥐고 흔들었다. 북문을 수비하던 병사가 말려서 뜯어냈다.

"어째 그란다요. 내비 두쇼. 저놈들을 당장 쳐 죽여 불잔께요."

"어허 물렀거라."

병사와 사내와의 실랑이가 길어졌다. 처영이 북문에 들어서자 사람들이 우르르 처영에게 몰려갔다. 처영은 못 본 척 교룡산성 별장 신호와 함께 동헌으로 급히 발을 옮겼다. 사람들 중 몇은 계속 처영을 따라가고 남은 사람은 이내 한물을 발견하고 중얼거렸다. 그래도 뭔가 두려운 듯 작은 소리로 소곤거렸다.

"한물 장군이네."

그 말을 들은 사람들은 한물을 보려고 몰려들었고 타지에서 온 이는 한물이 누군지 궁금하여

"누구여? 누가 한물 장군이여? 갈차 줘봐."

"오메, 저 젊은 양반이 한물 장군이여! 아따 잘 생겼다."

"아니여, 양반 아니여. 원래 중이었는디 환속했당께."

"아따, 양반이면 어떻고 상놈이면 어쪄, 검은 야차를 죽였는디. 양반 중에 그런 놈 있으면 나와 보라고!"

"아따, 놈이 아니고 한물 장군이랑께."

사람들은 연신 수군거렸다. 애들은 한물에게 다가와 손을 잡아보고 몸을 만져보기도 했다. 애들이 우르르 한물에게 달려들어 서로 한물의 몸을 만졌다. 벙글거리며 웃었다. 사람들은 이구동성으로 남원에서 인물 났다고 남원을 살릴 장수라고 했다. 이떤 이는 남원의 '김덕령'이라고 했고 어떤 이는 '이순신 통제사의 뒤를 이을 장군'이라고 했다.

한물이 포로와 전리품을 관군에게 인수인계하고 있을 때 만수가 한물에게 다가갔다. 한물은 만수를 발견하고 깜짝 놀랐다. 만수는 고개를 숙이고 뭔가 변명하는 듯 중얼거렸다. 한물은 숨을 내쉬는 듯했고 만수의 어깨를 두드렸다. 두 사람은 옹기장이 집으로 급히 잰걸음을 옮겼다. 애들과 사당패는 왜군 포로들을 따라갔다. 한물은 올케를 발견하자 눈인사를 하고 급히 옹기장이네 안방으로 들어갔다.

4장. 민심은 천심

정유년 팔월 열하루 오시, 남원성

"교룡산성 별장 신호가 도착했습니다."

전령이 동헌에 외쳤다. 시선이 일제히 이제 막 동헌을 들어서는 신호에게 쏠렸다. 뒤따라 합장한 처영이 들어왔다.

"교룡산성 별장 신호올시다."

신호가 상석에 앉은 부총병 양원 쪽으로 고개를 숙였다. 처영은 단지 목례를 하고 말석에 앉았다.

"누가 그대의 이름을 물었던가? 그래, 교룡산성에서는 무슨 일이 있었던가? 누가 왜군과 전투를 했는가?"

접반종사 홍사일이 추궁하듯이 빠르게 물었다. 양원 옆에 앉은 통역사가 작은 소리로 통역을 했다. 양원이 당연하다는 듯이 고개를 끄덕였다. 옆 자리에 앉은 전라병사 이복남은 미간을 찌푸렸다.

동헌에는 명나라에서 가져왔다는 긴 탁자가 놓여 있었다. 상석에 양원이 앉고 그 왼쪽 줄로 명나라 장수 이신방, 장표, 모승선이 차례로 앉아 있고 오른쪽 줄로는 전라병사 이복남, 남원부사 임현, 순천부사 오응정, 판관 이덕회, 구례현감 이원춘이 차례로 앉고 조방장 김경호가 끝에 앉았다. 접반사 정희수가 양원의 오른쪽에 앉고 접반종사 홍사일은 왼쪽에 앉았다. 양원 뒤에 통역사가 무릎을 꿇고 있었다.

양원은 살집이 좋고 수염을 가지런히 늘어뜨렸는데 수염에 윤기가 자르르 했고 풍성했다. 금으로 장식하여 번질거리는 갑주를 입고 역시 금으로 양쪽에 구부린 장식을 단 투구는 탁자에 놓았다. 탁자 위에는 조선왕이 하사한 사인검이 놓여 있었다. 사인검 검집에는 화려하게 호랑이 그림이 음각되어 있었다. 선조가 그림을 좋아하는 명나라 장수들을 위하여 특별히 사인검에 호랑이를 그리게 한 검이었다.

"분명히 교룡산성을 파하고 내성으로 옮기라 했거늘 산성에 어떤 병력이 있어서 왜군과 전투를 했다는 말이냐? 이는 양원 합하의 명령을 어긴 것이다. 전시의 군법에 따라 목을 벨 것이다."

다시 접반종사 홍사일이 생쥐 같은 눈알을 번뜩이면서 단숨에 말했다. 양원이 통역사의 말을 듣고 고개를 끄덕였고 신호를 바라보았다. 이복남이 짜증난다는 듯이 나섰다.

"접반종사, 거 무슨 해괴한 망발이오. 원수 왜군 선봉대 사백 명을 섬멸하고 온 장수올시다. 상을 내리지는 못 할망정 목을 치다니

당치않소!"

홍사일이 무언가 이복남에게 말을 하려다 양원이 말을 하자 그만두었다.

"교룡산성에는 병력이 몇 명이나 있었느냐?"

통역사가 말을 옮겼다.

"교룡산성 방어군 이십에 의승군이 삼백 그리고 의병 결사대 다섯이올시다."

양원이 전해 듣고 깜짝 놀라며 다시 한 번 확인했다.

"의승군 삼백으로 왜군 선봉 사백을 전멸시켰다는 말인가?"

신호가 그렇다고 대답하자, 양원은 잠시 생각하다가 처영을 보며 물었다.

"의승군은 내성으로 옮기기로 하지 않았던가? 처영?"

양원이 처영을 꼭 짚어 말했다. 양원은 처영과 구면이다. 교룡산성에서 여러 번 회의마다 부딪혔기 때문이다. 처영은 교룡산성을 파하고 내성으로 진을 옮기는 것은 어리석은 계책이라고 여러 번 주장했다. 다른 조선 장수들은 양원의 말이라면 끽 소리를 못하고 따랐지만 처영은 달랐다.

'기분 나쁜 놈'

양원은 입맛이 씁쓸했다. 처영은 조선 왕이 승전의 공을 높이 평가하여 장군으로 봉하고 승장동인까지 내린 장수였다. 무엇보다 행주산성에서 왜군 주력부대를 물리친 것은 연경까지도 소문이 나서 처영의 이름이 알려질 정도였다. 가볍게 다룰 수 없는 인물이었다.

처영이 서서히 일어나 불호를 외치고 말했다.

"나무 관세음보살!"

"빈승은 승려의 몸으로 나라를 지키고자 일어선 승려올시다. 무엇이 두려울 게 있겠소. 죽음이 무에 두렵겠소. 또한 교룡산성에는 사명 큰 스님의 유지가 있고 용천사가 있소이다. 중이 절을 떠나 어디로 피한단 말이요."

처영이 양원을 노려보며 말을 이었다.

"병서에 이르기를 '죽고자 하면 살고 살고자 하면 죽는다.'고 했소이다. 군율은 가볍게 할 수 없는 법, 양원 장군의 명을 따를 것이오. 허나 나 또한 조선의 장수로서 주상의 성은을 입은 몸."

처영이 잠시 염주를 돌리면서 불호를 외고 나직이 말했다.

"나를 따르는 의승군이 삼백이요. 적은 수이지만 교룡산성을 사수하다 용천사에서 죽을 것이외다. 왜군들도 교룡산성을 지키는 우리를 가벼이 할 수 없을 것이니 내성과 위아래로 호응하면 좋을 것이요."

처영 스님이 다시 한 번 불호를 외치고 말했다.

"빈승 처영, 주상전하의 과분한 성은을 입었소이다. 왜적을 한 놈이라도 남원 땅에 들이지 않을 것이요. 용천사에서 빈승은 열반에 들 것이요. 그것이 불제자의 길이요. 그것이 주상전하의 교지이기도 하오."

양원이 '주상전하의 교지'라는 말을 전해 듣고는 더 이상 시비하지 않았다.

양원의 심문이 끝나자 접반사 정희수가 별장 신호에게 조용히 전과를 물었다.

"별장, 교룡산성의 전과를 말해보시오!"

"통제사도 감탄할 계책이었소이다. 하-하-하, 한산도 승첩에 비견되는 승리올시다."

신호는 원균이 죽고 다시 통제사에 임명된 이순신 밑에서 임진년의 빛나는 승리를 같이 겪은 역전의 맹장이었다. 신호는 이순신 통제사와 같이 했던 기억을 항상 앞세웠다. 접반사 정희수는 신호가 이순신을 들먹일 때마다 경기에 가까운 까탈을 부렸다. 교룡산성 별장 신호가 일어나서 새벽에 있었던 전투를 상세히 설명했다. 일격에 적장 목을 벤 대목에서는 그 동안 눈만 껌벅이고 있던 명나라 장수들은 통역이 전하는 말을 듣고 눈이 휘둥그레졌다. 계곡으로 유인하여 화공을 펼친 대목이 되자 조선 장수들은 감격스러워 했다. 조방장 김경로가 처영을 보면서 말했다.

"실로 제갈공명과 같은 좋은 계책이올시다. 그래 사살이 삼백 오십이고 포로가 사십이란 말이오?"

신호가 대신 답했다.

"그러하옵니다. 죽은 왜군은 한데 모아 화장하였고 포로는 전부 내성으로 끌고 왔습니다. 그 수가 사십 둘이온데, 포로는 어찌하오리까?"

일제히 포로라는 말에 관심이 쏠렸다. 접반종사 홍사일이 잽싸게 나섰다.

"양원 부총병 합하, 포로들은 당연히 양원 합하의 전공이올시다. 당장 왜적의 목을 쳐서 효수하시어 성내의 군사들과 양민들의 사기를 높이소서. 승리의 전고를 울릴 것이며 황제에게 파발을 띄우소서. 조선의 주상도 치하가 있을 것입니다."

홍사일은 실실 웃으면서 이번 전투의 승리가 양원의 공이라고 추켜세웠다. 조선 장수들은 어이없다는 듯이 외면했다. 남원부사 임현은 속으로 이를 갈았다.

'저 쳐 죽일 놈!'

접반종사 홍사일은 접반사 정희수를 보좌하여 명나라 장수들을 보살피고 통역을 하는 것이 주요한 임무였다. 접반종사 홍사일은 명나리 시절단을 따라다니는 역관 출신이었다. 명국말과 왜말에 아주 유창했다. 접반사 정희수는 사람만 좋아서 마냥 허허거릴 뿐 만사에 흐릿했다.

자연스럽게 홍사일이 접반사를 제쳐 놓고 양원의 눈에 들어 마치 양원의 혀처럼 행동했다. 양원을 대신하여 패악이 여간 아닌 것이다. 백성들은 왜군이 얼레빗이면 명군은 참빗이라고 하였는데 과연 명군이 하는 짓은 왜군보다 더 하면 더 했지 못하지 않았다. 남원을 책임지고 있는 부사 임현은 속이 썩을 수밖에 없었다. 며칠 전만 해도 양원이 기생을 내 놓으라고 한바탕 난리를 피운 것이다. 이 난리통에 기생을 어디서 잡아온다는 말인가?

이때 처영이 나섰다.

"이 모든 전공이 양원 장군의 공이오, 뜻대로 하시오!"

처영의 말을 전해들은 양원의 입이 찢어졌다. 살찐 몸을 뒤뚱거리면서 일어났다.

"당장 왜적들의 목을 베라. 승전고를 울려라. 술독을 풀어 군사들을 위로하라!"

"처영 대사와 신호의 공을 치하한다!"

한마디 공치사를 늘어놓더니 '하하하' 헛웃음을 지었다. 양원은 급히 전공을 알릴 전령사를 불렀다. 포로의 목을 소금에 절이라는 명도 빠트리지 않았다.

이때 동헌 밖에서 사람들의 외치는 소리가 커졌다. 사당패의 꽹과리 소리도 들렸다. 왜군 포로가 동헌으로 끌려 왔고 백성들이 사당패를 따라 몰려왔다. 줄에 묶인 왜군 포로들이 개 같이 끌려오고 사람들은 신이 나서 따라왔다. 어떤 이는 목을 쳐야 한다고 열을 올렸다.

"처영 장군 만세"

바우가 선창했다.

"한물 장군 만세"

사당패 비연이 날름 받아쳤다. 사당패 길라잡이 바우가 연신 만세를 외치면서 꽹과리를 두드렸다. 훌러덩 훌러덩 공중제비를 두 바퀴 돌고는 바닥에 사뿐히 착지했다.

"자 박수, 박수"

"와— "

비연이 박수치는 모양을 내자 사람들이 함성을 지르며 박수를 쳤다. 바우가 앞장선 보군의 허리를 감싸며 허리를 비비 꼬았다.

"오매, 튼실하네! 힘 좀 쓰겠네. 이랑께 왜군새끼들은 한방에 작살나불제. 안 그요 아재들?"

바우가 애교를 부리자 사람들이 웃고 보군이 바우를 휘휘저어 떨쳐냈다. 그러나 싫지 않은 표정이었다. 바우가 목에 포승을 한 왜군 포로 한 놈에게 겁도 없이 다가가더니 "네 이놈" 하고 양반소리를 하고 나서 한참을 바라보았다. 왜군이 바우를 쳐다보자 뺨을 한 대 쎄게 올려붙였다. '와' 하고 함성이 터졌다. 바우가 왜군 포로들을 쭈욱 둘러보며 소리쳤다.

"이놈들아, 너희들은 오늘 전부 초상날이다. 목을 쭉 빼라!"

비연이 저고리를 훌러덩 반쯤 벗더니 흰 목을 '쭈욱' 빼 보였다.

"아이고 죽여줍쇼. 제발 단칼에 죽여줍쇼!"

"하하하"

사람들의 웃음소리가 커졌다. 그 동안 쭈뼛거리며 방안에 숨어있던 아낙이며 노인들도 꾸물꾸물 동헌 앞으로 나왔고 아이들은 여전히 겁먹은 얼굴로 어미의 치맛자락에 숨어서 왜군을 쳐다보았다. 바우가 꽹과리를 자진모리로 두드리며 소리쳤다

"내가 특별히 너희 놈들 저승길을 위하여 한판 놀아 주마"

비연이 공중제비를 연신 돌면서 상모를 돌리고 소고를 쳤다. 바우는 껑충껑충 뛰면서 꽹과리를 쳤다. 사람들이 다시 연호하기 시작했다.

"처영 장군 만세! 한물 장군 만세!"

"죽여라! 왜놈들을 죽여라!"

동헌 안에서도 만세 소리가 '웅웅'거렸다. 홍사일의 표정이 묘하게 일그러졌다. 양원이 통역에게 무슨 소란인지? 물었다.

"한물 장군이라니 누가 한물 장군인가?"

홍사일이 비꼬듯이 말했다.

"처영 장군이라면, 여기 계신 고명하신 큰 스님을 말하는 것일 터

이고"

접반사 정희수도 한마디 보태며 혀를 끌끌 찼다.

"언제부터 조선이 '석씨지도'를 따르는 사람을 장군이라 부르게 됐다는 말인가?"

이복남은 얼굴이 붉어졌고 임현은 고개를 숙였다. 처영의 표정에는 변화가 없었다. 이때 묵묵히 듣고만 있던 명군 장수 이신방이 통역도 없이 말을 했다. 이신방은 조선말을 조금 할 줄 아는 장수였다.

"처영은 장군의 칭호를 받아 마땅한 장수다."

떠듬떠듬 이신방이 말했다. 정희수는 당황해 하였고 홍사일이 못마땅한 표정으로 다시 물었다.

"그래. 한물, 누가 한물 장군인가?"

조방장 김경호가 대답했다.

"과인 휘하의 의병 대장이오. 이제 겨우 약관으로 젊으나 무술이 출중하여 의병군의 무술대장이올시다."

김경호가 연신 흡족한 표정으로 대답했다.

"오늘도 왜적 수괴 목을 베었다고 하지 않소. 물론 여러분들도 지난 계사년에 운봉 벌에서 한물이 왜장 '검은 야차'를 단칼에 날린 이야기는 들었을 것이요."

홍사일이 외쳤다.

"아니 그럼 한물 장군이란 놈은 의병군의 애송이란 말인가. 일개 민병 따위가 장군을 사칭한다는 말인가. 이런 쳐 죽일 놈이 있나. 누가 장군을 하사했다는 말인가?"

잽싸게 홍사일이 양원에게 속삭이고 나서 이복남에게 명령했다.

"당장 장군을 사칭한 한물이란 놈을 잡아다가 목을 치시오. 군법의 지엄함을 보여야 할 터."

순간 김경호가 자리를 박차고 일어나 외쳤다.

"이놈 홍사일, 말을 삼가라. 누가 장군을 사칭했다는 말이냐. '민심은 천심'이라고 했다. 순박한 백성들이 그리 부르는 것을 어쩌란 말이냐? 너란 놈은 왜군의 피 한 방울이라도 네 손에 묻혀본 적이 있느냐?"

김경호가 금방이라도 칼을 뽑을 기세로 말했다. 이때 양원이 탁자를 주먹으로 내리치고 말했다.

"帶來!(데려 와라!)"

급히 사령이 달려 나가고 잠시 어색한 침묵이 흘렀다. 양원이 조선장수들을 눈 아래로 깔아보며 말했다.

"조선 왕 이연은 나에게 모든 병권을 넘겼다."

양원은 선조를 '이연'이라고 함부로 불렀다. 하긴 선조가 양원에게 큰 절을 했다고 한다. 조선 장수 중 누구도 대꾸를 하지 못했다. 양원은 선조가 하사한 사인검을 빼어들고 말했다.

"이 검은 조선 왕 이연이 나에게 조선군의 생사여탈권을 부여한 검이다. 하니 이 검은 이연의 말과 같다. 나 양원은 대국 황제의 명을 받고 우매한 조선을 돕기 위해 출정했다. 나의 말이 곧 국법이다. 누가 내 말을 거역할 것인가?"

양원은 눈을 내리깔면서 동헌 안을 둘러보았다. 홍사일은 깊이 머리를 조아렸다.

조선 측 장수들은 헛기침을 했다. 모두 불쾌한 표정이 역력했다. 접반사 정희수는 양원이 '이연'이라고 주상전하의 이름을 함부로 부르는 것이 못마땅했는지 '끙' 하고 신음소리를 냈다. 한동안 침묵이 흘렀다.

한물이 동헌에 들어왔다.

"한물이라 합니다."

한물이 양원을 향하여 고개를 숙이고 반듯이 섰다.

"네가 한물 장군이라 사칭하고 백성을 현혹하는 놈이냐?"

홍사일이 물었다.

"장군이라니요? 당치 않소. 무식한 상놈이오."

한물이 미소로 받아치며 대답했다. 순간 홍사일의 째진 눈이 반짝였다.

"누구 댁의 자제인고?"

한물이 잠시 머뭇하다가 이내 대답했다.

"부모는 모르오, 어려서 절에 버려져서 처영 스님이 불가로 걷어주셨고 계사년에 불살생의 계를 깨게 되어 환속하였소이다."

"뭐라?"

홍사일이 입에 거품을 물었다.

"네 이놈 출생도 모르는 천출이 아닌가. 어디서 장군을 참칭한단 말인가? 나라가 어려울 때는 당연히 주상전하의 땅을 지키기 위해 목숨을 내놓는 것이 백성 된 자의 당연한 도리거늘. 작은 전투에서 세운 한 번의 공을 핑계 삼아 함부로 장군을 참칭하다니 그러고도 살기를 바랐더냐?"

한물은 얼굴이 굳어졌다. 그 동안 잠자코 있던 전라병사 이복남이 말했다.

"말을 삼가라. 접반종사, 나라 지키는 데 귀천이 어디 있고 양반 상놈이 어디 있단 말인가. 주상의 성은은 반상의 구별이 없다. 우매한 백성들이 너도 나도 산으로 도망가고 어떤 놈들은 불충하게도 왜군의 앞잡이가 돼서 향도를 자처하는 지경인데 기특하게도 의병을 자처하고 전쟁에서 큰 공을 세웠는데 상을 주지는 못할망정 이 무슨 망발인가?"

이복남이 나서자 홍사일도 더 이상 말을 못했다. 양원이 한물에게 물었다.

"그래 무술은 어디에서 배웠던가?"

"천한 것이 무술이랄 것이 있겠사옵니까. 어려서부터 처영 스님 문하에서 승병들과 같이 훈련하였습니다. 환속하여서는 남원 무술 도관 대방관에서 배웠사옵니다."

홍사일의 눈이 번쩍였다. 양원의 말을 자르고 나왔다.

"대방관이라면 역적 정여립이 역적모의를 했던 도관이 아닌가? 그 도장의 관장 한원영이 목이 달아났을 터인데 너는 한원영과 어떤 관계이냐?"

'정여립' 이름 석 자가 나오자 동헌 안이 일순간 냉랭해졌다. 한물의 두 눈빛이 번쩍였다. 불길이 솟는 듯 열기가 훅 치밀어 올랐다. 신물이 목구멍까지 치밀어 올랐다.

"소인은 한원영과 일면식도 없소이다. 나는 윤한물이오."

한물이 입술을 깨물며 대답했다. 홍사일의 눈이 더욱 작아졌다.

양원이 정여립에는 관심이 없는 듯 다시 물었다.

"네놈이 운봉에서 왜장의 목을 벤 것이 사실이냐?"

"사실이오. 천행이 있었소이다."

"오늘도 왜장의 목을 벤 것이 사실이냐?"

"그렇소."

한물이 짧게 대답했다. 양원이 입을 다물자 어색한 침묵이 계속되었다.

"그래, 기특한 백성이로다. 상을 내리고자 한다. 무엇을 원하는가?"

양원이 말했다.

"바라는 것은 없소이다. 한 놈이라도 왜군의 목을 더 베고 남원성을 왜군의 더러운 발에서 지켜내는 것이 소인의 바람이오."

"하하하, 당돌하구나."

양원이 헛웃음을 흘렸다.

"좋다. 기특한 지고, 황제 폐하의 은덕이로다. 너를 의병군의 부장으로 임명한다. 상으로 갑주와 술을 내릴 것이다. 물러가라!"

한물은 절하고 물러나왔다. 홍사일이 족제비 눈을 하고 한물의 뒷모습을 쳐다보았다. 양원이 왜군 포로들 목 치는 것을 보러 내려가자 사람들도 우르르 왜군 목 치는 것을 보러 갔다. 처영과 한물은 남원상단으로 윤 객주를 만나러 갔다.

5장. 침략 회의

정유년 팔월 열하루 신시, 구례

"남원성 상황을 보고하라!"

좌군 대장 우키타 히데이에가 고니시를 바라보며 말했다. 우키타를 중심으로 선봉대를 자임하는 시마즈 요시히로와 모리 요시나리가 우측에 거들먹거리며 앉아 있고 좌측으로는 고니시 유키나가와 와키자카 야스히로가 여전히 뻐딱하게 앉았다. 고니시가 고개를 까딱하자 그의 부관이 벌떡 일어나 잽싸게 앞으로 나와서 남원성 지도를 돗자리에 펼쳤다.

"남원성에 심어 놓은 간자가 보내 온 남원성 지도와 명군의 배치 상황입니다."

지도에는 붉은색으로 남원성 사대문과 배치된 병력의 수와 장수가 적혀있었다.

"남원성 총 대장은 명군 부총병 양원입니다. 전투지휘 본부는 남원 동헌 건물에 차렸습니다."

부관이 주군인 고니시와 총대장 우키타를 번갈아 보았다. 고니시가 우키타를 무시하는 듯이 말했다.

"계속해라!"

부관이 고개를 깊이 숙여 고니시에게 '하이'하고 절을 했다.

"동문은 명군 이신방 기병 천 명, 남문은 명군 주륜, 장표 기병 천, 서문은 명군 모승선 기병 천입니다. 그리고 북문은 조선군 전라병사 이복남의 관군과 조방장 김경호가 이끄는 민병을 합하여 천입니다. 남원성의 총 병력은 사천입니다."

부관이 잠시 고니시의 눈치를 보더니 계속했다.

"교룡산성은 처영이 이끈 승군 삼백이 지키고 있다 합니다."

"뭐라, 처영!"

우키타 히데이에가 잔뜩 얼굴을 찌푸리며 중얼거렸다. 우키타 옆에 앉은 고니시 유키나가도 덩달아 얼굴을 붉혔다.

"처영이라면 우키타 대장이 죽을 뻔했던 행주산성의 그 처영 땡중을 말하는 것이냐?"

시마즈가 우키타와 고니시를 쳐다보며 비꼬듯이 말했다. 옆에 앉은 모리 요시나리도 비웃음을 흘렸다. 우키타는 행주산성 싸움에서 처영 승군이 쏜 화살에 맞아 중상을 입었다. 우키타의 얼굴이 심하게 일그러졌다. 고니시도 행주산성에서 처영 승군에 막혀 대패했었다. 잠시 어색한 침묵이 흘렀다. 고니시가 조선군에 심어 놓은 간자가 보내온 첩보에 의하면 구례 사람들은 전부 지리산 깊숙이 도망가고 일부는 남원성으로 피신 갔다고 했다. 순천에 진을 쳤던 전라병사 이복남이 칠백 명의 관군을 이끌고 어제 구례를 거쳐 남원성으로 합류했다고 했다.

"고작 사천이라는 말이냐?"

시마즈가 지휘봉을 바닥에 두드리면서 물었다. 와키자카가 맞장구를 쳤다.

"겨우 사천인데 뭔 회의가 필요하단 말인가. 내일 바로 밀어 버립시다."

와키자카가 두 손으로 목을 치는 흉내를 보였다.

"이제는 이순신도 없소. 남원을 밀어버리고 나는 바로 배를 끌고 전라도를 지나 충청도를 돌아서 한강을 타고 한양으로 갈 것이요."

"하- 하- 하-"

와키자카가 너털웃음을 터트렸다. 와키자카가 비로소 임진년에 한산도에서 이순신에게 당했던 치욕을 설욕한 것이다. 그러나 이순신이 아니고 원균이라서 아쉽기는 했다. 이순신이 다시 통제사에 임명되었다는 소식은 들었다. 그러나 조선 수군은 칠천량에서 박살났다. 한산도에 있던 조선 수군 본영도 철저히 파괴되었다. 이제 조선 수군은 없다.

"고니시, 네 첩자가 지난번에 보고하기로 조선군은 양원의 명에 따라 전부 교룡산성을 파하고 남원성으로 도망갔다고 하지 않았나. 처영이 교룡산성에 있다니 어찌된 일인가?"

시마즈가 고니시를 바라보며 물었다. 고니시가 떨떠름한 표정으로 시마즈를 쳐다보았다. 저놈이 감히 나에게 덤벼? 하는 표정이었다. 고니시가 추진했던 명나라와의 강화협상이 깨졌다. 도요토미는 사기를 당했다고 대노했다. 명나라는 명나라대로 뒤집어졌다. 고니시와 같이 강화협상을 주도했던 명나라 유격장군 심유경은 목이 날아갔다. 하마터면 고니시 조차도 도요토미의 눈 밖에 나서 할복자살을 해야 할 형편이었다. 고니시의 심복들이 도요토미의 애첩에게 목숨을 구걸했고, '공을 세워 목숨을 구하라'는 도요토미의 한마디로 겨우 살아난 형편이다. 고니시의 입지가 많이 좁아진 것이다. 그러다보니 시마즈와 같은 무식한 놈들이 미쳐 날뛰는 것을 보고만 있는 것이다. 고니시가 마지못해 입을 열었다.

"교룡산성에 있는 승병은 겨우 삼백이라 하지 않는가. 시마즈, 그래 겨우 삼백에 겁이 나는가?"

시마즈의 얼굴이 붉어지고 고니시를 향해 손짓을 하자 시마즈의 부관이 나섰다. 칼집에 손이 갔다.

"고니시 말을 삼가라!"

"뭐라? 네 이놈, 해적질이나 해 쳐 먹던 놈이 뭐라? 감히 이 자리가 어떤 자리라고 나서느냐!"

고니시의 부장이 칼을 빼어 들고 나섰다. 시마즈의 부관도 칼을 뽑아들었다.

"그래, 해적의 칼 맛을 한번 보고 싶으냐!"

시마즈의 부관이 흰 웃음을 흘렸다. 고니시가 부관을 제지했다. 고니시의 부관이 칼을 접자. 시마즈의 부관도 칼을 넣고 물러섰다. 이때 우키타의 경비병이 군막을 젖히고 황급히 들어섰다.

"주군! 사사키 부대가 전멸했다 합니다."

경비병이 보고하는 도중 기병 한 명이 어깨에 화살이 박힌 채로 들어와 엎드렸다. 화살은 반 쯤 꺾인 채 어깨에 깊숙이 박혀있고 아직도 피가 배어 나왔다. 모든 시선이 기병에게 쏠렸다. 기병이 숨을 헐떡이며 말했다.

"와키자카 장군! 사사키 장군이 전사하였습니다. 전부 죽고 저 혼자 돌아왔습니다."

와키자카의 얼굴이 심하게 일그러졌다.

"뭐라? 사사키 이놈 내가 그렇게 경거망동 하지 말라 일렀거늘."

와키자카가 한 숨을 들이셨다.

"어떤 일인지 자세히 말하라!"

우키타가 물었다.

"저는 사사키 장군의 우군장 기무라입니다."

기무라가 새벽에 있었던 교룡산성 싸움의 경과를 자세히 이야기하기 시작했다. 사사키가 조선 민병 한 놈과 맞대결을 하다가 칼을 맞고 쓰러졌다는 대목에서 와키자카의 얼굴색이 하얗게 변했다. 계곡을 기습했던 조선군은 처영의 승군이라는 말을 듣고는 우키타의 안색도 하얗게 돌변했다. 우키타가 '사사키가 누구냐?'고 묻자, 기무라는 와키자카를 쳐다보았다. 와키자카가 마지못해 '사사키는 내 사위다.'라고 대답했다. 도도 다카토라가 이죽거리듯이 말했다.

"그 장인에 그 사위로군! 잘 하는 짓이다."

와키자카의 눈에 불이 올랐다.

"장인은 혼자 공을 세우려고 욕심내다가 한산도에서 이순신에게

함선 백 척을 물고기 밥으로 만들더니 그 사위라는 놈은 명령을 어기고 출동하여 사백의 군사를 까마귀밥으로 만들었다!"

시마즈도 비웃음을 흘렸고 고니시는 고개를 숙였다. 우키타가 불같이 화를 내며 말했다.

"내가 분명 섣불리 움직이지 말라 했거늘. 이놈들이!"

"와키자카, 내 말이 말 같지 않더란 말이냐. 당장 할복하라."

우키타가 장도를 '슥' 빼들었다. 도요토미가 하사한 장도였다. 우키타가 이렇게 화를 낸 적이 없었다. 임진년에 우키타가 도요토미의 사위라는 후광을 업고 젊은 나이에 총사령관이 되자 명령을 받아야 하는 장수들이 우키타를 우습게 봤다. 자연히 우키타의 명령을 부하 장수들이 무시하기 일쑤였다. 그러나 이제 우키타도 임진년 이후 전장에서 잔뼈가 굵어 역전의 용사가 된 것이다. 도요토미의 우키타에 대한 신뢰는 여전했다.

와키자카는 물론이고 시마즈까지 깜짝 놀라 얼떨결에 무릎을 꿇었다. 우키타가 칼을 빼들고 나섰고 와키자카의 부관도 칼을 빼들고 와키자카 앞을 막아섰다. 와키자카 부관의 주군은 우키타도 아니고 심지어는 도요토미 태합도 아닌 것이다. 오직 와키자카에게만 충성할 뿐이다. 고니시가 팔을 휘 저으며 중간에 끼어들었다.

"승패는 병가지상사라 했소이다."

우키타의 칼을 제지하면서 고니시가 말을 이어갔다.

"이미 사사키는 죽었으니 됐소. 우키타 대장."

우키타가 슬며시 칼을 거두었다. 고니시가 자신을 대장이라 부른 것은 이번이 처음이었다.

"그럼 저놈의 목을 쳐라. 주군을 버리고 어떻게 혼자만 살아온다
는 말이냐!"

우키타가 기무라의 목을 가리켰다. 기무라의 안색이 하얗게 변했
다.

"우키타 대장, 저놈의 잘못이 아닙니다. 지휘관인 사사키가 죽일
놈입니다. 살려주시오."

거듭 고니시가 자신을 대장이라고 부르자 우키타가 대답했다.

"고니시 장군의 말이 옳다. 전투의 승패는 지휘관에게 있다. 너는
살려주마. 돌아가라!"

기무라가 저승 문턱에 다녀온 듯 황급히 물러갔다. 우키타가 자
리에 앉자 와키자카의 부관도 뒤로 물러났고 와키자카도 자리에 앉
았다. 시마즈도 고개를 들어 군막 천장을 멋 적은 듯이 바라보았다.
아무도 말을 꺼내지 않았다. 잠시 어색한 침묵이 막사를 채웠다. 고
니시가 나직이 말을 꺼냈다.

"이제 조선을 우습게 봐서는 안 될 것이요. 남원성도 만만치 않소
이다."

우키타가 고개를 끄덕였다. 시마즈가 뭔가 한마디 하려다가 꿀꺽
눌러 참았다. 우키타가 지도를 가리키며 말했다.

"내일 남원으로 출동할 것이오."

"시마즈 부대, 모리 부대, 그리고 본인이 지휘하는 본대는 숙성령
을 넘어 원천으로 간다."

시마즈와 모리가 고개를 끄덕였다.

"고니시 부대, 요시타시 부대, 도도, 가토, 와키자카 부대는 밤재

를 넘어 원천에서 합류한다.”

고니시가 고개를 숙였고 와키자카도 고개를 숙였다. 우키타가 남원성 지도 필사본을 장수들에게 한 장씩 나누어주었다. 각자 군막으로 돌아갔다. 와키자카도 자신의 군막으로 돌아갔다.

*

와키자카는 따로 군막을 설치하지 않고 불에 타다 남은 관아 건물 하나를 골라 임시로 휘장을 둘러치고 군막으로 사용했다. 부관이 어디서 구했는지 술을 한 병 가져왔다. 병째로 입에 가져갔다. 독한 명국술이었다. 아마도 고니시 군막에서 구해온 것이리라. 고니시 군막에는 명나라 것이라면 없는 것이 없었다. 특히 명나라 술이 많았다. 액체가 짜릿하게 목구멍을 넘어갔다. 문득 사사키를 떠올렸다. ‘시즈가타케의 일곱 자루 창’으로 불리던 때가 있었다. 그 후 와키자카는 도요토미의 눈에 들어서 다이묘가 되었고 처음 봉토로 받은 땅이 아오키였다. 아오키는 적지 않은 큰 섬이었다. 거기서 사사키를 만났다. 사사키는 젊은 나이에 이미 아오키의 해적 두목이었다. 그를 사로잡았지만 풀어주었다. 뿐만 아니라 사사키보다 다섯 살이나 어린 딸을 사사키에게 주어 사위로 삼았다. 그 후에 사사키는 와키자카의 든든한 오른팔이 되었다. 도요토미가 와키자카의 인질로 삼아 사사키를 본국에 잡아두었다.

정작 사사키는 조선에 나가 공을 세우고 싶어 안달이었다. 사사키는 좁은 아오키로는 성이 차지 않았다. 사사키는 선봉대로 조선을 거쳐 명나라를 정벌하고 유구(오키나와)를 봉토로 받고 싶어 했다.

유구를 거점으로 해상 왕국을 건설하고 싶어 했다. 자신은 '해적왕이 되고 싶다.'고 번연히 말했다. 사사키는 와키자카에게는 각별하게 극진했던 사위였다. 도요토미를 따라 규슈를 정벌할 때는 사사키가 여러 차례 와키자카의 목숨을 구했다.

'아까운 놈이다.'

와키자카는 속이 씁쓸했다. 사사키를 위한 술 한 잔이라고 생각했다. 이때 휘장을 걷고 황급히 부관이 들어왔다. 부관 뒤에 한 놈이 누군가를 들쳐 업고 따라 들어왔다. 피비린내가 훅 끼쳐왔다.

"주군 사사키 장군입니다."

사사키가 굳은 시체로 툭 떨어졌다. 이미 싸늘하게 식었다. 팔이 제대로 구부러지지 않았다. 분명 사사키였다. 칼이 한방에 심장을 관통했다. 상처가 깨끗했다. 고수의 솜씨였다.

"누구한테 당했느냐?"

와키자카가 사사키를 업고 온 놈에게 물었다. 다리가 부러진 듯했다. 온 몸이 피투성이였다. 서서히 얼굴을 들었는데 아는 얼굴이다. 왼쪽 뺨에 깊은 칼자국이 있다. 조선인 향도였다. 이름이 강대길인가 했다.올 봄 오월 재침을 위해 규슈에서 군사를 이끌고 대마도에 도착했을 때 한 조선인이 제 발로 와키자카를 찾아왔다. 그는 왜군의 향도를 자청했다. 일본어를 아주 유창하게 했다. 자신은 남원출신이라고 했고 지리산 일대 지리를 모조리 꿰고 있다고 했다. 와키자카는 이 무슨 횡재인가? 했다.

이번에는 전라도를 반드시 점령해야만 했다. 임진년 전쟁에서 뼈저리게 얻은 교훈이 두 가지였다. 하나는 이순신 장군을 없애고 조선 수군을 궤멸시키는 것이었으며 또 한 가지는 남원성을 함락함으로써 호남의 곡창지대를 확보하는 것이었다. 이순신을 삼도수군통제사에서 끌어내게 만드는 계략은 성공하였다. 그로 인해 원균이 이끌던 조선 수군은 사실상 전멸 상태에 이르렀다. 이제 남은 것은 남원이었다.

와키자카가 물었다.

"네가 원하는 것이 뭐냐?"

물어도 대답이 없었다. 강대길은 말을 아꼈다. 들리는 말에 그는 남원에 가서 원수를 갚아야 한다고 했다. 반드시 한 놈을 잡아서 아버지의 원수를 갚아야 한다고 했다. 그러나 그것만이 향도를 자처한 이유는 아닌 듯했다. 강대길은 조선을 끔찍하게 싫어했다. 조선 땅에서 조선인으로 태어난 것을 증오했다. 진심으로 자신은 왜인이 되고 싶다고 했다.

칠천량 싸움에서 조선 수군을 격파할 때도 강대길 덕을 단단히 보았다. 강대길은 거제도 일대의 물길을 훤히 알고 있었다. 여섯 살 때부터 남원상단 윤 객주의 배를 타고 삼국을 돌아다녀서 물길에 훤하다 했다. 사사키가 조선 수군대장 원균을 알아보고 목을 베게 된 것도 강대길의 덕이었다. 강대길이 원균의 얼굴을 알아보고 꼭 짚어서 사사키에게 알려주었던 것이다. 강대길은 조선 땅에 들어서자 마치 실성한 듯했다. 혹시나 조선 양반의 시체를 발견하면 얼굴을 확인했고 자신이 나서서 코를 베어오기도 했다. 심지어는 양반의 시체에 칼질을 하기도 했다.

"주군, 그놈한테 당했습니다."

"누구 말이냐?"

"제 원수입니다!"

"사사키를 벤 놈이 네 원수라는 말이냐?"

"한물이란 놈입니다. 제 아비를 죽인 놈입니다."

와키자카가 잠시 생각했다. 강대길에게 말했다.

"강대길, 너는 죽어야겠다. 분명히 경고했었다. 내가 경거망동하지 말라 했다."

강대길이 고개를 끄덕였다.

"네 놈이 사사키를 죽인 것이다. 사사키를 대신해서 죽어라!"

강대길이 다시 고개를 끄덕였다. 와키자카가 왜도를 빼들었다, 짧은 칼이다. 강대길이 와키자카를 빤히 쳐다보았다. 고양이를 닮은 노란 눈빛에 와키자카가 움찔했다. 강대길이 조용히 말했다.

"나는 죽어도 그만 살아도 그만입니다. 잠시만 더 살려주시오."

강대길이 숨을 헐떡이며 끈덕지게 말을 이어갔다.

"내가 반드시 그놈 한물을 잡아 대령하겠습니다."

"그놈의 목을 베어 사사키 장군의 원혼을 푸십시오."

와키자카가 칼을 쳐들었다.

"그놈은 고니시 장군의 부하 '검은 야차'를 죽인 놈입니다."

노란 눈빛이 여전히 와키자카를 빤히 노려보며 말했다.

"뭐라. 검은 야차를 죽인 놈이라고!"

와키자카가 칼을 서서히 내렸다. 잠시 생각에 잠겼다. 옅은 미소가 스쳐갔다. 대신 강대길의 얼굴을 천천히 들어올렸다. 한순간에 칼로 코를 입술에서부터 위로 베어 올렸다. 강대길의 코가 얼굴에서 툭 떨어져 막사에 뒹굴었다. 코에서 피가 쏟아졌다. 아악 비명을 지르며 코를 움켜잡았다. 강대길이 흙바닥에서 버둥거렸다. 화살 맞은 늑대처럼 울부짖었다. 사람의 소리가 아닌 기이한 신음소리가 흘러나왔다. 와키자카가 부관에게 말했다.

"이놈을 고니시 장군에게 보내라. 나의 선물이라고 전해라."

"강대길, 너의 목숨을 고니시 장군에게 맡긴다. 가라!"

강대길이 노란 눈을 번들거리면서 부관의 뒤를 따라서 다리를 질질 끌면서 사라졌다. 그의 구멍 뚫린 코에서 피가 계속 쏟아졌다.

6장. 인연

정유년 팔월 열하루 신시, 남원성

대방객관 현판이 노을에 비쳐 번들거렸다. 남원성 관내에서 유일
하게 금칠을 한 현판이었다. 객관은 부총병 양원 등 명군 장수들이
묶고 있는 용성관 옆이었다. 윤 객주는 장사하는 객주여서 신분상으
로는 농군보다 천대받는 중인이었으나 남원 관내에서는 남원부사도
무시 못 하는 남원의 실세였다. 바로 돈 때문이었다. 양반들은 글
읽는 것이 천직이었고 장사하는 것은 천하게 여겼다. 하긴 양반도
삼대가 벼슬을 하지 못하면 농사짓는 상민으로 전락하기도 했다. 개
중에는 셈이 빨라서 장사치로 신분을 옮기기도 했다. 윤 객주도 그
런 부류였다.

들리는 말로는 윤 객주의 5대 조부가 공조판서를 했다는 소문도

돌았다. 알 수 없는 소문이었다. 윤 객주는 개성 출신으로 남원의 거상이었다. 윤 객주의 부친 대에 이르러 개성에서 남원으로 상단을 옮겼다. 윤 객주의 부인은 초희를 낳고 산고로 일찍 세상을 등졌다. 윤 객주는 먼저 간 부인을 못 잊어했다. 윤 객주는 평생을 홀아비로 지냈고 사람들은 그런 윤 객주를 의아하게 생각했다. 윤 객주는 부인을 잃고 어린 딸 초희를 데리고 세상을 주유했다.

초희는 애비 품에 안겨서 상선을 타고 대마도로 왜국으로 유구며 천축 심지어는 대국의 연경까지 애비를 따라 다녔다. 초희는 어려서부터 시를 짓고 수를 놓기보다는 말달리고 활 쏘는 것을 먼저 배웠다. 자연히 대방도관에서 또래 남정네들 틈에 끼어 무술을 배웠다. 한물과 금아가 양자로 들어오기 전까지는 초희가 윤 객주의 아들 노릇을 했다. 초희는 남장을 하고 다녔고 이름도 초군이라고 불리기를 원했다.

대방객관은 조선 건국 이래 호남 제일의 상단이었다. 상선이 무려 열 척이나 되었는데 늘 대마도를 거쳐 왜국의 오사카까지 갔다. 상선은 멀리 유구(오키나와)를 거쳐 대월국(베트남)까지 미쳤고 심지어는 천축(인도)까지 왕래했다. 서쪽으로는 천진을 거쳐 물길로 연경까지 다녀왔다. 광한루 앞에서 물건을 싣고 요천을 따라 섬진강으로 내려갔다. 여수 전라좌수영에서 큰 상선으로 옮겨 싣고 대해로 나갔다. 남원에 모아진 조선의 인삼과 도자기를 실어 나갔고 왜국에서는 은을 주로 가져왔으며 대월국에서는 물소 뿔을 가져왔다. 물소 뿔은 조선의 활을 만드는 데 없어서는 안 되는 귀한 재료였다. 대국에서는 각종 서책과 비단을 가져왔다. 몰래 화약을 가지고 오기도 했다.

남원상단에서 부리는 하인과 객군만 해도 삼백이 넘었다. 객관에는 무시로 사람들이 드나들었다. 왜국과 명국 상인뿐만 아니라 월국, 천축인, 불랑기 상인까지도 며칠씩 객관에 묵어갔다. 상단의 창고에는 없는 것이 없다고 소문이 자자했고 심지어는 남원부의 조세창보다 곡식이 많이 쌓여 있다고 했다. 윤 객주를 남원부내의 누구도 함부로 하지 못했다. 심지어는 이순신 통제사도 객관에 전령을 보내기도 했다. 들리는 소문에는 윤 객주의 상선을 이순신 장군이 거느리는 조선 수군에 헌납했다는 말도 들렸다. 또 누구는 객관 창고에서 군량미로 수만 섬이 실려 나가기도 했다고 수군거렸다.

윤 객주는 남원에서 꽤나 인심을 얻고 있었다. 비렁뱅이들도 윤 객주라면 좋아했고 사당패들은 으레 대방 객관에 진을 치고 걸식을 하곤 했다. 남원상단의 재산이 전부 얼마나 되는지는 아무도 몰랐다. 다만 윤 객주만이 알 뿐이다. 윤 객주는 왜국 말과 명국 말도 유창했고 심지어는 떠듬거리며 불랑기 신부와도 의사소통이 되었다. 남원을 지휘하고 있는 명군 부총병 양원은 뻔질나게 윤 객주를 불러들였다. 양원을 보필하는 접반사가 있었으나 양원은 윤 객주에 더 의존했다. 윤 객주는 양원을 처음 만난 날이 생각나서 쓴웃음을 지었다.

*

양원은 계사년 유월에 남원에 진주하였다. 유월 열사흘 양원은 기병 삼천을 이끌고 남원성에 들어왔고 용성관에 짐을 풀었다. 그날 용성관에서 남원부사가 양원을 위한 연회를 열었다. 연회라고는 했으나 술을 따르고 창을 할 관기나 남원 기생들이 전부 도망가고 없어서 마침 하동 쌍계사에서 남원성으로 피난 온 사당패를 꽃단장시켜 술을 따르게 하고 판소리를 시켜서 흥을 돋았다.

양원은 조선의 왕을 아들 부르듯이 '이연'이라고 이름으로 불렀다. 벼슬을 했던 양반들은 전부 얼굴을 붉힌 채로 입을 다물고 연신 술만 부었다. 남원부사나 접반사는 어찌 할 줄을 몰라 했다. 양원은 조선의 양반이나 관원들을 마치 똥강아지인양 취급하여 '야!' 하고 부르기 일쑤였다. 조선에 와서 보니 군사라고 끌려 나와 군복을 입은 조선군을 보면 전부 양반집의 하인이거나 면천하기 위해 나온 천민들이었고 양반이라는 놈들은 눈을 씻고 찾아도 보기가 어려웠다. 심지어는 한창 전쟁 중에 외조모의 상이라고 핑계대고 도망가는 자도 있었다. 왜 그렇게 눈물은 많던지. 왕이라는 선조부터 대신이라는 놈들은 하나같이 명군을 천군이라고 부르면서 바짓가랑이를 잡고 매달리고 울기만 했다.

남원성에도 관군이라고는 겨우 기십 명에 불과했다. 그나마 의병이라고 기백 명이 있었고 처영이 이끄는 승군이 기백이라고 했다. 전라병사 이복남이 순천에서 기백 명을 이끌고 남원성으로 들어온다고 했다. 한심한 종자들이었다. 조선에는 이순신 빼고는 장수가 없었다.

"기생을 데려오란 말이다!"

결국은 술시중을 들고 있던 사당패를 냄새 난다하여 내치고 양원이 술판을 엎었다. 덩달아 명군들은 저잣거리를 뒤져 관내에 피난

와 있던 아낙네들을 끌어내고 있었다. 아이들이 울고불고 지아비인 듯한 남정네는 명군에게 맞아 피투성이가 되고 있었다. 조선의 관군과 명군이 서로 창을 겨누고 드잡이를 했다. 그러다가 명군이 곱상한 아낙을 한 명 끌고 용성관으로 들어왔다. 장옷을 입고 두루마기를 입었으니 상민은 아니고 양반집 규수인 듯 했으나 얼굴을 보니 조선여인은 아니었다. 눈썹이 짙고 눈이 초롱하며 입술이 두텁고 얼굴이 갸름한 용모가 천축여인인 듯했다. 미모가 한눈에 보아도 출중했다. 여인은 한사코 장옷으로 얼굴을 가리려고 했다. 저고리 고름이 끊어져서 한손으로 잡은 저고리 밑으로 풍만한 젖가슴이 출렁거렸다.

양원의 눈이 휘둥그레지면서 여인을 관내로 끌어 올렸다. 남원부사 임현의 얼굴이 심하게 일그러지고 덩달아 양원의 술시중을 들던 남원부 아전이 놀라서 어쩔 줄을 몰라 했다. 양원이 무어라 홍사일에게 중얼거리자. 접반종사 홍사일이 여인에게 대뜸 대거리를 했다.

"너는 뉘 집 처자인가?"

여인이 대답하지 않았다. 홍사일이 거푸 물었으나 여인은 묵묵부답 대답하지 않았다. 홍사일이 화가 나서 말했다.

"아니 저년이 여기가 어디 안전이라고 대꾸조차 안 한단 말이냐. 네 이년!"

여인이 눈을 들어 임현을 쳐다보다가 이내 눈을 바닥에 깔았다.

"네 이년 물고를 낼 것이다."

홍사일이 흥분하여 뛰어가자, 아전이 한발 나서 뭐라고 말을 하려고 했다. 이때 남원부사 임현이 우뚝 나서 말했다.

"저 여인은 나의 내자요. 풀어주시오."

홍사일이 머뭇거리고 양원이 통역을 통해 이야기를 듣고 입맛을 다셨다. 다른 조선장군들은 혀를 찼다. 홍사일이 비웃듯이 임현에게 물었다.

"아니 고명하신 대감께서 어찌 이런 여인을 첩실로 들였단 말씀이요. 참으로 부사의 취미가 다감하오다."

임현의 얼굴이 붉어졌다.

"보아하니 관기였던 모양인데. 뭐 양반이 첩실을 여럿 두는 것이야 흠 될 것은 없지만 어찌 이런 천것을 첩실로 두셨을까? 저년의 방중술이 보통이 아닌 모양이요?"

홍사일이 더욱 이죽거렸고 임현의 표정이 더욱 일그러졌다. 홍사일이 한 마디 더했다.

"대감 어떻소? 오늘 저년을 양원 총병에게 진상하는 것은 어떠하오? 대감의 충성심이야 세상이 모두 알아주니 이 또한 주상폐하의 은총에 감읍하는 것 아니겠소?"

이 말을 들은 남원부사 임현이 갑자기 칼을 빼어 들고 홍사일의 목을 치려했다.

"네 이놈, 홍사일! 나를 능멸하는 것이냐?"

이를 지켜보던 양원이 도리어 칼을 빼 들고 임현의 목을 치려고 했다.

"아니 어디서 내 앞에서 칼을 빼어 든단 말이냐?"

조선 장수들이나 명나라 장수들도 어찌 할 바를 몰라 당황해 하고 있었다. 마지못해 임현이 칼을 접고 무릎을 꿇었다. 그러자 양원도 칼을 접고 홍사일에게 뭐라 지시했다. 그러자 홍사일이 묘한 웃음을 흘리며 여인에게 물었다.

"네 이년, 너의 선택에 달렸느니라. 양원 총관의 술시중을 들 것이냐? 아니면 임현의 목이 달아나는 것을 보고 있을 것이냐?"

조선 장수들의 표정이 순간 굳어졌다. 임현이 죽일듯한 눈빛으로 홍사일을 노려보았다. 그때 묵묵부답으로 일관하던 여인이 또랑또랑 말했다.

"나는 지아비가 있는 몸이오. 어찌 그런 망발을 하시요. 조선에 그런 법도는 없소이다."

여인의 입에서 유창한 조선말이 흘러나왔다. 그 말을 들은 홍사일이 더욱 재미있다는 듯이 말했다.

"그래, 네 년의 정조를 지키자고 네 서방의 목이 날아가도 좋다는 거냐?"

홍사일이 낄낄거렸다. 이때 그 자리에 있던 이가 나섰다.

"停止!(멈춰라!)"

유창한 명국어로 한 사람이 나섰다. 조방장 뒤에 서있던 남자였다. 윤 객주였다.

"你是誰(너는 누구냐?)"

양원이 물었다.

"남원상단 윤 객주요."

몇 명 남원 양반이라는 치들이 혀를 찼다.

"여기가 어떤 자리라고 상놈이 나서는가?"

홍사일이 윤 객주를 내치려고 했으나 도리어 양원은 흥미 있는 눈으로 윤 객주를 바라보았다. 돌연 윤 객주를 불러 양원의 옆에 앉혔다. 둘은 그렇게 마주보고 통역 없이 한참을 서로 이야기했다. 윤 객주가 양원에게 술을 따랐고 양원이 하오 하오를 연발하며 웃는 낯으로 바뀌었다. 그제야 양원이 선심 쓰듯이 임현을 방면하고 여인을 내보냈다.

여인은 황망히 아전을 따라 나섰고 홍사일은 입맛을 다셨고 조선 장수들은 불쾌한 표정으로 돌아갔다. 잠시 뒤 양원이 윤 객주를 따라 객관으로 자리를 옮겼고 자연히 용성관의 연회는 파장했다. 모였던 사람들은 전부 흩어졌다.

이후로 양원은 수시로 윤 객주를 용성관으로 불렀다. 그때마다 윤 객주는 보자기를 싸 들고 양원을 찾아갔다. 양원은 윤 객주를 회의에도 참석시켰다. 대부분의 조선 사람들은 지난번 용성관 일도 있고 양원을 윤 객주가 맡아주니 혹을 하나 뗀 듯 고맙기 그지없었다. 그 동안 남원에 퍼져있는 윤 객주에 대한 세간의 평도 있고 해서 오히려 환영하는 축이었으나 몇 몇 관원과 양반이라는 자들은 아니꼬운 눈으로 윤 객주를 희게 보았다. 난리통이 되고 보니 상놈들이 설친다는 식이었다. 그 중에는 난리만 끝나면 두고 보자는 치도 있었다. 그 중에 양원을 따라 온 접반종사 홍사일이 그런 치였다. 상사인 접반사 정희수가 윤 객주를 인정하니 마지못해 입을 다물고 있었다.

*

윤 객주가 객관에 들어서는 처영 스님과 한물을 발견하고 밝은

낮으로 걸음을 옮겼다. 한물이 윤 객주에게 고개를 숙였다.

"아버님, 다녀왔습니다."

윤 객주가 한물의 등을 두드렸다. 한물은 계사년 운봉 전투에서 처영 스님의 승군으로 참여한 이후에 처영의 명에 따라 환속하여 윤 객주의 양자로 들어왔다. 그래서 받은 이름이 윤한물이었다.

왜란이 일어나기 삼년 전에 한물의 친부였던 한원영이 정여립 역모사건에 연루되어 처형되었고 가족이 몰살당했다. 한원영이 운영하던 무술도장 대방도관도 무사하지 못했다. 대방도관이 폐쇄되고 현판은 뜯겨졌다. 대방도관에서 무술을 배우던 남원 인근 젊은이들도 무사하지 못했다. 한양에서 급파된 조사관에게 줄줄이 끌려가서 치도곤을 당하고 형틀에 묶여 다리가 부서졌다. 다행히 윤 객주가 조사관에게 돈을 써서 목이 달아나는 것만은 막을 수 있었다. 남원 대방계원이라면 몸이 성하지 못했다. 정여립과 서신을 주고받았던 유생들과 향반들은 멸문의 화를 입었다.

다행인지 정여립이 보관하고 있던 남원 대방계의 명부는 발견되지 않았다. 남원상단 윤 객주도 대방계의 비밀계원이었다. 윤 객주가 먼저 손을 써서 한물만 겨우 빼 돌렸고 한물의 외가도 외할머니부터 줄줄이 화를 당했다. 간신히 혼자만 살아남은 한물은 용천사 처영에게 맡겨졌다. 말이 없어진 한물은 출가하여 머리를 깎고 지명이라는 법명을 받았다. 한물은 염불 대신에 칼을 갈았다. 지리산을 헤집고 다니고 화살을 날렸다. 그렇게 오 년이 흘렀고 계사년에 의승군으로 운봉전투에 참여하여 고니시의 부하장수 '검은 야차'의 목을 벴다.

처영은 한물에게 산을 내려가라고 했다. 한물은 도반 금아와 같이 하산하여 윤 객주의 객관으로 찾아왔다. 한물은 윤씨 성을 받고 윤 객주의 양아들이 되었다. 덕분에 윤 객주의 딸 윤초희가 한물의 여동생이 되었다. 같이 환속한 금아도 윤씨 성을 받고 한물의 동생이 되었다. 한물의 어릴 적 얼굴을 기억하는 자는 남원에 없었다. 정여립의 난에 죽거나 도망가서 자취를 감추었기 때문이다.

한물이 한원영의 아들이라는 것을 아는 사람은 처영과 윤 객주뿐이었다. 윤 객주가 역모로 몰려 폐쇄됐던 대방도관을 다시 열고 한물을 무술사범으로 삼았다. 대방도관에 다시 사람들이 모였다. 소석과 백이도 다시 도관에 나오기 시작했다. 초희는 그제야 어릴 적 도관에서 목검을 부러 맞아 주던 오라비가 떠올랐다. 한물의 어릴 적 얼굴을 기억해 냈다.

*

한물은 객군을 따라 도자기를 받으러 지리산 자락에 있는 심도가에 갔다가 수련을 처음 만났다. 서로 처음 만나는 자리였는데 오래전부터 알고 지내온 사이처럼 낯설지 않았다. 수련도 원래는 심씨가 아니고 정씨였다. 수련은 그 사실을 한물이 지리산으로 도망치던 그해 양아버지에게 들었다고 했다. 수련은 정여립의 숨겨진 딸이었다. 수련의 친모 미월은 남원 기생이라고 했다. 한물의 친부가 죽던 그날에 수련의 모친도 참수를 당했다.

수련은 한물보다 세 살이나 많았다. 수련은 모친 미월과 달리 부친 정여립을 닮아 성격이 호방했다. 물레질을 달고 살아온 수련의 손은 거칠었다. 한물을 바라보는 수련의 눈빛이 강렬했다. 수련은 운명의 이끌림을 받은 것같이 적극적이었다. 재호 몰래 오리 길을 걸어 산을 내려왔다. 만복사 옆 대방도관에서 의병들에게 본국검을 가르치고 있는 한물을 몰래 훔쳐보고 갔다. 수련은 대담했다. 교룡산 군기장에서 한물이 의승군과 같이 훈련을 하고 있는 것을 훔쳐보다가 승려들에게 들키기도 했다. 그 소식을 전해들은 처영 스님은 '인연이로다.'만 중얼거렸다.

작년 단옷날 윤 객주가 한물을 데리고 심도기로 재호를 찾아갔다. 재호가 수련을 불러왔다. 수련은 고개만 숙이고 있었고 덩달아 한물도 죄진 사람 마냥 고개를 숙였다. 그렇게 해서 한물은 상투를 틀었다. 난리통이라 혼례는 조촐하게 치렀다.

어쩌면 난리는 끝날 것도 같았다. 그런데 왜군이 다시 몰려왔다. 왜군은 하동을 지나 구례를 치고 남원을 향해왔다. 육만 대군이었다. 왜군의 길에는 산 사람이 없었다. 살육이었다. 한물은 수련을 처가로 보냈다. 산달이 다가왔기 때문이다.

*

"어떻게 할 참이냐?"

윤 객주가 한물에게 물었다. 수련을 이르는 말이었다.

"내보낼 것입니다."

한물이 대답했다.

"스님, 수련을 지리산으로 보내 주십시오. 나가실 때 데려가 주십시오. 제가 가서 수련을 데려오겠습니다."

한물이 말하자 처영이 희미하게 고개를 끄덕였다. 처영은 오늘
밤 교룡산성으로 돌아가기로 했다. 교룡산성에서 왜군을 교란하고
유격전을 펼치기로 양원과 합의가 된 것이다. 교룡산성에는 의승군
만 남고 교룡산성 별장 신호 등 관군과 한물, 대방결사대는 남원성
에 남아 김경호 조방장의 지휘를 받기로 했다.

"다녀오너라!"

처영이 말했다. 한물이 일어나 객관을 나갔다.

*

"싫소!"

수련이 단호히 말했다. 문밖에서 듣고 있던 만수 오라비가 봉창
에 대고 말했다.

"고집 그만 부려라."

수련과 만수 오라비는 피 한 방울 섞이지 않았다. 한 날 태어난
인연으로 남원 기생 미월이 딸 수련을 심도가에 맡겼다. 기생의 딸
은 기생이 되어야 하는 기구한 운명의 굴레를 벗겨주고 싶었다. 그
리하여 쥐도 새도 모르게 심재호에게 맡겨진 수련은 만수랑 오누이
가 된 것이었다. 만수는 수련이 친 오누이인 줄 알고 살았다. 그러던
중 어느 날엔가 만수는 비밀을 알게 되었다. 수련이 씨가 아닌 정씨
이고 역적 정여립의 딸이라는 것을 알아버렸다. 만수의 마음이 수련
에게로 움직였다. 수련도 오라비 만수가 수련을 애틋하게 생각하는
정을 알고 있었다. 허나 수련에게는 이미 한물이 가득 들어차 자리
를 잡고 있었다.

만수는 수련이 한물을 마음에 두고 있는 줄 알아차리고 나서는 서둘러 먼저 점순에게 장가를 들었다. 화전민 최씨가 딸내미 하나를 남겨두고 죽자 심재호가 데려다 키웠다. 죽은 최씨는 얼굴에 점이 많다고 하여 딸을 점순이라 이름 지었다. 딸 같이 지내던 점순이는 어느 날 아침 만수와 자고 일어난 뒤부터 심재호의 며느리가 되었다. 점순은 '나 몰라라'하고 만수에게 시집을 들었다. 점순은 식탐이 많았다. 아침밥을 하다가 몰래 먼저 퍼 먹다가 만수에게 들키기도 했다. 일굴에 보리밥알을 붙이고서 해사하게 웃었다.

"나는 신랑보다 밥이 좋아"

재호는 물론 만수도 그런 점순을 좋아했다. 점순은 정이 많고 눈물도 많았다. 만수와 점순은 부부 금슬이 좋아서 아들을 연이어 낳았다. 만수는 애써 수련을 외면했다. 언니라고 부르다가 손위동서가 된 점순은 사람 좋은 얼굴로 배시시 웃기만 했다. 수련도 그런 사정을 모른 체했다.

만수는 수련을 살리고 싶어 했다. 그래서 번연히 죽을 자리인 줄 알면서도 수련을 지게에 메고 남원성으로 들어 온 것이다. 한물은 수련도 만수도 내보내야 했다.

"나 혼자 사는 것은 싫소!"

수련이 눈물을 비쳤다. 흔치 않은 일이다. 수련은 자신이 미월의 딸이라는 사실을 알고 난 이후부터는 절대로 눈물을 비치지 않았다. 연약한 여자가 도저히 할 수 없으리라는 힘든 도공 일도 척척 해냈다.

"같이 나갑시다."

"그것은 안 될 일."

"그라믄 나도 안 나가요."

"자네가 나가야 자네도 살고 나도 사는 길이네."

"어째 그란다요?"

수련이 한물을 빤히 보면서 물었다.

"자네는 내가 싸우다가 그렇게 쉽게 죽을 사람으로 보이는가. 내가 누군가?"

한물이 은근하게 물었다.

"진주성에서도 전부 다 죽었잖소. 성에 갇히면 어찌게 살아온단 말이요?"

수련은 막무가내로 고개를 저었다.

"나는 절대로 죽지 않을 것이네. 설사 성이 왜적에게 무너진다 해도 나는 살아서 나갈 거여."

한물이 은근하게 수련에게 말했다.

"자네가 성에 있으면 나도 죽고 자네도 죽네. 내 말이 뭔 말인지 알겠는가?"

잠자코 있던 점순이 거들었다.

"맞어. 동상, 서방님 말이 맞어. 아 생각해보소. 동생이 성안에 있으면 방해만 되제. 글 안한가?"

수련의 표정이 변했다.

"당신 말은 성이 함락되어도 혼자서라도 도망쳐 올 수 있는데 나가 있으믄 나 땜시 둘 다 죽게 된다, 이 말이요?"

수련이 다짐하듯 말했다.

"옳지. 알아듣는구먼."

한물이 대답했다. 수련은 골똘히 생각했다. 한물의 말이 맞았다. 한물은 어떤 일이 있어도 쉽게 잡혀서 죽을 사람이 아니다. 날래기가 호랑이 같은 사람인 것이다. 내가 이렇게 거치적거리면 필시 나 살린다고 한물도 죽을 판이다. 생각이 거기에 미치자 다짐을 받듯이 수련이 말했다.

"그라믄 나는 지리산에서 기다릴랑께. 혹시라도 성이 무너질 기세가 보이거든 꼭 성을 넘어 와야 쓰요!"

수련의 생각에도 이번 싸움은 도무지 이길 요량이 안 보였다. 힘껏 싸우다 도망쳐 오면 될 일이다.

"그라제. 걱정 말고 오라비하고 먼저 가 있드라고."

수련은 마음을 굳히자 몸을 빨리 움직였다. 하긴 벌써부터 아기가 나오려고 하는 중이었다.

'그렇지. 애기가 뭔 죄가 있간디, 살려야제.'

수련은 마음이 급해졌다.

"오라비 갑시다!"

"그랴, 잘 생각했다."

만수가 문밖에서 대답했다. 만수와 점순은 벌써 떠날 채비를 하고 있었다. 수련을 지게에 올려주고 한물은 만수에게 윤 객주한테서 받은 여비를 전해주었다. 아마도 은냥일 것이다. 수련은 친부 정여립이 지녔다는 찻잔을 한물에게 다시 넘겼다. 한물이 아무 말 없이 받았다.

"언능 오소!"

"그랴!"

수련은 고개를 지게에 묻었다. 북문에 가자 처영 스님이 승군과 같이 기다리고 있었다. 북문이 열리고 처영 스님 일행이 교룡산성으로 걸어갔다. 북문에서부터 오리 길이다. 만수의 지게가 뒤를 따라갔다. 점순은 애기를 포대기에 들쳐 업고 뒤를 따랐다. 자꾸 뒤를 돌아보았다. 한물에게 손을 흔들었다. 어쩐 일인지 수련보다 점순이 더 펑펑 울면서 만수의 지게를 따라갔다. 멀어지는 남원성을 가다가 돌아보고 가다가 돌아보고 했다. 그때마다 꺾이는 점순의 허리가 보였다. 한물은 지게가 이미 어둠속으로 사라진 지 오래였지만 한참 북문에 서서 교룡산성 쪽을 바라보고 있었다.

7장. 복수

정유년 팔월 열이틀 해시, 왜군 막사

경념은 일기를 덮었다. 군막에 들친 달빛이 밝다. 십리 쯤 밖에 남원성이 보였다. 띄엄띄엄 성벽에 횃불을 밝혔는지 불빛이 반짝였다. 일기 쓰기는 경념에게 불가의 선수행과 같은 의식이었다. 왜국에서 글을 읽고 쓸 수 있는 사람은 승려 외에는 별로 없었다. 글쓰기는 경념이 이 나이까지 자식을 키우고 처첩을 거느리고 살 수 있게 해 준 밑천이었다. 경념은 주군을 위해 글을 쓰고 노래를 짓고 염불을 하고 치료를 했다. 그래서 사무라이들이 전장에 나가 숱하게 죽어 나갈 때 경념은 무사할 수 있었다. 그는 이제 환갑을 지나 육십하고도 둘이었다. 살만큼 살았다. 죽는 것에 대한 두려움은 없었다.

경념은 오늘 험한 산을 하나 넘어왔다. 고니시의 첩자가 보내온 조선 지도에 표시되기는 '밤재'라고 했다. 고개를 넘어 올 때 밤 껍질이 탁 탁 터지는 소리가 들렸다. 폭포가 계곡으로 쏟아졌다. 왜국에서는 보기 힘든 장관이었다. 폭포는 죽음을 향해 한발 한발 애써 찾아가는 병사들에게 어떤 의미도 없었다. 그냥 무심히 고개를 넘어왔다. 환갑이 넘은 나이로는 넘기에 힘든 산이었다. 이 산을 조선인들은 지리산이라고 했다. "어리석은 사람이 머물면 지혜로운 사람이 된다." 해서 붙여진 이름이란다. 경념은 멋진 이름이라고 생각했다.

애당초 조선에 나오고 싶지 않은 길이었다. 경념은 큐슈의 구석에 붙은 우스키에 있는 안양사의 주지였다. 주군 오타 가즈요시가 도요토미 태합에게 불려갔다 오더니 조선 전쟁에 나가야 하니 자신을 따라가자고 했다. 경념은 늙어서 주군을 보필하기 힘드니 젊은 승려를 데려가라고 했으나 주군은 경념을 콕 찍었다. 주군이 가자하면 가야 하는 것이 주군과 승려의 관계였다. 경념은 전쟁터에서 주군의 건강을 챙기고 부하들을 치료하고 주군의 건승을 기원하는 염불을 해야 했다.

왜군에는 무수히 많은 승려들이 목탁을 두드리며 혹은 바라를 치고 염주를 굴리면서 살육전에 동참했다. 부처를 빌려서 살육을 부추겼다. 불제자에게 어울리는 자리는 아니었다. 어떤 승려는 전쟁을 하루 빨리 이겨서 전쟁을 끝내는 것이 중생을 구제하는 불제자의 길이라고 궤변을 늘어놓기도 했다. 허나 어찌 불살생의 계를 어기는 전쟁이 불제자의 길이란 말인가?

경념은 이 전쟁이 싫었다. 자신은 넓은 봉토를 바라지도 않았다.

그냥 지금처럼만 살아도 여한이 없었다. 철군하는 것이 옳다고 생각했다. 그렇다고 주군에게 내색할 수는 없다. 설사 승려라 하더라도 목이 달아날 수도 있다. 왜국은 칼이 지배하는 나라였다. 칼은 시보다 날카롭고 빨랐다. 칼은 무심하게 목을 날리고 배를 갈랐다. 경념은 칼보다는 목숨을 원했다. 경념은 왜국에 돌아가는 것이 유일한 목표였다. 고향에 돌아가 손자들을 안아보고 고향땅에 뼈를 묻는 것이 지금 남은 유일한 삶의 목표였다.

경념 곁에서 신음하며 중얼거리는 소리가 들렸다. 이세 얼세 살이 되었다는 스즈키가 잠꼬대를 하는 모양이다. 스즈키가 뒤척거린다. 코 고는 소리가 마치 고양이가 가릉거리는 소리를 닮았다. 이슬을 맞으면서 우의를 뒤집어쓰고 잠을 청하고 있던 스즈키를 몰래 군막에 들였다. 조총수가 군막에서 잠을 잘 수는 없는 일이다. 장군들이 알면 경을 칠 일이지만 고향에 두고 온 아들 생각이 났다.

스즈키는 경념이 살던 우스키에서 십리 떨어진 큐슈의 작은 마을에서 두부를 만드는 아버지의 셋째 아들이었다. 형들은 가업을 이었지만 스즈키는 사무라이가 되는 것이 꿈이었다. 다시 조선을 정벌하러 군대가 출전하자 자원해서 고니시 부대에 들어왔다고 했다. 이번이 첫 출정이라고 했다.

다른 사람 몰래 경념에게 자랑스럽게 내민 주머니에는 조선인의 은가락지가 몇 개 들어있었고 몰래 숨긴 사발이 하나 있었다. 조심스럽게 사발을 경념에게 보여주면서 돈이 되는지 물었다. 경념은 그런 스즈키가 측은했다. 조선인이 밥 먹을 때 쓰는 막사발이었다. 하긴 그것도 왜국에 가져가면 큰돈이 될 터였다. 일본에서는 아직 도자기를 만드는 기술이 없었다. 하여 조선에서는 여기저기 굴러다니는 사금파리라도 일본에 건너가면 보물이 되었다. 특히 정권을 쥔 무사들을 중심으로 다도가 번성하던 시기였다. 도자기가 귀하다 보니 부르는 게 값이었다.

스즈키는 아직 조선인을 한 명도 죽이지는 못했다고 했다. 죽어 있는 조선인의 코를 벤 것이 이제 겨우 세 개라고 했다. 남원성에 가면 아마도 조선인을 죽이게 될 거라고 달뜬 얼굴로 다짐했다.

스즈키는 꿈에서 다이묘가 되었는지도 모른다. 만석의 봉토를 받고 금빛 투구를 쓰고 만장을 펄럭이며 나발을 불면서 고향으로 금의환향 하는지도 모른다. 아니면 고향에 두고 온 누이를 만나는 지도 모른다. 아니면 노모가 방금 찍어낸 김이 모락모락 나는 두부를 먹고 있는지도 모른다. 스즈키가 몸을 뒤척거린다. 스즈키는 어쩌면 조선여자를 탐하는 꿈을 꾸는지도 모른다. 스즈키가 살짝 미소를 짓는 것 같았다.

병사들은 부산포에 상륙하여 구례를 거쳐 남원에 오기까지 그렇게 조선여자를 찾았다. 집안과 숲속을 구석구석 뒤져서 여자를 찾아냈다. 나이가 어리건 늙었건 상관하지 않았다. 그 중 반반한 여자는 주군에게 상납을 하기도 했다. 대부분은 윤간을 하고 코를 베어내고 죽여서 버렸다. 군량이 부족하니 조선여자들까지 먹일 수는 없었고 전진해야 해서 데리고 다닐 수는 없었다. 병사들에게 조선여자는 전쟁터에서 유일한 낙이었다. 미친 듯이 조선여자를 탐했다.

경념은 참으로 무력함을 느꼈다. 경념이 할 수 있는 것은 없었다. 기껏해야 여자 시체의 얼굴을 가려주고 염불을 해주는 것 밖에는 없었다. 조선여자들은 왜국여자와 달랐다. 왜국여자들은 칼에 순응했다. 정조라는 것이 없었다. 사무라이는 그냥 여자들의 하늘이었다. 여자는 하늘이 누구로 바뀌든지 상관없었다. 농사꾼이 하늘을 바라보고 그냥 농사를 짓듯이 그렇게 남자를 하늘인 듯 받아들였다. 칼은 여자에게 너무나 가혹했다. 전쟁에서 지면 장수는 할복하고 죽었지만 죽은 장수의 여자는 자연스럽게 정복자의 여자가 되었다. 한 남자를 위해 정조를 지킨다는 것이 왜국에는 없었다.

조선여자는 달랐다. 개중에는 왜군에 잡히면 목숨을 구걸하기도 하고 배가 고파 먼저 다가오는 여자가 없는 것은 아니었으나 대부분의 조선여자들은 왜군에게 저항했다. 저항하다 죽임을 당했다. 그중에는 스스로 목숨을 끊는 여자들이 있었다. 어떤 이는 세치 크기의 은장도로 가슴을 찔러 죽기도 했고 어떤 여자들은 우물에 몸을 던지기도 하고 강에 몸을 던지기가 일쑤였다. 지리산을 넘어 올 때도 암자에 숨어있다 왜군에 쫓긴 아낙이 벼랑에서 몸을 던졌다. 머리가 바위에 부서지는 소리가 퍽하고 들렸다. 한밤중에 그 소리는 십리를 갔다. 경념은 나무묘법연화경 염불을 외웠다.

계사년에 진주에서 죽은 논개라는 조선여인은 왜국 병사들이 모두 아는 이야기였다. 시체가 떠올랐을 때 그 조선여인은 왜군 장수를 깍지 낀 양손으로 꼭 끌어안고 있었다. 물속에서 왜군장수에게 맞아 목뼈가 부러지고 어깨가 탈골했지만 어깨를 풀지 않았다. 여인의 얼굴에는 행복한 미소가 남아 있었다. 여인은 진주성에서 먼저 죽은 연인의 원수를 갚았다고 했다. 왜군은 죽은 여인의 시체에 칼질을 했다. '독한 년'이라고 했다.

하지만 많은 병사들은 오히려 논개를 사모했다. 왜군 병사들은 나중에 논개를 몰래 장사지내고 신사에 모시고 축원하기도 했다. 병사들은 자신을 위해 같이 죽어줄 여인을 그리워하고 있었는지도 모를 일이다.

"웅 우웅 웅 우우-"

올빼미 우는 소리가 들린다. 조선의 산은 청량하다. 경념은 규슈의 히노끼 나무가 뿜어내는 냄새가 문득 그리워졌다. 규슈의 공기는 끈적했다. 대양에서 불어오는 바람에는 끈끈한 습기가 항상 묻어있었다. 히노끼 냄새에는 항상 약간의 화산 냄새가 섞여 있었다. 그때 화산에서 뿜어져 나오는 유황 연기 냄새가 코를 살짝 후비고 지나갔다. 냄새를 찾아 코를 벌름거렸다. 스즈키의 화약통에서 나는 냄새다.

조선의 산에는 소나무가 많다. 소나무를 스쳐가는 바람은 건조하고 시원하다. 조선은 규슈보다 추웠다. 병사들은 밤이 되면 부들부들 떨기가 일상이었다. 남원에 온 병사들은 전부가 규슈에서 출동한 병사들이었다. 규슈에서는 겨울에도 눈구경하기가 쉽지 않았다. 경념은 갑자기 안양사 온천탕에 몸을 담그고 싶었다. 화산 냄새가 몽글몽글 올라오는 노천탕에 몸을 담그고 있으면 그렇게 좋을 수가 없었다.

그때 경념은 문득 살기 같은 것을 느꼈다. 누군가 자신을 지켜보고 있다는 느낌이었다. 이내 그것은 군막 한쪽에 웅크리고 앉은 조선인이라는 것을 알아차렸다. 어둠속에서 고양이의 노란 눈동자가 번들거렸다. 경념은 아직 조선인과 말을 섞어본 적은 없다. 조선인의 이름은 강대길이라 했다. 와키자카 장군의 부관이 강대길을 고니시 장군에게 선물이라고 던져놓고 갔다.

강대길은 조선인 향도라고 했다. 고니시 장군에게 보내졌을 때는 이미 코가 뭉텅 베어진 상태였다. 코가 있어야 할 자리에 해골처럼 빈 구멍이 두 개 덩그러니 뚫려 있었다. 상처에 고약을 바르고 통풍이 잘 되는 면 소매로 칭칭 동여매주었다. 온통 멍투성이 얼굴을 면 소매로 빙 둘러 감아 놓았으니 영락없는 문둥병자였다.

고니시 장군은 남원성까지 데려가야 한다고 강대길을 경념에게 맡겼다. 강대길은 부러진 다리를 질질 끌면서도 끈덕지게 왜군을 쫓아왔다. 그 다리를 하고도 밤재를 넘어왔다. 도망가지도 않았다. 식은 주먹밥을 몇 번 던져 주었지만 강대길은 고맙다는 표시 한번 없었다. 고양이 같은 눈만 끔벅거릴 뿐이었다. 입을 꾹 다물고 죽은 듯이 구석에 던져져 있었다.

"고맙소."

처음에는 헛소리를 들었나 싶었다. 왜국 말이었다. 강대길이 내는 소리였다. 생긴 것과는 다르게 공손한 말투였다. 경념은 이 조선인이 괜히 측은해 보였다.

"나무묘법연화경"

경념이 나직이 불호를 외쳤다. 주머니를 뒤져 생쌀을 강대길에게 넘겼다. 강대길이 날름 받았다. 입이 아픈지 얼굴을 찡그리고 쌀을 씹지 못했다. 이내 허겁지겁 생쌀을 씹었다. 경념도 생쌀을 조금 입에 털어 넣고 오물거렸다. 경념은 이가 성치 못했다. 조금씩 입안에서 불려 진 쌀이 단내를 내면서 목구멍을 넘어갔다. 강대길이 고양이 눈을 하고 빤히 쳐다보았다. 경념이 남은 생쌀을 마저 강대길에게 넘겼다. 강대길이 연신 생쌀을 입에 쑤셔 넣었다.

경념은 강대길의 얼굴을 찬찬히 뜯어보았다. 왼쪽 얼굴에는 길게 칼자국이 나 있었다.

'참으로 고달픈 인생이구나.'

시체와 다를 바가 없었다. 피멍이 덕지덕지했고 머리는 터지고 코는 베어지고 번들거리는 눈만이 귀신을 닮았다. 경념은 규슈에 두고 온 어린 아들이 생각났다. 오십 줄이 넘어서 본 아들이었다. 살아서 아들을 볼 수 있을까? 생각했다.

"아버지는 있느냐?"

경념이 물었다. 하긴 아버지 없이 생겨나는 아들이 있을까.

"죽었소."

강대길의 얼굴에 물빛이 비치는 듯했다.

"왜국 말은 어디서 배웠느냐?"

강대길은 한참이나 말을 못하다가 이내 말을 이었다.

"남원상단에서 배웠소."

한번 말문을 튼 강대길이 주섬주섬 말을 하기 시작했다. 죽기 전에 누군가에게는 해야 할 말이 있는 느낌이었다. 누구에게도 하지 않은 이야기라고 했다.

*

강대길의 나이는 서른 살이다. 어릴 적에는 남원성에서 십리 떨어진 실상사 근처에서 숯을 굽던 숯쟁이 아비와 단 둘이 살았다. 원래는 아비가 경상도 상주 땅에서 농사짓고 살았다. 대길의 어미가 지주 집에 울력을 나갔다가 지주에게 겁탈을 당하고 성황당에 목을 매었다. 아비는 지주를 찾아가 낫으로 쳐 죽이고 지리산으로 도망했다. 화전을 놓고 숯을 구우면서 신분을 숨기고 살았다. 대길 아비는 자신을 "쌍놈이요."라고만 소개했으므로 장터 사람들은 그를 숯쟁이 쌍놈이라고 불렀다.

대길이 아비를 따라 숯을 내려 남원 장터에 나왔다가 어쩌다가 윤 객주의 눈에 들어 남원객관의 머슴으로 들어가 살게 되었다. 덕분에 대길의 아비도 산을 내려왔다. 윤 객주는 대길의 내력을 묻지 않았고 대길의 아비도 묻지 않으니 대답하지 않았다. 나중에 알고 보니 남원객관에는 내력 없는 치가 허다했다. 서로 묻지 않고 모르는 척 그냥 그렇게 지냈다. 윤 객주는 나중에 호패도 하나 만들어 주었다. 호패에 적힌 성은 강 씨였고 남원사람, 농군이었다. 그때부터 대길은 강 씨 성을 쓰게 됐다.

강대길은 열심히 일했다. 일단 배를 곯지 않아서 좋았다. 허드레 일부터 시작한 강대길은 머리가 비상하고 눈썰미가 좋고 셈이 빨랐다. 지리산에 약초를 캐러 들어가면 심심찮게 산삼을 캐오기도 했다. 윤 객주는 강대길을 기특해 했다. 열다섯 살이 되자 객군으로 부리기 시작했다. 강대길은 멀리 배타고 나가는 것이 너무나 좋았다. 강대길은 유구와 대월까지 다녀왔다.

강대길은 언변이 좋았다. 장날 장터에서 자리 잡고 앉아 배타고 멀리 갔던 설을 풀라치면 관내 꼬마들이 주렁주렁 붙어 다니면서 다른 이야기를 한 토막 더 풀어내라고 졸라댔다. 동네 아낙들도 귀를 쫑긋하고 들었다. 사당패 사설보다 재미있다고 했다. 왜국 말은 대마도에 있으면서 금방 배웠다.

강대길은 왜국이 좋았다. 살 수만 있다면 왜국에서 살고 싶었다. 왜국 왕은 애비가 누군지도 모르는 천하의 잡놈 집안 출신이었고 오다 노부나가를 섬길 때는 변소지기도 하고 신발장이도 했다고 했다. 천출이 왕이 될 수 있는 나라라면 살만한 나라라고 생각했다. 남원 객관의 장부를 만지다보니 산술도 배우고 천자문도 금방 익혔다. 강대길은 스무 살에 남원객관의 부행수가 됐다. 다른 객군들이 시기 반 부리움 반으로 강대길을 지켜봤다.

강대길은 윤 객주의 딸 초희를 따라 만복사 옆에 있는 대방도관에 가서 초희가 무술 배우는 것을 지켜보기도 했다. 윤 객주는 매사에 반상의 구별이 없었다. 하나밖에 없는 딸을 아들처럼 키우고 남녀 간의 차별이 없었다. 객관에는 백정부터 기생까지 드나들었으나 윤 객주가 마구 부리는 사람은 없었다.

대방도관 사범 한원영은 무반이었다. 무과에 급제하여 평안도 만포에서 무슨 만호 벼슬을 했다고 했다. 어쩐 연유인지 남원에 낙향하여 무술도관을 차리고 사범을 했다. 윤 객주가 한원영의 뒤를 봐주는 눈치였다. 시시때때로 쌀이며 어물거리를 대방도관에 실어다 주었다.

한원영 관장도 윤 객주와 같이 반상의 구별이 없기는 마찬가지였다. 백정의 자식도 도장에 받아들여 반가의 자식과 같이 무술을 가르치자 양반 내 자제들은 모두 대방도관을 그만두었다.

"어떻게 천하디 천한 상놈들과 같이 무술을 배운다는 말이냐?"

양반들은 한원영 사범을 싸잡아서 욕했다. 다만 혜민서에서 내의원을 지냈다는 최서진 의원의 자제 최소석 만이 계속 도장에 나왔다. 윤 객주의 딸 윤초희와 백정 차돌의 아들 백이, 최 의원의 자제 최소석과 한원영의 아들 한물은 한두 살 터울로 스스럼없이 사귀고 놀았다. 강대길은 나이 차이에도 불구하고 애들과 잘 어울렸다. 그러다가 정여립 역모사건으로 대방도관은 폐쇄되었고, 임진년에 난리가 나면서 대방객관도 할 일을 잃었다. 윤 객주가 객군들과 하인들을 통제사에게 보냈다. 강대길은 부행수여서 상단의 물목을 수시로 정리하였고 여수 좌수영으로 실어 날랐다. 왜군은 남원까지는 들어오지 못했다. 금방 끝날 것 같던 전쟁이 오래 이어졌다.

*

강대길은 경념에게 일본말을 빌려 자기도 모르게 꽁꽁 감춰두었던 자신의 속내를 드러내고 있었다. 아마도 죽을 고비를 넘긴 탓인지도 모르겠다는 생각이 속으로 스쳐갔다.

"한번은 통제영에 실어 보낼 옹기를 실으러 지리산 자락에 있는 심도가에 갔었지라."

강대길의 목소리가 가늘게 떨렸다.

"심 씨네 어린 딸을 봤지라."

강대길이 한숨을 푹 내쉬었다. 얼굴에 미소가 비치는 듯했다. 한숨과는 어울리지 않는 미소였다. 그러다가 이내 강대길의 얼굴이 다시 굳어졌다. 언제 그랬냐는 듯이 입을 꾹 다물었다. 경념도 입을 다물었다. 올빼미 소리만 깊어갔다.

"반드시 내가 죽일 것이야."

한참 뒤에 강대길의 눈에서 불이 번들거렸다. 노란 고양이 눈에 핏발이 올랐다.

"누구?"

경념이 조심스럽게 물었다. 경념은 몹시도 궁금했다. 강대길은 다시 숨소리를 죽였다. 스즈키가 다시 몸을 뒤척거렸다. 코 고는 소리가 커졌다. 이제는 제법 밤이 깊어진 것 같았다. 내일을 위해서는 잠을 청해야 할 시간이다.

"심 씨네 딸은 살아있는가."

경념이 은근히 물었다. 강대길은 말이 없다.

"심 씨네 딸을 만나러 남원성에 가는가?"

경념이 재차 물었다. 강대길은 여전히 말이 없다.

"누가 애비를 죽였는가?"

강대길은 아무런 대꾸를 하지 않았다.

"한물이요."

경념이 살짝 지루해질 즈음 강대길이 느릿하게 대답했다.

"애비를 죽게 만든 놈이지라."

강대길이 이를 부드득 갈았다. 노란 눈이 다시 번들 거렸다.

"검은 야차를 죽인 놈이고요."

어젯밤에 강대길이 고니시의 막사에 끌려 왔었다. 경념은 강대길이 고니시에게 검은 야차를 죽인 놈을 반드시 제 손으로 잡아다 바치겠다는 소리를 들었다. 고니시는 강대길의 멱살을 잡아 흔들다가 땅에 패대기를 쳤다. 한물을 반드시 산 채로 잡아서 데려오라고 고니시가 말했고 강대길은 살아났다. 경념은 숨을 죽이고 강대길의 다음 말을 기다렸다. 강대길이 격앙되어 말했다.

"내가 반드시 죽일 것이요!"

올빼미가 다시 울었다. 경념은 강대길을 보면서 가만히 한숨을 내쉬며 염불을 외었다. 강대길은 또 다른 전쟁을 치르고 있는 중이었다. 내일부터는 남원성에서 전투가 시작된다. 본격적인 아수라장이 펼쳐질 풍전등화의 밤이었다.

8장. 공포

정유년 팔월 열사흘 오시, 남원성

바우와 비연은 남원성 동문 위에서 요천 건너편을 응시하고 있다. 서로 맞잡은 손이 부르르 떨렸다. 비연의 몸은 사시나무 떨듯이 심하게 흔들렸다. 왜군 선발대가 요천다리 바로 건너편 봉우리인 방암봉에 붉은색과 노란색 비단으로 휘장을 쳤다. 마치 혼례청의 휘장을 두르는 듯했다. 왜군은 전혀 서두르는 기색이 없었다. 잠시 후 왜군 대장으로 보이는 장수들 십여 명이 휘장 앞으로 올라왔다. 졸개들이 급히 탁자를 하나 펼쳤고 노란색 지휘봉 같은 것을 든 장수가 탁자 앞에 좌정하자 왜군 장수들이 빙 둘러섰다.

왜장들은 남원성을 구경 나온 듯 여유 만만했다. 남원성과 교룡산성을 손가락으로 가리키는 듯도 했다. 왜군 장수들의 투구며 갑옷이며 각반이며 칼들이 오리 떨어진 남원성 동문까지 훤히 보였다. 햇빛에 빛나 번쩍거렸다. 방암봉은 마치 건너뛰면 한 걸음에 닿을 정도로 가까워 보였다. 화살을 핑 쏘면 남원성에 팍 하고 박힐 것 같았다.

바우는 사당패의 거사이고 비연은 사당이다. 쌍계사에서 굴러 들어온 사당패를 이끄는 모갑이 춘식은 본래 자신이 전주 동관의 광대라고 둘러쳤다. 확인할 길은 없었다. 비연은 나는 제비 같이 날씬하다고 해서 붙은 이름이다. 바우는 비연을 제비야! 하고 불렀다. 나이는 열다섯이었고 사당패에서 가장 곱상한 축에 속했다. 서너 살부터 춘식을 따라다녔는데 당연히 부모는 누군지 알 길이 없고 들리는 말로는 춘식이 업어왔다고도 했고 누구는 길에 버려진 애를 춘식이 걷어 들였다고도 했다.

거사 바우는 비연이보다 두 살 위였는데 비연이만큼 어여쁜 본새였다. 바우는 거사인데도 사당처럼 항상 계집 분장에 계집 옷을 입고 다녔다. 곱상한 얼굴에 화장을 해 놓아서 계집인지 사내인지 구별하기 힘들었다. 사당패에서는 바우를 추연이라 불렀다. 난장에서 보면 사람들은 둘이 자매인 줄로만 알았다. 바우가 소고춤을 추고 비연이 산타령을 한 곡조 뽑고 치마를 말아 올려 속곳이 다 보이게 흥정을 하고 있노라면 남몰래 비연이 아니라 바우의 손을 은근히 잡아끄는 남정네가 허다했다. 허우채(解衣債:몸값)를 벌어오는 양을 보면 비연이 으뜸이고 다음이 바우였다. 바우와 비연은 친자매같이 붙어 다녔다.

"저거 봐라. 워메 허벌나다!"

바우가 비연을 잡아끌면서 말했다. 바우가 가리키는 손끝에는 왜군들이 끝도 없이 밀려왔다. 도무지 끝이 보이지 않았다. 홍수가 질 때 개미들이 집을 옮기는 것 같았다. 까만 개미떼들이 온통 원평 들을 갉아먹고 있었다. 원평 들에서 일어난 왜군들이 먼지를 뽀얗게 일으키며 스멀스멀 기어왔다. 거기도 서두르는 기색은 전혀 없었다. 원평 들이 전부 왜군으로 뒤덮였다. 도무지 수를 헤아릴 수가 없었다. 왜군은 어제 하루 종일 지리산을 넘어와서 원평 들에 차곡차곡 쌓였다. 한 부대는 검은 색에 노란 원을 두 개 겹쳐 그린 깃발을 앞세우고 밤재를 넘어서 요천 앞을 지나 원평으로 들어왔다.

바우는 기가 질려서 그 수를 오천 몇 백까지 헤아리다 그만두었다. 말을 탄 이가 앞장서고 총을 어깨에 둘러 맨 이들, 창을 든 병사들이 줄을 이었다. 중간 중간에는 검은 승복을 입은 승려들의 머리가 번들거리기도 했다. 개중에는 조선옷을 입은 이도 중간 중간에 끼어있었다. 어깨에는 파란색 띠를 두르고 있었다. 필시 조선인 향도일 것이다. 또 한 부대는 흰 바탕에 검은색으로 초승달을 그려 넣은 부대가 숙성령을 넘어 원평 들로 들어왔다.

저녁 무렵에는 소나 말에 솥단지며 천막이며 포대들을 잔뜩 실은 치중대가 고개를 넘어왔다. 두 부대는 원평 들에서 서로 합쳐져서 짐을 풀고 군막을 치고 솥을 걸고 밥을 지어먹었다. 망을 보는 이도 경계를 서는 이도 없었다. 도무지 그 모습만 보아서는 전쟁을 나온 건지 원행을 나온 건지 헷갈렸다. 그래도 어제는 십 리 이십 리 밖이어서 오늘처럼 실감이 나지는 않았다. 적이 멀리 있으니 성안 사람들도 그리 급하지는 않았다. 어떤 이는 왜군의 수가 십만이라 했고 어떤 이는 백만이라고도 했다.

바우는 한양에 딱 한번 사당패를 따라 들어간 적이 있었다. 언젠가 한양에서 임금이 명을 내려 전국 사당패가 전부 모인 적이 있었기 때문이다. 한양에 사는 백성이 십만이라고 했다. 바우가 한양 가서 동대문에 모인 사람들을 내려다봐서 알지만 그 수도 지금 몰려오는 왜군보다 많지 않았다. 바우는 십만이 넘을 거라 생각했다.

방암봉에서 포를 쏘아 올렸다. 일제히 총소리도 울렸다. 북소리가 자진모리로 둥둥거리고 왜군의 나발소리도 뿌우우 뿌우우 뿌우우 하고 울렸다. 붉은 신호탄이 연발 하늘에 쏘아 올려졌다. 나발소리가 그치자.

"욧시!"

하는 함성소리가 일제히 울려 퍼졌다. 소리가 백공산에 부딪히고 향교산을 지나서 교룡산까지 갔다. 함성은 메아리가 되어서 기린봉을 지나 만복사로 흘러갔다.

"욧시!"

"욧시!"

소리가 공명이 되어 남원성 안에 가득했다. 성안에 쭈그리고 숨어 있던 사람들이 깜짝 놀랐다. 성안이 웅성거렸다. 아낙들은 깜짝 놀라 아이들을 보듬었다. 소리가 성안에 가득 퍼졌다. 어떤 이는 아예 귀를 틀어막았다. 소리는 귀를 비집고 들어왔다. 성안이 독가스로 가득한 듯 답답했다. 숨이 막혀왔다. 성가퀴에 포진한 병사들도 긴장하기는 마찬가지였다. 비연이 바우를 급히 잡아당겼다. 바우도 깜짝 놀라 몸을 성가퀴 밑으로 숙였다. 갑자기 천둥치는 소리가 들렸다. 하늘이 무너지는 소리였다. 귀가 멍멍했다. 왜군이 일제히 조총을 쏘아 올린 것이다.

성가퀴에서 왜군의 진군을 지켜보고 있던 명군과 관군들은 일제히 성가퀴 밑으로 몸을 숙였다. 온 얼굴에 공포가 가득했다. 조총 탄환은 성에 닿지 않았다. 바우는 오줌을 찔끔거렸다. 비연은 얼굴이 하얘졌다. 바우는 설마 이 정도일 줄은 몰랐다. 바우는 지금까지 별로 죽는 것에 대해 심각하게 생각해 본적이 없었다. 어차피 사당패 인생이라는 것이 사는 것이나 죽는 것이나 큰 차이가 없었기 때문이다. 그러나 막상 왜군이 성을 빙 둘러치자 금방이라도 조총 알이 날아와 심장에 박힐 것 같았다.

죽었다는 생각만 들었다. 왜군이 움직이기 시작했다. 한 떼의 기마병과 보군이 요천을 따라서 운봉 쪽으로 더듬어 갔다. 부대가 움직였다. 철벅 철벅 발소리가 진동했다.

일부러 발을 맞추어서 땅을 쳤다. 일제히 깃발들이 만장처럼 펄럭였다. 흙먼지가 날아올랐다. 흙먼지는 요천다리를 건너더니 둘로 갈라졌다. 한 줄은 다리를 건너자 용천사 앞으로 해서 광한루를 스쳐서 만복사를 지나 서문 앞에서 멈춰 섰다. 왜군은 천천히 움직였다. 한 줄은 칠장을 지나 향교 앞을 스쳐서 장성다리를 건너더니 다시 서문 앞에서 다른 줄과 만났다.

왜군은 남원성을 바라보고 섰다. 왜군이 차곡차곡 쌓이더니 남원성을 빙 둘러쳤다. 한 줄을 빙 둘러치더니 이내 두 줄, 세 줄, 네 줄로 성을 완전히 둘러쌌다. 바우는 숨이 턱 막혔다. 누가 목을 조르는 것 같았다. 숨소리 하나도 왜군의 포위망에 전부 걸렸다. 어깨 넓이로 왜군이 성을 빙 둘렀다. 개미 새끼 한 마리도 그 포위망을 뚫고 살아나가지 못했다.

"욧시!"

왜군이 일제히 함성을 울렸다. 이제는 함성이 성내를 돌고 관아를 줄줄이 돌아 무기고를 지나 사람들의 귀에까지 웅성거렸다.

"꽝!"

왜군이 일제히 창을 들어 땅에 쳤다. 조총 자루를 들어 땅에 쳤다. 방패를 일제히 들어 땅에 쳤다. 지진이 나서 땅이 울렸다. 한꺼번에 먼지가 날아올라 성으로 몰아쳤다. 왜군은 더 이상 앞으로 나오지는 않았다. 아직은 화살이 닿지 않는 거리였다. 조총도 성에는 닿지 않을 거리 밖이었다. 이제는 왜군의 얼굴이 뚜렷하게 보였다.

왜군은 웃고 있었다. 쥐를 잡아 앞다리에 놓은 고양이의 얼굴이었다. 이제는 쥐를 가지고 놀다가 머리를 물어 숨통을 끊고 포식을 하면 되는 것이다. 왜군의 웃음 속에 승자의 거만함이 묻어났다. 어쩌면 고양이는 이제 사냥을 배우기 시작하는 새끼에게 쥐를 던져 줄지도 몰랐다. 남원성 안에 숨어 있는 쥐들은 이제 전장에 처음 나온 새끼 고양이들에게 좋은 사냥감인지도 모른다. 바우와 비연은 더 이상 성문 위에 있을 수 없었다. 언제 조총 탄환이 날아와 가슴에 박힐지 몰랐다. 바우는 비연을 데리고 사당패가 있는 북문 쪽 무기고로 종종걸음을 옮겼다.

"화살을 낭비하지 마라. 기다려라! 기다려라! 기다려라!"

이복남 장군이 북문 위에 서서 사수들에게 외쳤다. 조방장 김경호, 남원부사 임현도 붉은 색 두석린 갑옷을 입고 첨주 투구를 썼다. 임현은 긴장하는 빛이 역력했다. 전라병사 이복남은 의외로 담 담했다. 이복남의 노란색 용린갑이 햇살을 받아 번쩍였다. 두정갑을 입은 부관이 기다리라는 의미로 노란색에 정(丁)이라고 쓴 신호기를 연신 휘둘렀다.

북문 앞을 막아선 부대는 시마즈 부대였다. 와키자카 부대의 깃 발도 보였다. 시마즈와 와키자카는 멀리 향교산에 지휘소를 차렸다. 시마즈와 와키자카의 붉은색 갑주가 북문에서도 분명히 보였다. 향 교산 정상에서 남원성을 내려다보고 있었다.

이복남은 북문을 막아선 왜군 부대를 헤아려 보았다. 만 명이 조 금 넘는 병력이었다. 이복남 부대는 관병이 칠백이고 의병이 삼백이 다. 이복남은 이를 지그시 물었다. 왜군 한 부대는 향교산 계곡으로 옮겨가서 진을 쳤다. 병력은 오천이었다. 교룡산성을 포위하고 전주 에서 넘어오는 원병을 밤재에서 막을 요량이었다.

북문은 높이가 원래는 두 장이었는데 급히 한 장을 더 쌓아 올렸 다. 북문 쪽 길이는 이천 팔백 오십 척이다. 성가퀴는 이백 오십 두 개가 나 있고 치가 북 일치부터 북 구치까지 아홉 군데였다. 성가퀴 마다 경번 갑주에 활을 든 사수 한 명과 승자총통을 든 포수 한 명 을 배치했다. 치에는 양쪽으로 세 부대의 사수와 포수를 배치했다. 네 군데의 포루에는 현자총통과 화거가 배치되었다.

관군이 주로 포수와 사수를 하고 김경호 조방장이 지휘하는 의병 군은 포탄을 옮기고 바위를 나르고 화살을 나르는 역할을 맡겼다. 의병들은 갑주를 입지 못했다. 바지, 저고리에 투구도 없이 그냥 붉 은 띠를 머리에 질끈 동여맸을 뿐이다. 성루 위에는 이미 옮겨다 놓은 포탄이며 바윗돌이 수북이 쌓였다. 성루 밑에는 의병과 겁 없는 관내 백성들이 가마솥에 기름을 끓이고 있었다. 여차하면 성을 기어오르는 왜군에게 쏟기 위해서였다.

아낙네들과 노인들 그리고 어린애들은 전부 집안에 들어가 귀만 쫑긋하고 있었다. 아이들은 시도 때도 없이 울었다. 어미가 우는 아이의 입을 틀어막았다. 아이의 울음소리가 새나가면 금방이라도 왜군이 쳐들어올까봐 전전긍긍했다. 북문 앞에는 성을 빙 둘러 열 장 너비로 해자를 깊게 팠다. 요천에서 물을 끌어 해자를 채웠지만 지금 해자에는 물이 없었다. 요천도 말라있기는 마찬가지였다.

"오늘은 공격이 없을 거야."

이복남이 혼잣말로 중얼거렸다. 임현이 이복남을 쳐다보았다. 내일 죽더라도 오늘은 살 수 있을지도 모르는 말이었다. 이복남은 바지에 오줌을 지린 사수에게 다가가서 어깨를 두드렸다. 사수는 얼이 빠진 듯 멍한 상태였다. 이래서는 화살 한 대 쏘아보지도 못하고 진다. 이복남은 답답한 가슴을 애써 눌렀다.

이복남은 임진년에 처음 나갔던 웅치전투를 떠올렸다. 이복남은 웅치에서 전주로 들어오는 왜군을 막아야 했다. 금산을 점거한 고바야카와의 왜군은 험한 웅치를 넘어 전주방면으로 진격하려 하였다. 그때 나주판관이었던 이복남은 의병장 황박, 김제군수 정담, 남해현감 변응정과 같이 웅치에서 삼중 사중으로 매복을 섰다. 그러나 왜군은 수가 너무 많았다. 열 배도 넘는 병력이었다. 조총을 앞세워 고개를 밀고 왔다.

이복남은 죽음을 직감했다. 자신의 병력만 웅치 아래의 안진 현으로 후퇴시켰다. 정담과 종사관 이봉은 끝까지 싸우다가 전사했다.

이복남은 꿈속에서 정담을 여러 번 만났다. 부끄러웠다. 자기만 살고 정담은 죽었다. 이번은 자신이 죽을 차례가 됐다. 남원성은 죽을 자리로 적당했다. 이복남은 마음이 차분해졌다. 죽자고 하면 두려울 것이 없는 것이다. 이복남은 임진년 이후 왜군과 여러 번 싸웠다. 이기기도 하고 지기도 했다. 싸움은 대부분 유격전이었다. 재빨리 왜군을 기습하고 숨었다. 승보다는 패가 많았다. 그래도 살아남아 전라병사까지 올라왔다. 전라병사에 올라오기까지 이복남은 전쟁을 읽는 눈이 텄다.

왜군은 오늘 공격해 오지 않을 것이다. 왜군은 공성전의 생리를 잘 알고 있었다. 성을 공격하기는 어렵고 수비하기는 쉬웠다. 능히 한 명으로 열 명의 적을 막아낼 수 있는 것이 공성전이었다. 왜군은 피를 흘려 성을 공략하기보다는 공포로 성이 점령되기를 바랐다. 싸우지 않고 이기는 것이 가장 좋은 승리이기 때문이다.

왜군은 십중팔구 오늘은 공격하지 않을 것이다. 저렇게 조총을 쏘면서 함성을 지르고 발을 굴리는 것은 성안이 공포에 전염되기를 바라는 전술이었다. 어쩌면 성을 지키고 있는 병력이 오늘 밤에 전부 성을 넘어 도망가기를 기다리는지도 몰랐다. 아니면 조선군이 항서를 가지고 성문을 열기를 기다리는지도 모른다. 임진년에는 숱한 성을 그렇게 공략했기 때문이다. 벌써 양원에게 왜군의 전령이 왔을 터였다. 이복남은 먼저 성안의 공포부터 잠재워야 했다.

*

"형님!"

백이가 한물을 불렀다. 돌아보니 초희와 눈이 마주쳤다. 초희는 이미 교룡산성에서 왜군의 목을 따 본 경험이 있었지만 어지간히 겁에 질린 모양이다. 초희의 곱상한 얼굴이 허옇게 질렸다. 한물이 살짝 초희를 향해 고개를 끄덕였다. 반면에 소석, 금아, 백이는 담담한 표정이다. 초희가 금아의 등 뒤에 바짝 다가갔다. 대방도관에서 무술을 수련한 지 벌써 십여 년 활솜씨가 비상하고 말을 잘 탔다. 특히 단도를 잘 사용했다. 그린 초희였지만 막상 이렇게 많은 왜군에 둘러싸이다 보니 겁이 난 모양이다. 한물도 이렇게 많은 병력은 본 적이 없었다. 한물이 뒤를 돌아보았다. 의병대 스물의 눈이 초조하게 한물을 쳐다보았다. 한물은 북 일치의 수비대장이다. 의병이지만 한물에게는 두정갑주가 하사되었다. 양원이 보낸 선물이었다.

한물은 활을 메고 있었고 의병 중 대방결사대가 북 일치에 배치되었다. 초희와 소석, 금아, 백이 모두 활을 들었다. 모두 활 솜씨가 일품이었다. 교룡산성에서는 초희가 왜군을 둘, 소석이 하나, 금아가 둘, 백이가 셋을 쏘아 맞혔다. 나이는 백이가 가장 어렸다. 백이는 아버지와 같은 백정이었다. 소 돼지를 숱하게 잡아봐서인지 피 냄새에 쉽게 적응했다. 이들 중에서도 백이가 가장 여유 만만했다. 백이는 이순신 장군을 가장 존경한다고 했다. 전라좌수영에서 백정들도 의병으로 받아주고 전쟁에서 공을 세우면 면천해 준다는 말을 듣고 그날로 전라좌수영으로 갔었다. 그러다가 이순신이 한양으로 압송되자 다시 남원으로 왔다.

"행님 열 놈씩만 잡아 죽이면 우리가 이기겠소."

백이도 벌써 왜군을 헤아린 모양이다. 왜군은 우리의 열 배였다. 대방결사대는 백 명이 조금 넘었다. 십 년 전 정여립의 난 때 살아남은 남원 인근의 대방계원들이 주축이었다. 정여립이 죽고 나서는 윤 객주가 사실상 대방계를 비밀리에 이끌었다. 이순신 장군의 수군에 자원했던 의병들도 이번에는 남원성으로 왔다. 칠천량에서 조선수군이 박살나서 갈 곳도 없었지만 워낙 남원성이 중요했기 때문이다. 멀리는 나주 해남에서도 대방계원들이 달려왔다. 지리산 구룡 계곡 자락 깊은 산사에 윤 객주가 재건한 대방도관이 있었다. 그곳에 모인 의병은 결사대가 되어 본국검을 배우며 사방진에 배치되었다. 그들은 승자총통이나 세총통도 이미 쏘아본 경험이 있었다. 대방도관을 거친 의병은 오히려 관병보다 훈련이 잘 돼 있었다. 그래도 지금은 전부 주눅이 들었던지 말이 없었다.

"긴장하지 마라. 조총 탄환도 성벽을 뚫지는 못한다."

한물이 말했다. 조금 여유가 생겼는지 금아가 한 자 크기의 천리경(망원경)을 뽑아들고 왜군을 들여다보았다. 천리경은 윤 객주가 명나라에서 몰래 들여왔다. 인삼 한 채, 백 근을 주고 샀다고 했다. 그런 것을 윤 객주가 금아를 양자로 들일 때 금아에게 선물로 주었다. 금아는 어디를 가더라도 천리경을 놓지 않았다. 천리경은 그만큼 금아가 멀리 볼 수 있게 해 주었다. 금아는 양아버지 윤 객주를 닮았다. 매사에 서두르는 기색이 없고 넉넉했다. 곰처럼 느릿느릿했지만 막상 칼을 빼어 들면 그 또한 곰처럼 빨라졌다. 초희가 은근히 금아를 마음에 두고 있는 듯했다. 오직 금아에게만 '오라비'라는 호칭을 썼다. 막상 금아는 그런 초희를 거들떠보지도 않았다.

"저놈들도 겁먹었네."

초희가 조금은 차분해진 목소리로 말했다. 초희가 왜군을 손가락으로 가리켰다. 왜군들도 나이가 어리기는 마찬가지였다. 임진년에 조선에 나왔다가 왜국으로 돌아간 병사는 처음의 오분지 일에 불과했다. 정유년에 다시 조선에 나오면서 십오만 병사를 채웠는데 열다섯도 안 되는 어린애들이 수두룩했다. 어린 왜군들은 덜덜덜 떨고 있었다. 사람을 죽이는 것도 죽는 것도 무섭기는 마찬가지였다.

이때 교룡산성에서 효시가 날아올랐다. 교룡산성에 있는 처영의 승군이 왜군의 병력을 분산시키고 성내의 아군 사기를 올리기 위해 날린 화살이었다. 왜군은 교룡산성을 무시하는 듯했다. 교룡산성에는 왜군의 배후를 칠 병력이 없다는 것을 번연히 알고 있었다. 교룡산성으로 움직이는 왜군 병력은 없다.

겨우 화살 한 대가 날아올랐지만 성내의 조선 병사에게 미치는 영향은 컸다.

"지원군이 있다. 원군이 왜군의 옆을 칠 것이다. 전주에서 원군 일만이 왜군을 들이칠 것이다."

부관들이 외치는 소리가 이제는 귀에 들어왔다. 병사들은 남원성이 고립된 섬이 아니라는 생각에 이르렀다. 이제는 제법 호기롭게 왜군을 쳐다볼 지경이 되었다. 성가퀴 밑에 숨었던 조선군이 전부 성가퀴에 몸을 들어내고 북문 밖을 쳐다보았다.

"나무아미타불."

금아가 나지막이 불호를 외쳤다. 금아는 한물과 같이 환속했지만 여전히 승려처럼 행동했다. 금아가 산에 있을 때의 법명은 지관이었다. 금아가 어떤 내력을 가지고 있는지는 아무도 몰랐다. 심지어는 처영도 금아의 내력을 몰랐다. 객관 문 앞에 버려진 젖먹이를 윤 객주가 거둬 키웠다. 일곱 살이 되자 또래들보다 키가 두 배나 커졌다. 애들은 금아를 쫓아 다니면서 '백돼지 새끼. 백돼지' 라고 놀렸다. 금아에게 돌을 던졌다. 금아는 묵묵히 돌을 맞았다. 비가 태풍처럼 쏟아지던 어느 날 금아는 광한루 앞 요천가에 쓰러졌다. 처영이 죽어가던 금아를 발견하여 절에 들였다. 금아는 한사코 속세의 연을 밝히지 않았다. 속세의 이름이 무엇인지 아무도 모른다.

금아라는 이름은 그의 머리가 노란색이었기에 붙여진 이름이다. 금아는 단지 어미가 기생이라고만 했다. 아비가 누구인지는 어미도 가르쳐주지 않았다. 그러나 누가 봐도 금아는 불랑기인이었다. 태어나면서부터 몸집이 보통 사람의 두 배였다. 금아는 자라면서 자신의 머리가 노란 것이 가장 싫었다. 그래서 어려서부터 승려처럼 머리를 밀고 다녔다. 그러나 쌍까풀진 슬픈 눈과 흰 피부는 감출 수가 없었다. 금아는 어미를 가장 증오했다.

왜란이 터지고 그해에 금아가 처영을 찾아가 승병이 되겠다고 했다. 사람 살리는 승려가 아니고 사람 죽이는 승병이 되기를 원했다. 그러나 원래 금아는 승려가 더 어울렸다. 한물은 새벽 예불을 빼먹기 일쑤였지만 금아는 한 번도 새벽 예불을 빼먹지 않았다. 축시에 일어나 금아는 도량석을 올렸다. 금아의 소리는 덩치와 다르게 청아하고 낭랑했다.

금아의 목소리는 이십 리를 갔다. 교룡산 용천사에서 치는 금아의 목탁소리와 '마하반야바라밀다심경'으로 시작하는 반야심경 염불소리는 만복사를 넘어갔고 남원성을 지나 다시 용천사로 돌아들었다. 지리산 골짝에서 숯을 태우던 화전민도 사월 초파일에는 용천사까지 보리를 한 댓 박 들고 왔다. 초파일 등을 하나 달고는 어김없이 주지에게 물었다.

"새벽 도량석을 치는 새끼중이 누구요?"

금아는 염불이 끝나면 법고와 목어·범종을 차례로 쳤다. 사람들은 금아의 염불소리에는 슬픈 한 같은 것이 묻어난다고 했다. 새벽에 그 소리를 듣고 있자면 마음에 묵힌 설움이 한 자락 풀어진다고 했다. 어떤 남원 기생은 부러 용천사까지 가마꾼을 빌려와서 금아의 얼굴을 가만히 들여다보고 손을 한번 잡아보고 가기도 했다.

"저놈 보소. 형님!"

천리경으로 서문 쪽 왜군을 들여다보던 금아가 천리경을 한물에게 넘겼다. 서문 쪽은 고니시 부대가 진을 치고 있었다. 한물이 천리경에 눈을 가져갔다. 그 너머에는 조선인 한 명이 들어왔다. 코가 베어졌으나 왼 뺨에 칼자국이 선명했다. 강대길이었다.

"흠-."

절로 한물의 입에서 신음이 흘러 나왔다.

"그때 죽였어야 했소. 살려 두는 게 아니었소."

금아가 중얼거렸다.

사실 한물은 강대길을 세 번 살려 보냈다. 그 첫 번째는 작년 단옷날이었다. 수련이 단옷날 관내에 나와 그네를 타고 심도가로 돌아가는 길에 강대길이 수련을 덮쳐 범하려 했다. 사실은 강대길이 수련을 마음에 두고 있었던 모양이었다. 수련이 한물에게 마음을 주고 혼담이 오가자 술김에 수련의 뒤를 밟은 모양이었다. 마침 수련을 배웅하러 따라왔던 한물에게 발견되었다.

한물은 강대길의 목을 베려다 손을 거두었다. 대신 얼굴을 칼로 쳤다. 강대길은 객관에 끌려갔고 객관의 규율에 따라 손이 잘리고 곤장을 맞아야 했다. 윤 객주는 손을 자르라고 했다. 강대길의 아비가 빌었다. 자신의 손을 대신 잘라달라고 했다. 한물이 강대길의 손 자르는 것을 막았다.

윤 객주는 손을 자르는 대신 강대길과 그 애비에게 곤장 오십 대씩 때리라 명했다. 어쩐 일인지 강대길 애비가 곤장을 맞고 집으로 돌아간 다음 날 장독에 올라 죽어버렸다.

강대길이 죽은 애비를 지게에 매고 동헌에 나가 남원부사에게 말했다. 사사로이 곤장을 쳐 애비를 죽인 윤 객주를 죽여 달라고 하소연했다. 남원부사는 오히려 강대길에게 곤장을 쳤다. 처자를 강간하려한 죄를 물은 것이다.

강대길은 며칠을 앓은 뒤 애비의 시체와 집을 불태우고 남원에서 사라졌다. 그가 어디로 갔는지는 아무도 몰랐다. 그런 강대길이 천리경 너머 적진까지 와서 남원성을 노려보고 있었다.

9장. 여인골

정유년 팔월 열사흘 유시, 여인골

처영이 계곡을 내려다보았다. 곁에 있던 가관이 처영에게 조용히 물었다.

"큰 스님 뭐 하나 물어봐도 될까라?"

가관은 역병이 돌아 몰살된 함평의 한 마을에서 살아남은 아이였다. 가관은 처영이 데려와서 키운 자식 같은 제자였다. 이제 겨우 열일곱인가 열여덟인가. 그러나 나이답지 않게 키가 구척이고 허우대가 장비를 닮았다. 가관은 생각이 단순하고 식탐이 심했다. 어찌 보면 가관은 승려 될 팔자는 아니었다. 가관은 머리를 깎고 계를 받아 승려가 되기는 했으나 도통 절하고는 어울리지 않았다. 아무리 가르쳐도 반야심경 한 소절을 외우지 못해 염불은 생각도 못했다. 식탐이 심해 다른 스님들 서너 배를 먹어야만 직성이 풀렸고 허구한 날 먹을 궁리만 했다. 용천사에서도 골칫거리였다. 그러나 크면서부터 힘이 장사여서 용천사의 땔감은 가관이 혼자 해결했다. 하루 만에 열 지게의 장작을 패기도 했다.

"그래 가관스님 무엇이 궁금하신고?"

가관이 자기를 스님이라고 불러주자 히죽 웃으며 물었다.

"큰스님, 부처님이 말씀하시기를 살생을 하지 말라고 했는디 오늘 왜놈이라도 산목숨을 죄이는 것이 맞는가라?"

가관은 그제 용천사 계곡에서 처음으로 살생을 했다. 가관의 쇠도리깨에 깨진 왜군의 머리가 여럿이었다. 처영이 대답은 하지 않고 웃기만 하자 가관이 제풀에 실실거리다가 다시 물었다.

"왜놈들을 많이 죽여도 극락에는 갈까라?"

처영은 여전히 대답은 않고 가관을 올려다보며 웃기만 했다. 가관이 더 신나서 재차 물었다.

"곧 미륵세상이 온다든디 참말일께라?"

처영이 빙그레 웃으며 가관에게 물었다.

"가관스님은 미륵 세상이 되면 뭐를 하고 싶소?"

가관이 머리를 긁적이다 대답했다.

"큰스님 지는 중 될 재목은 아니요. 나 같은 놈이 중질하면 공연히 스님들한티 폐만 끼칠 뿐이요. 지는 미륵 세상 되면 환속할랍니다. 농사나 짓고 장개도 가고 흐흐"

가관이 빈 웃음을 날렸다. 처영이 잠시 뜸을 들이다 말했다.

"가관스님 말씀이 백 번 천 번 맞는 말씀이요. 가관스님이 도통한 부처님이요."

가관이 의아한 표정으로 처영을 빤히 내려다보았다.

'내가 부처라고?'

"미륵 세상이 별것인가. 농사짓고 장가가고 자식 낳고 잘 사는 것이 미륵 세상이지. 미륵 부처는 산속에 있는 것이 아니고 절에 있는 것이 아니요. 가관스님이 미륵 부처요. 이렇게 아옹다옹하면서 미워하고 싸우고 죽이고 이런 것이 다 미륵 세상으로 가는 길이오."

가관이 아는 둥 모르는 둥 실실 웃기만 했다.

이때 교룡산성에서 신호탄이 날아오르는 것이 보였다. 화살이 올랐고 붉은 연기를 피웠다. 한 대 두 대 세 대, 연속 세 대가 날아올랐다. 보주가 쏘아 올리는 신호탄이다. 왜군이 이쪽으로 간다는 신호였다. 처영은 곰 고개로 넘어가는 계곡 첫 머리에 서 있다. 처영은 어젯밤에 보주스님에게 승군 이십을 맡기고 교룡산성을 빠져나와 북쪽 계곡 길을 통해 전부 이동해 왔다. 교룡산성에는 이제 겨우 이십 명이 지키고 있는 것이다. 보주는 침착한 재목이다.

처영은 보주에게 교룡산성 곳곳에 허수아비를 세우고 깃발을 걸고 만장을 휘날리라 명을 내렸다. 때때로 효시를 날리고 법고를 쉬지 말고 두드리라 지시했다. 왜군은 교룡산성에 여전히 승군이 주둔하고 있다고 믿었다. 왜군은 교룡산성에서 이미 한번 대패를 맛보았다. 산성으로 올라가는 동쪽 길도 막혔다. 계곡이 무너져 내려서 돌과 흙더미를 치우고 접근하기도 쉽지 않은 형국이다. 왜군은 결코 교룡산성을 성급하게 공격하지 않을 것이다. 하루만 보주가 버텨주면 될 일이었다.

처영이 서 있는 곳은 여인골이라는 곳이다. 남원성에서 육십 리가 량 떨어졌다. 이곳은 물줄기가 광한루 앞을 거쳐 원평 들을 거슬러 멀리 운봉을 바라보면서 장수 쪽으로 휘감아 올라온 요천의 상류 골짜기였다. 요천은 넓은 밭과 논을 끼고 여유롭게 휘돌다가 덕유산 쪽으로 올라가는데 그 초입이 여인골이다.

지리산 자락은 아니지만 멀리 덕유산 자락을 지나와 산이 깊고 넓은 계곡을 이루다가 넓은 들과 만나는 끄트머리에 좁아지는 지형이었다. 그 모양새가 여인네의 배꼽 밑을 닮았다고 하여 붙여진 지명이다. 덕유산 여러 계곡이 여인골에서 합쳐졌다. 여인골의 너비는 가장 좁은 곳이 백 장 정도의 거리였다. 계곡이 깔때기 마냥 좁아지는 것이었다. 백 장 정도의 계곡을 막아 보를 쌓은 것이 벌써 사년 전이다.

＊

사명이 의승군 대장으로 남원에 들어온 것은 계사년 칠월이었다. 진주성이 왜군에 무너진 이후였다. 사명은 급히 호남을 지키기 위해 남원으로 들어왔다. 먼저 의승군을 동원하여 새로 교룡산성을 수축했다. 운봉에 있던 의승군 훈련소도 교룡산성으로 옮겼다. 용천사를 전라도 의승군 기지로 삼았다. 급히 남원성을 수리하고 성벽을 높이고 해자를 팠다. 그때는 임금이 사명에게 당상관을 제수하고 선교종판사로 삼았으며 마지못해 선과가 부활되어 있었다.

그즈음 처영도 남원에 있었다. 처영에게는 '교룡산성승장인'이 내려왔다. 임진년 이래 왜군과의 전투에는 의승군이 앞장서서 싸웠다.

평양성을 탈환할 때도 한양을 수복할 때도 승군들이 앞장섰다. 무엇보다 승군들은 두려움이 없었다. 그리고 승군들은 이미 오래 전부터 고래의 선학과 결합하여 무술연마를 게을리하지 않았다. 코흘리개의 손 하나도 아쉬운 판국이어서 임금은 승려에게 관대했다. 승려들은 모처럼 어깨를 펴고 다녔다. 그런 모양새를 못 참아 하는 양반들이 있는 것은 당연한 일이었다.

사명은 조정에서 내려온 은량을 나누어 사람을 동원했다. 윤 객주의 객관도 덩달아 같이 바빠졌다. 그해 가을과 겨울 이듬해까지 사명은 처영과 같이 남원 인근을 헤집고 다니면서 지형을 살폈다. 적은 수로 큰 적과 싸워 이기기 위해서는 지형의 이점을 살리는 수밖에는 없다.

그해 가을에 큰 비가 내렸다. 한 여름 홍수 때와 같이 요천이 범람하며 흘러갔다. 요천을 흐르는 물이 마치 수만 마리 말이 요천을 뛰어 내려오는 듯했다. 물소리가 천둥소리 같았다. 요천이 범람하여 장거리가 온통 물에 잠겼다. 광한루까지 물에 철벅거렸다. 사명은 머리를 쳤고 곧장 요천을 거슬러 올라갔다.

여인골에 도착하여 보를 쌓았다. 자루에 흙을 담아 백 장 너비의 여인골에 한 줄 한 줄 올리기 시작했다. 한 줄 보를 올리고 나서는 옻칠을 하여 칭칭 감은 가마니를 보 가운데 촘촘히 박았다. 그 속에 무엇이 들었는지는 처영과 사명만이 알았다. 그렇게 해서 보 높이가 이십 장이 되었다. 남원성보다 열 배나 높아 보였다. 보 왼쪽 끝은 물길을 터놓은 무너미가 있었다. 계곡을 내려온 차가운 물은 보에 한번 부딪히고 갇혔다가 무너미를 발견하고 구렁이 담 넘어가듯이 스르렁 넘어갔다. 물막이를 하지 않았을 때는 보에 갇힌 물이 겨우 무릎에 올 뿐이었다. 그러나 지리산과 덕유산이 깊고 넓은지라 비가 홍수로 쏟아지면 뱀사골에서 실상사로 얼마나 많은 물이 한순간에 쏟아지는지는 이 마을 사람만 알고 있었다.

처영과 사명은 보를 꼼꼼히 살폈다. 그런 뒤에 보 밑으로 넓게 펴진 억새밭을 의미심장하게 바라보았다.

＊

처영은 왜군이 하동에 들어섰다는 이야기를 듣자마자 승군를 보내 여인골의 보를 막았다. 보가 터지지 않는지 감시하고 스무 명으로 보를 지키게 했다. 지금은 보에 물이 열장 높이로 올라왔다. 보 상류로 물이 차올라 저수지가 돼 있었다. 큰 비가 한 번 온다면 저수지는 단번에 호수로 바뀔 거였다. 여인골에서 물막이를 하자 당연히 요천은 말라붙었다. 샛길에서 겨우 흘러든 물이 요천을 졸졸거리며 내려갈 뿐이었다. 말을 탄 왜군 정찰대 두 명이 보까지 왔다가 보를 지키고 있던 승군의 화살에 놀라 황급히 쫓겨 달아난 것이 어제였다.

보주가 급히 말을 달려 교룡산성에 소식을 알렸다. 처영은 그 말을 기다리고 있었다는 듯 교룡산성을 빠져나와 여인골로 온 것이다. 이 또한 사명 큰스님이 예견한 바였다. 요천이 마른 것을 의심한 왜군이 반드시 여인골을 치러 올 것이다. 사명과 처영은 이미 사 년 전에 예견했다. 보 밑은 갑자기 팍 퍼진 넓은 분지였다. 마치 낙동강이 하류에서 바다를 만나 푹 퍼진 삼각주가 된 것 같은 모양새였다.

처영은 승군을 둘로 나누어 분지를 따라 양쪽 산봉우리에 자리를 잡고 매복을 시켰다. 분지 양쪽 산에는 계곡에서 봉우리까지 이미 오래전에 노루 덫이며 토끼 덫을 놓아두었다. 아침 일찍부터 덫을 확인시켰다. 이제는 덫에 노루나 토끼가 아니고 왜적이 걸릴 차례였다. 덫에는 부자와 초어의 독을 섞어서 발라 놓았다. 덫을 밟으면 죽지는 않지만 필경 발목을 잘라야 살 것이었다. 세 마장도 더 되는 넓은 분지는 억새가 사람 신장만큼 올라왔다.

억새밭에는 곳곳에 한 자 정도 땅을 파고 일 척 오 분 크기의 목통을 촘촘히 심었다. 불랑기포의 자포와 기화를 부챗살 모양으로 벌려서 심었다. 대나무 통으로 도화선도 묻었다. 승군들은 교룡산성에서 여러 번 매설 훈련을 해서인지 반나절 만에 삼마장이나 되는 억새밭에 목통과 지화가 깔렸다. 억새가 무성했고 잡풀이 무성해서 유심히 보지 않으면 목통을 발견하기는 어려운 형국이다. 억새밭 중간 중간에는 주철 백 근을 사용하여 만든 파진포와 도화선을 늘어뜨린 지뢰포를 매설했다.

처영은 모든 준비를 마치고 왜군이 여인골로 들어오기만을 기다렸다. 의승군은 봉우리에 몸을 숨기고 여인골 입구를 바라보았다. 통아에 편전을 가득 담았고 신기전을 망태기에 열 대씩 담고 있었다.

*

계곡은 조용했다. 조선군의 모습은 보이지 않는다. 야마자키는 초병 두 명을 먼저 계곡으로 들여보냈다. 어제 계곡에 정찰 나갔던 초병들이었다. 그는 계곡 입구 분지가 시작되는 지점에 멈춰 서서 계곡을 올라가는 초병의 뒤를 지켜보고 있다. 삼 마장 정도 떨어진 계곡에는 정말 웅대한 보가 계곡을 가로질러 서 있었다. 인기척은 없다. 계곡 분지에는 억새가 무성했다. 바람이 억새를 심하게 흔들고 있었다.

어제 원평 들에 군막을 치고 나서 총 대장 우키타는 요천에 물이 말라 있는 것을 보자마자 서둘러 날랜 기병으로 정찰군을 편성해 요천 상류로 보냈다. 아무리 추석을 이틀 앞둔 가을이라지만 요천에는 너무 물이 없었다. 조선인 향도도 물이 너무 말랐다고 이상스럽게 생각했다. 한 시진도 안 돼서 정찰병이 돌아와 보고했다.

"주군, 요천 상류 육십 리 떨어진 계곡분지가 이상합니다."

숨을 돌리며 정찰병이 말을 이었다.

"처영 승병이 주둔하고 있습니다. 이십 장 높이의 보가 계곡을 막고 있습니다. 보에 계곡물이 가득 차 있습니다."

우키타는 저절로 이마가 찌푸려졌다.

"또 처영인가?"

우키타가 물었다.

"물이 가득 차 있다고?"

초병은 말을 얼버무렸다. 우키타는 생각했다. 승군의 화살에 쫓기느라 자세히 보지는 못했으리라. 별로 상관없다. 정작 문제는 거기에 있는 놈이 처영인 것이다. 기분 나쁜 놈이 또 무슨 수를 꾸미고 있는 것이다.

"내 반드시 이놈의 중놈을 잡아 죽이고 말리라."

우키타가 이를 갈며 말했다. 수공이 염려되는 상황은 아니다. 설사 보를 터뜨린다고 해도 이미 군대는 요천을 건넜다. 지금은 가을이라 요천이 범람할 일도 없다. 우키타는 처영인 것이 그래도 걸렸다. 그대로 두면 본진의 배후를 칠지도 모른다. 오늘 본대를 움직이기 전에 우키타는 서둘러 처영을 잡으러 야마자키를 보냈다. 야마자키는 우키타의 직속 부하였다. 우키타가 도요토미 태합의 사위가 된 이후에 도요토미가 붙여준 직할 부대였다. 왜군 최고의 정예 부대였다. 와키자가가 실수를 만회하겠다고 자원해서 그 부대도 삼백을 더 보냈다. 왜군이 남원성을 포위하러 다리를 건너갈 때 요천은 어떤 기미도 없었다.

야마자키는 숨을 크게 들이쉬었다. 오늘은 기병 이백에 조총수 오백, 사수 삼백이 출동했다. 야마자키의 전 부대에 와키자카의 부대도 일부 합세했다. 오늘은 조심해야 했다. 그제 교룡산성에서 와키자카 부대의 사사키가 처영 승군의 매복에 걸려 사백이 전멸한 것이다. 야마자키는 처영의 이름을 임진년 이래로 지겹게 들었다. 처영은 매복의 명수였다. 귀신같이 나타났다가 귀신같이 사라졌다. 처영부대는 축지법을 쓴다고 소문이 났다. 하긴 승려들이 축지법을 쓸 만도 했다. 왜군에게 처영군은 홍의장군 곽재우만큼이나 귀찮은 존재였다.

야마자키도 행주산성에서 이미 처영을 상대해 본 경험이 있다. 야마자키는 행주산성에서 조선의 화력에 혼쭐이 났다. 행주산성에서만 부하 오백을 잃었다. 화차에서 신기전이 무수히 날아왔다. 하늘이 화살로 덮이는 것 같았다. 목책을 둘러친 토성조차도 공략하기 어려웠다. 의승군이라고 해서 훈련이 부족한 것도 아니었다. 근접전이 벌어져서 왜도를 뽑아들고 백병전을 했는데 활만 잘 쏘는 줄 알았는데 의승군은 칼솜씨가 좋았다. 특히 의승군은 마치 만(卍)자 모양으로 네 명이 진을 짜서 움직였다. 왜국에서는 처음 보는 진법이었다. 의승군의 칼에 숱한 부하들의 목이 달아났다.

"주군!"

정찰 보낸 초병 한 놈이 뛰어왔다.

"주군, 보에는 아무도 없습니다."

초병이 싱글거렸다. 싱겁게 되었다. 멀리 보위에서는 초병을 나간 놈들이 손을 흔들어 이상이 없음을 알렸다. 그래도 혹시 모를 일이다. 보를 점령한 다음에 보를 파괴하고 돌아가면 될 일이다.

"천천히 대열을 유지하면서 이동해라!"

조총수가 오열로 쭉 늘어서서 억새를 헤치며 보로 이동했다. 사수가 뒤를 받치고 야마자키와 기병들은 조금 떨어져서 분지로 들어섰다. 대열은 천천히 움직였다. 마치 토끼몰이를 하는 것 같았다. 계곡이어서인지 저녁 어스름이 일찍 깔렸다. 정찰병 다섯 놈도 보위에 올라갔다. 아무도 없다고 손을 빙빙 돌렸다. 이제 선두에 선 조총수 대열은 보에 도달했다.

그때 갑자기 보위에 서 있던 정찰병들이 픽픽 쓰러졌다. 화살이다.

"쉬이이익―"

길게 효시가 날아오른다. 소리는 짧고도 날카롭다. 분지 양쪽 봉우리 능선을 따라서 처영 승군이 일제히 일어났다. '와―!' 소리가 나고 신기전이 날아왔다. 신기전은 날아와서 이내 불이 붙고 터졌다. 억새에 불이 붙었다. 말이 놀라서 날뛰기 시작했다. 그때 묻혀 있던 목통이 터졌다.

"따닥 따다닥 따따따닥"

마치 콩 볶는 것 같은 소리가 들리더니 연달아 지화에 불이 붙었다. 지화에 불이 붙자 같이 묻어놓은 불랑기 자포에 가득 찼던 화약이 터졌다. 땅이 들썩거리면서 연쇄적으로 터져갔다. 왜군은 어찌할 바를 몰라했다. 이런 경우는 처음이었다. 땅에서 지진이 난 것이다. 화산이 폭발했다. 일제히 산 쪽으로 뛰었다. 타 죽을 수는 없는 노릇이었다. 억새밭이 불덩이가 된 것이다. 그때 갑자기 땅이 두자가량 무너졌다. 달리던 왜군들이 땅속으로 꺼졌다. 파진포와 지뢰포가 터진 것이다. 놀라 날뛰던 말발굽의 충격에 화기가 더해지자 일제히 폭발했다.

"쾅, 쿠앙-."

엄청난 폭발음이 울렸다. 불이 하늘에서 쏟아졌다. 왜군이 불을 매달고 억새밭을 달렸다. 지뢰포가 일제히 터졌다. 왜군은 귀청이 터졌다. 순식간에 억새밭과 산중턱까지 불길에 휩싸였다. 야마자키도 놀란 말에서 떨어졌다. 갑주에 불이 붙었다. 불지옥 속에서 부하들이 몸에 불이 붙어 내달렸다. 아무도 주군을 구하러 오지 않았다.

간신히 불길에서 벗어난 왜군은 산 쪽으로 뛰었다. 불길을 피해 위로 올라가는데 자꾸 픽 픽 쓰러졌다. 노루 덫에 발등을 찍은 것이다. 토끼 덫으로 놓은 나무 송곳이 발등을 뚫고 비어져 나왔다. 그때 처영 승군의 편전이 여지없이 꾸물거리는 왜군의 등짝에 박혔다.

저수지 위로 서둘러 올라온 조총수들도 의승군의 화살에 무방비하게 노출되었다.

갑주가 불에 붙은 왜군은 보 밑으로 물속으로 뛰어들기도 했다. 물은 열장 깊이로 깊었다. 불을 피하는가 싶었는데 물귀신이 발목을 잡았다. 겨우 계곡에 손을 걸치자 승군의 편전이 가슴에 박혔다. 이제 불은 강한 바람을 타고 온 산을 뒤덮었다. 왜군은 꽁무니에 쳐져 있던 기병 스물 정도가 간신히 도망을 가고 오 할은 불에 타죽었다. 야마자키와 장수들도 불에 타죽었다. 나머지 오 할 중 삼 할은 화살에 맞았고 나머지 이 할은 다리를 절룩거리며 계곡을 빠져 나갔다. 그 뒤를 승군이 날랜 발로 쫓아갔다.

산이 봉화처럼 타올랐다. 어둠이 산에 깔렸다. 이제 어두워지면 불길은 남원성에서도 보일 것이다. 처영은 승전보를 남원성에 보내기 위해 서찰을 매단 화살을 가관에게 넘겼다.

"가관, 서둘러 남원성에 가서 화살을 북문으로 쏘아라."

가관이 화살을 받아들고 말 등에 올랐다. 가관이 남원성으로 멀어져 갔다.

"이제는 남원성이 잘 해줘야 하는데…."

처영이 혼잣말로 중얼거렸다. 시체 타는 냄새와 연기가 온 산에 가득했다.

10장. 대결

정유년 팔월 열사흘 술시, 남원성

남원성 동문 우측에는 교룡기가 섰고 좌측에는 고초기가 섰다. 고초기가 바람에 살짝 나부꼈다. 저녁 무렵 산에서 불어오던 바람이 어느덧 잦아들었다. 부총병 양원이 중군장 이신방과 같이 동문에 진을 쳤다. 만월에 가까운 달이 방암봉 위에 걸렸다. 양원이 부관에게 명을 내렸다.

"초요기를 올려라!"

각 대문의 장수들을 소집하라는 명령이었다. 부관 기후령은 옆구리에 차고 있던 뿔나발을 꺼내들어 뿌우우 길게 불었다. 옆에선 위관이 푸른색에 흰색으로 북두칠성을 그려 넣은 초요기를 휘둘렀다. 서문에서 청룡을 그려놓은 대장기 옆에 서 있던 부관이 곧바로 영기를 흔들었다. 알아들었다는 표시였다. 동문에서도 남문에서도 영기가 호응했다.

아직까지 왜군은 움직임이 없다. 대나무를 이 장 길이로 죽 엮어서 만든 죽패로 성을 빙 둘러 앞에 벌려두고 조총수들은 앉아 있었다. 이제는 주머니에서 생쌀을 꺼내 씹고 있었다. 전혀 움직임이 없었던 것은 아니다. 성을 빙 둘러치고 나서 두 식경이 지난 해질녘에 북문을 포위한 시마즈 부대의 조총수 대여섯이 북문 쪽 다리 앞에까지 와서 조총을 성문을 향해 몇 방 쏘았다. 조총 탄환이 성문에 박혔다.

북문에 선 사수들이 즉각 응사하려 하자, 북문대장 이복남은 응전하지 말라고 했다. 성에서 응사가 없자 왜군들은 아예 바지를 까고 오줌을 해자에 갈기고 똥을 누었다. 엉덩이를 까집고 조롱을 했다. 노래를 부르고 한 놈은 공중제비를 돌았다. 시마즈 부대에서 일제히 웃음이 터져 나왔다.

이때 승자총통을 들고 있던 위관 김승룡이 부하 두 명과 같이 승자총통을 왜군에게 날렸다. 총알은 왜군을 비켜갔다. 그제야 왜군이 진으로 돌아갔다. 이복남은 김승룡을 불러 탄약을 낭비하지 말라고 꾸짖었다. 이후에도 왜군은 간간히 조총을 성벽에 대고 쏘았다. 조선군은 성가퀴 밑에 숨어있어서 조총에 맞지는 않았다.

조총 탄환이 성벽에 박히거나 퉁기는 소리가 성벽에 얼굴을 대고 있는 조선군에게 전달되었다. 왜군은 가끔씩 함성을 지르고 북을 쳐서 조선군을 피곤하게 만들었다. 그때마다 조선군은 일어났다 앉았다 반복했다. 조선군은 긴장한데다가 어제부터 잠을 못자서인지 다리가 후들거렸다. 늘 왜군이 성을 공략할 때 써먹는 수법이다. 왜군은 성을 공격할 때 셋으로 부대를 나누었다. 일대가 공격하면 이대와 삼대는 느긋하게 휴식을 취했다. 일대가 후퇴하면 곧장 이대가 공격했다. 일대는 후퇴하여 휴식을 취했다. 삼대가 성벽에서 돌에 맞아 죽어가도 일대는 뒤에서 태평하게 잠을 잤다. 그러다가 진군나팔이 불면 벌떡 일어나서 돌격했다. 성안은 파도같이 계속 밀려오는 적에게 시달려 금세 사기가 떨어졌다. 심지어는 밥 먹을 시간도 없었다. 아마도 왜군은 밤새 이럴지도 모른다.

한식경 전부터 멀리 남원성 북동쪽 덕유산 자락의 산이 붉게 타올랐다. 봉화같이 벌건 것이다. 천둥치는 폭발음이 들리기도 했다. 산불이 크게 번진 것 같았다. 양원이 무슨 일인가 싶어 장수들을 소집했다. 먼저 북문에서 이복남이 와서 무릎을 꿇었다. 서문과 남문에서도 서둘러 도착했다. 모승선이 물었다.

"대장 무슨 일이요?"

양원이 대답했다.

"저쪽 산이 불타고 있는데 어인 일인가?"

양원이 북동쪽 산을 가리키며 물었다.

"장군, 소장도 그것이 궁금하던 참이요. 오시에 왜군 한 부대가 요천을 거슬러 올라갔는데 그것과 연관이 있는 게 아닌가 하오."

이복남이 대답했다. 다른 장수들은 말이 없다. 이때 북문에서 전령이 영기를 휘날리며 달려왔다.

"장군 북문에 날아든 대우전입니다. 장군에게 보내는 서찰이 달려 있습니다."

전령이 급히 화살에 달린 서찰을 풀어 이복남에게 주었다. 이복남이 급히 서찰을 읽어보았다. 처영 스님이 이복남에게 보낸 내용이었다. 이복남의 얼굴이 환히 밝아졌다. 양원에게 서찰을 넘기는 손이 날렵했다. 양원이 급히 서찰을 들여다보았다.

"허어, 이런, 처영이 선수를 쳤구먼. 하하-."

이복남에게서 여인골의 승전보를 전해들은 장수들과 동문의 병사들이 크게 환호했다. 가까이서 승전보를 들은 동문 병사들이 일제히 함성을 울렸다.

"와- 이겼다!"

동문 병사들이 갑자기 함성을 지르고 일제히 창을 들어 성벽을 쳤다. 성을 빙 둘러있던 왜군들이 갑자기 남원성에서 함성이 터지고 총성이 나자 깜짝 놀라 벌떡 일어나서 조총을 겨누었다. 어리둥절한 표정이었다. 양원의 명을 받은 부관이 급히 각 성문으로 전령을 보냈다. 북문에 온 전령이 소리쳤다.

"처영 의승군이 여인골에서 왜군 만 명을 불에 태워 죽였다."

왜군 천 명이 만 명으로 바뀌었다. 일부러 이복남이 그렇게 지시했다. 병사들의 공포를 거둬 내기에 좋은 기회였다.

"와아-, 이겼다!"

함성이 북문에서 시작해서 차례로 서문과 남문으로 전염되었다. 북문 일치를 지키고 있던 한물도 칼을 빼들어 성벽을 내리쳤다.

"와아-, 이겼다!"

"打那!(이겼다!)"

서문과 남문에서도 함성이 터지고 남문에서는 총통을 하늘로 쏘아 올렸다. 동문에서 일제히 승전고를 울렸다. 불꽃놀이와 같은 화전이 보름달을 향해 쏘아졌다.

"만세!"

소리가 남원성에 가득 찼다. 병사들은 숨통이 트이는 듯했다. 처음으로 성을 빙 둘러선 왜군을 향해 소리쳤다. 활을 잡은 손이 근질거렸다. 공포가 조금은 가신 듯했다. 바우는 신이 나서 성내를 누비고 다녔다. 성내 구석구석에 숨어 있던 사람들이 뭔 일인가 하고 고개를 내밀었다.

"뭔 일이여. 설마 왜군이 물러갔어?"

"처영 장군이 왜군 만 명을 저승길로 보내부렀당께. 여인골이 왜놈들 화장터가 되어부렀네. 만세! 처영 장군 만세!"

성민들과 피난민들 얼굴이 일제히 활짝 펴졌다. 허나 그것도 잠깐이었다. 바우하고 사당패만 성 안에서 북을 치며 돌아다닐 뿐 사람들은 다시 집안으로 슬슬 숨어들었다. 당장은 성을 포위한 왜군이 문제였다. 바우가 신이 나서 윤 객주의 객관에 이르자 윤 객주가 사당패를 객관으로 불러들였다.

*

남원성에서 함성이 터졌다. 우키타의 얼굴이 더욱 굳어졌다. 여인골에서 겨우 살아나와 '야마자키가 전사했다'는 보고를 하던 야마자키 휘하의 병사는 우키타의 눈치를 살폈다. 자칫 불똥이 자신에게 덮칠지 모르는 일이었다. 우키타가 장수들을 둘러보며 말했다.

"당장 전투 준비를 하라! 오늘 밤에 남원성을 친다."

고니시가 당황한 듯 손을 비볐고 시마즈는 잘됐다는 표정이다.

"양원에게 전령 보내는 것은…?"

고니시의 말꼬리가 흐려졌다.

"필요 없어. 싹 쓸어버려."

우키타가 엎드려 있는 패잔병의 가슴을 발로 찼다.

"꺼져버려!"

병사가 황급히 군막을 나갔다.

"다들 돌아가서 출동 준비하시오. 내가 공격하면 일제히 공격하도록!"

우키타가 말을 마치고 갑주를 챙기기 시작했다. 우키타의 부대에게 급히 전령이 말을 몰았다. 고니시는 우키타의 군막을 나와 서문쪽 사령부를 차린 기린봉으로 말을 달렸다.

"흠, 일이 틀어졌군. 어쩔 수 없지."

고니시는 속으로 중얼거렸다.

유시 무렵 우키타는 전령을 보내 장수를 방암봉으로 소환했다. 내일의 작전을 상의하기 위해서였다. 고니시는 마침 남원성의 첩자가 보내 온 첩지를 보고했다. 성안에는 삼천의 명군과 일천의 조선군이 있으며 왜군의 병력에 압도되어 사기가 떨어져서 명군 대장 양원이 좌불안석이라는 내용이었다.

고니시는 양원에게 항복을 권유하는 전령을 보내자고 우키타에게 제안했다. 시마즈는 '무슨 전령이냐, 그냥 밀어버리자!'고 비웃었다. 우키타는 오늘 밤에 조선군을 좀 더 접준 다음에 내일 전령을 보내자고 결정했었다. 그런데 이런 일이 벌어진 것이다. 고니시는 기회를 놓친 것이 못내 아쉬웠다.

　나고야에서 고니시는 도요토미의 관상이 몇 해를 못 넘길 것을 보았다. 도요토미의 병든 얼굴에 사색이 역력했다. '병력을 보전하여 왜국으로 돌아가야 한다. 싸우는 시늉만 하자.' 고니시의 속마음이 그러했다. 첩자의 첩지에 따르면 양원 역시 별반 다르지 않았다. 다 끝난 줄 알았던 전쟁이 다시 터져서 조선에 다시 출병하기는 했지만 양원은 고향 요동으로 돌아가고 싶은 마음뿐이라고 했다. 첩자는 양원과 협상을 하면 남원성은 총 한방 안 쏘고도 함락시킬 수 있다고 했다. 첩자는 이미 양원과 상당한 거래를 했다고 첩지에 썼다. 공교롭게도 그때 요천 상류로 정찰 갔던 병력이 전부 전멸했다는 보고가 들어온 것이다. 고니시는 안타까운 마음에 입이 씁쓰름했다.

＊

　"나무아미타불"

　금아가 다시 불호를 나직이 외쳤다. 금아는 환속한 후로는 더 이상 머리를 자르지 않았다. 더 이상 노란 머리를 감추려고 하지 않았다. 노란 머리가 길게 자라서 출렁거렸고 초희가 그런 금아의 머리를 뒤로 묶었다. 금아가 성가퀴 너머로 왜군을 바라보았다. 왜군이 움직이기 시작했다. 금아는 타고난 무골이었다. 한물보다 더 빨리 무술을 배웠다. 오 년 만에 의승군 중 최고의 검객이 됐다. 특히나 금아는 봉술에 능했다. 환속하고 나서는 봉을 버리고 철퇴를 지니고 다녔다. 이제는 한물과 칼을 겨누면 누가 이길지 몰랐다. 활 솜씨는 한물이 금아보다 한 수 위였다. 허나 칼솜씨는 금아가 한물을 넘어섰다. 금아가 본국검을 시전하면 그 검세가 화려한 군무를 보는 듯했다. 교룡산 훈련장에서 금아가 목검을 들고 휘두르고 찔러 가면 온통 검기가 허공에 가득 찼다. 봄에 매화꽃이 떨어질 때는 칼 걸음에 꽃이 떨어지는지 시절이 다해 꽃이 지는지 몰랐다. 한번 휘두르면 비처럼 매화꽃이 후드득 떨어졌다. 한물이 승병이 되어 산을 헤집고 다닐 때 금아도 늘 같이 목검을 휘두르며 허공을 베었다.

계사년에 금아와 한물은 처음으로 의승군을 따라 운봉 전투에 나갔다. 금아는 전쟁터에 서자 갑자기 돌변했다. 눈이 붉게 변하고 금아의 칼은 어김없이 왜군의 심장을 여러 차례 찔러갔다. 이미 숨을 거두었건만 심장을 찌르고 또 찔렀다. 금아는 그날 왜군 스물을 베었다. 한물이 겨우 다섯을 베었을 때였다. 돌아오는 길에 금아는 다시 예의 무심한 얼굴로 돌아갔다. 금아의 칼이 왜군의 살기를 먼저 알아차렸다.

향교산에서 화전이 올랐다. 달이 훤했다. 왜군들이 일제히 일어섰다. 이경이 된 듯하다. 북문 지휘부에서 호포가 울렸다.

"아, 시작이구나."

한물이 전대를 바짝 조였다. 다시 지휘부에서 당보기가 맹렬히 휘날렸다. 왜군이 움직이기 시작했다. 왜군들이 어둠속에서 꾸물거렸다. 흙먼지가 날리고 왜군의 화약 냄새가 성으로 밀려왔다. 전고가 거세고도 빠르게 울렸다. 이복남 장군이 외쳤다.

"기다려라, 왜군이 해자를 건너올 때까지 기다려라!"

부관이 연신 영기를 휘둘렀다.

"기다려라. 해자를 넘어오면 총통을 먼저 쏘아라. 사수는 나중에 쏘고 그 사이에 총수는 총통에 화약을 채워라!"

한물도 부대원들에게 외쳤다. 한물은 성가퀴에 총수와 사수를 한 명씩 배치했다. 승자총통의 사거리는 활보다 길었다. 그러나 연사 속도가 느렸다. 한물은 치돌기에 배치한 화거에 신기전기를 먼저 걸었다. 중신기전 백대를 걸었다. 신기전을 날리고 나서는 사전총통 오십 개를 장착하여 한 번에 세전 이백 대를 날릴 것이다. 왜군이 죽패를 앞세우고 천천히 걸어왔다. 해자 앞까지 왔다. 다시 흙먼지가 자욱이 일었다. 왜군이 물이 마른 해자를 앞에 두고 멈춰 섰다. 죽패 사이로 대조총이 삐죽 걸쳐졌다.

"대조총이다. 몸을 숨겨라!"

이복남이 성가퀴에 몸을 숨기면서 말했다. 이복남은 왜군의 대조총이 장방패 세 개를 뚫고 나서도 갑주를 뚫는 것을 똑똑히 보았다. 왜군은 현자총통이 없었다. 총통대신에 대조총을 쏘았다.

"탕 타당 타당"

일제히 대조총이 성가퀴를 겨냥하고 발사되었다. 한 번에 철환 스무 개가 성벽에 쏟아졌다. 다시 천둥소리가 들렸다. 화약 냄새가 진동했다. 성벽이 탄환에 받쳐 떨어져나가는 소리가 들렸다. 관군이 대조총에 맞아 피를 토하며 쓰러졌다. 몇 명이 조총에 맞아 성벽에서 해자로 굴러 떨어졌다. 명군과 관군이 도망치던 꿩처럼 성가퀴에 대가리를 처박았다. 왜군의 함성이 갑자기 커졌다.

"突擊!(돌격!)"

왜군이 일제히 함성을 지르면서 해자를 넘어왔다. 다시 이번에는 조총이 일제히 발사되었다. 이 때 왜도와 활을 든 사수 두 명이 사다리를 들고 재빨리 해자를 건너왔다. 사수가 해자에 들어왔다.

"아악!"

해자를 밟은 왜군들이 발을 찔려 움직이지 못했다. 중호에 빠진 것이다. 해자 안에 구덩이를 하나 더 파고 능철판을 깔아놓았다. 왜군은 물이 마른 해자를 아무 생각 없이 넘어오다 능철판에 발이 찔린 것이다. 능철판에는 미늘이 달려 있어서 발은 쇠꼬챙이에서 빠지지 않았다. 선두가 꼬챙이에 찔려 넘어지자. 뒤를 이어 해자로 넘어 들어온 왜군은 이러지도 저러지도 못했다. 이때 한물이 말했다.

"방포하라. 총을 쏘아라!"

해자 안이라면 승자총통의 사거리였다. 그러나 총소리가 나지 않았다. 겁에 질린 눈동자만이 한물을 쳐다보았다. 한물이 승자총통을 왜군에게 쏘았다. 금아가 관군의 승자총통을 집어 들어 쏘았고 왜군이 해자에 빠져 허우적거렸다. 그제야 북문 일치의 승자총통이 일제히 불을 뿜었다. 아직 조총이 날아올 시간이 아니다. 해자 안에 갇힌 왜군이 우왕좌왕하다가 총통에 맞고 쓰러졌다. 왜군은 자꾸 해자로 밀려들어왔다. 왜군은 넘어진 왜군을 밟고 해자를 넘어 성으로 접근했다. 시마즈가 왜군을 성벽으로 거칠게 밀어 넣었다.

한물은 화거에 불을 붙였다. 일제히 신기전 백문이 발사되었다. 불꽃놀이 같았다. 신기전은 아직 해자에 도달하지 않은 왜군 창병과 대조총병과 기병을 겨냥했다. 신기전이 긴 꼬리를 물고 날아가 왜군의 몸에 박혔다. 방패에 박히고 말에 박혔다. 이내 불을 뿜으면서 폭발했다. 파편이 왜군의 머리를 향했다. 한물은 재빨리 신기전기를 화거에서 빼고 사전총통기를 걸었다. 오십 개의 사전총통에서 한 번에 세전 이백 대가 발사됐다. 해자에 걸려 주춤하던 왜군 조총수들이 픽 픽 픽 쓰러졌다.

이때 네 군데의 포루에서 현자총통이 발사되었다. 현자총통을 빠져나온 철환 백 개가 왜군에게 쏟아졌다. 왜군들이 피를 뿜으며 쓰러졌다. 왜군은 일제히 조총과 대조총으로 응사했다.

"활을 쏘아라!"

해자를 넘어온 왜군에게는 일제히 편전이 발사되었다. 편전은 눈에 보이지도 않고 빠르게 발사되었다. 한물은 유엽진을 날렸다. 유엽전이 편전보다 사거리가 길었다. 한물은 지휘관인 듯한 왜군을 조준했다. 반달형 투구를 쓴 왜군이 한물의 화살에 맞아 쓰러졌다. 해자를 넘어온 왜군이 성벽에 붙기도 전에 픽픽 쓰러졌다.

한물은 조선 군사 하나가 성가퀴에 머리를 처박고 있는 것을 보았다. 승자총통을 머리 위에 들고 벌벌 떨고 있었다. 앳된 얼굴이었다. 애비 대신에 끌려왔으리라. 한물은 어린 병사를 잡고 흔들었다.

"정신 차려라!"

어린 병사가 겨우 고개를 들어 한물을 쳐다봤다.

"나를 봐라. 조총 별거 아니다. 자, 나를 봐라. 안 맞는다. 조총이 피해간다."

한물은 성가퀴에 몸을 숨기지 않고 태연하게 편전을 날렸다. 결사대 뿐 아니라 의병들도 일제히 편전을 날리고 총을 쏘았다. 어린 병사가 겨우 용기를 내어 성 밖을 보았다. 왜군의 시체가 즐비했다.

"북 삼치를 지원해라!"

한물이 급히 북 삼치 쪽으로 달려갔다. 초희와 백이가 뒤를 따랐다. 금아와 소석은 자리를 지키라고 한물이 명령했다. 북 삼치는 구례현감 이원춘이 지키는 구역이었다. 이원춘만이 흑각별장궁에 유엽전을 날리고 있었고 관병들은 성가퀴에 머리를 처박고 있었다. 벌써 조총에 맞아 쓰러진 관군이 여러 명이었다. 성가퀴에 기대어 피를 흘리면서 신음하고 있었다. 북 삼초 위관인 듯한 병사는 경번갑이 피로 얼룩졌다. 한물이 살펴보니 이미 절명했다. 대조총에 머리를 맞았다.

왜군의 조총이 북 삼치 쪽 성벽을 겨냥했다. 일제히 왜군의 대조총이 북 삼치 성벽을 때렸다. 왜군들이 성벽에 달라붙었다. 사다리를 벌써 성벽에 걸치고 있었다. 북 이치와 오치에서 지원을 했지만 왜군이 성벽을 넘어올 태세였다. 한물이 벌써 사다리를 올라온 왜군의 발을 칼로 쳤다. 백이와 윤초희가 연신 사다리에 매달린 왜군에게 편전을 날렸다. 왜군이 사다리에서 굴러떨어졌다. 한물은 잽싸게 사다리를 밀어버렸다.

"정신 차려라. 쏴라."

한물과 결사대가 고군분투하자 북 삼치 병사들이 그제야 고개를 내밀고 응사하기 시작했다. 차츰 왜군이 밀리기 시작했다. 포루에서 다시 현자총통이 발사됐다. 비격진천뢰가 발사되었다. 비격진천뢰는 터져서 능철을 뿌렸다. 능철은 왜군의 목과 가슴에 박혔다. 마름쇠도 뿌려졌다.

"마름쇠를 던져라!"

이복남이 외쳤다. 성가퀴 밑에서 대기하고 있던 의병군이 일제히 다섯 개씩 묶어 두었던 마름쇠를 성 밖으로 내던졌다. 마름쇠를 묶은 줄이 끊어지면서 하늘로 흩어졌다. 마름쇠가 날을 하늘로 세웠다. 마름쇠에는 이미 부자와 초어의 독이 발라져 있었다. 왜군은 마름쇠에 찔려 버둥거렸다. 북 삼치를 몰아치던 왜군이 후퇴했다.

"징 징 징"

왜군 쪽에서 징이 빠르게 울렸다. 뿔나발이 울렸다. 왜군이 물러가기 시작했다. 해자에 빠진 부상병을 끌고 후퇴했다. 진을 한 마장 정도 뒤로 물렸다. 해자에 빠진 부상병이 도망가기 위해 버둥거렸다. 마름쇠에 찔린 왜군이 발을 절뚝거리며 후퇴했다.

"발포를 중지하라!"

지휘부에서 영을 내렸다.

"화살을 아껴라, 총알을 아껴라!"

한물이 부대원에게 외쳤다. 왜군은 미처 해자에 빠져 죽은 시체를 수습하지도 못했다. 해자와 성벽 사이에도 왜군의 시체가 즐비했다. 총소리가 그쳤다. 왜군은 진격해 올 때와 마찬가지로 천천히 물러갔다. 먼지가 걷히고 화약 냄새가 잦아들었다. 어색한 고요가 찾아왔다. 왜군의 신음 소리만이 간간히 들렸다. 서문 쪽은 이미 조용해졌고 동문도 조용해졌다. 삼경이 되어갔다. 달이 중천에 떴다. 어색한 침묵이 계속됐다. 그때 누군가 먼저 소리쳤다.

"만세! 이겼다."

"만세!"

아무도 예상하지 못한 결과였다. 이긴 것이다. 병사들은 비로소 상황이 어떻게 된 것인지 실감하기 시작했다. 일제히 창을 성벽에 두드렸다. 드르륵 드르륵 칼을 성벽에 긁었다. 병사들의 함성 소리에 놀란 백성들이 집에서 뛰어나왔다.

"이겼다!"

"만세, 우리가 이겼다!"

"왜놈들 별거 아니네!"

백성들 사이에서 생기가 돌았다. 어쩌면 이 싸움에서 이기고 살아
돌아 갈 수도 있겠다는 생각이 들기 시작했다. 고개를 처박고 있었
던 어린 병사도 그제야 두 손을 높이 들어 만세를 불렀다.

11장. 전령

정유년 팔월 열나흘 진시, 기린봉

경념은 겨우 손을 털고 기린봉에 진을 친 고니시의 군막으로 올라가는 중이다. 경념의 주군 오타 가즈요시가 고니시의 옆에 군막을 쳤기 때문이다. 경념은 삼경 무렵부터 지금까지 병사들을 치료하고 이제야 군막으로 쉬러 올라가는 중이다. 두 명은 발목을 잘랐다. 쇠가 발등까지 삐져나왔고 씻지 못해서인지 독이 이미 발목을 퍼렇게 만들고 말았다. 빨리 자르지 않으면 다리를 잘라야 할 형편이었다. 왜도를 불에 달궈서 발목을 잘라내고 소독을 했다. 입에 재갈을 물렸지만 이내 발목이 잘린 왜군은 기절했다.

고니시 부대만도 백여 명이 발을 다쳤다. 조선군의 마름쇠에 찔린 것이다. 마름쇠에는 알 수 없는 독을 발라둔 모양이다. 마름쇠에 찔린 병사들의 발이 부어올랐다. 발목을 자르지 않은 병사들도 상처 부위를 째고 소독을 했으나 덧나지 않을까 걱정이다. 발목을 자른 병사의 비명이 귀에 빙빙 돌았다. 경념은 그 병사가 부러웠다. 발목은 잘렸지만 병사는 이제 고향으로 돌아간다.

"경념"

부르는 소리가 들렸다. 고개를 들어 기린봉 꼭대기를 바라본다. 고니시의 부관이 손짓을 했다. 고니시가 찾는 모양이다. 경념은 느릿하게 고니시의 군막으로 향했다.

어제 이경 무렵부터 전투가 시작되었다. 주군 오타는 한 식경이면 전투가 끝나리라 장담했다. 내일 아침밥은 남원성에서 먹자고도 했다. 막상 전투가 시작되자 오타는 말을 잃었다. 고니시는 여전히 표정의 변화가 없었다. 북문 쪽과 남문 쪽은 맹렬히 공격을 했다. 특히 북문 쪽은 시마즈가 직접 남원성 해자 앞까지 나와 칼을 휘두르며 독려하는 모습이 기린봉 위에서도 훤히 보였다. 덕분에 와키자카도 자신의 부대를 데리고 남원성 코 앞까지 나와서 병사들을 다그쳤다. 어쩐 일인지 서문 쪽을 맡은 고니시는 느긋했다.

'이번 전투도 쉽지 않아.'라고 중얼거리는 소리를 경념은 들었다. 고니시는 병사들에게 해자 밖에 서서 대조총을 쏘고 서문으로 조총을 연신 쏘게만 했다. 더 이상 진군하는 것을 막았다. 북문이나 남문 쪽 상황이 그리 좋지 않았다. 성에서 엄청난 화력이 쏟아졌다. 성에서 대포가 불을 뿜었다. 왜군은 성에 닿기도 전에 총알에 몸이 상했다.

오타가 고니시에게 왜 돌격하지 않느냐고 하자 고니시는 마지못해 부관에게 진군을 지시했다. 앞서 해자를 건너던 사수들이 해자에서 버둥거리고 서문 쪽에서 일제히 총통과 대포가 발사되자 서둘러 징을 쳐서 병력을 후퇴시켜 버렸다. 한 시진 만에 전투는 끝났다. 허나 피해가 적지 않았다. 고니시가 잽싸게 군대를 물렸음에도 불구하고 이백여 명이 죽고 팔백여 명이 다쳤다. 경념은 고니시의 군막에 도착했다. 주군 오타도 고니시와 같이 앉아 있었다.

"발목을 다친 병사들의 상태는 어떠한가?"

고니시가 낮은 목소리로 느릿하게 물었다.

"부상병 중 백여 명이 발을 찔렸습니다. 두 명은 발목을 잘랐습니다. 나머지 병사들도 독에 심하게 중독되어 거동이 힘듭니다. 후송해야 할 것 같습니다."

"뭐, 후송?"

오타가 신음을 흘렸다. 고니시 부대는 만 명이다. 병가지상사라고 했다. 전투는 이기기도 하고 지기도 하는 것이다. 고니시도 여러 번 죽을 고비를 넘기기도 했다. 한 시진도 안 되는 전투에서 성에 접근해 보지도 못하고 전력의 일할을 잃은 것이다. 남원성이 만만치 않다. 아마도 성을 점령하려면 엄청난 피해를 감수해야 한다. 고니시는 생각이 거기에 미쳤다.

이때 우키타가 영기를 보내 호출했다. 고니시와 오타가 달려갔다.

＊

"왜 고니시 부대는 공격하지 않느냐?"

군막에 들어서자마자 시마즈가 고니시에게 시비를 걸었다. 고니시는 시마즈의 말을 무시했다. 눈길조차 던지지 않았다. 우키타는 심각한 표정으로 고니시를 한번 힐끗 보더니 눈을 감았다. 정적이 군막에 쌓였다. 피해는 생각보다 컸다. 특히 동문을 공격하던 우키타 본대의 피해가 컸다. 양원이 지키는 동문에서는 불랑기포까지 불을 뿜었다. 도무지 조총사거리까지 접근하기도 어려웠다. 해자에 물이 말라있었는데 의심 없이 건너려 한 것이 실수였다. 마름쇠에 찔려 움직이지 못했고 조선군의 사거리에 들어간 병사들이 후드득 떨어졌다.

조선군을 너무 쉽게 본 것이다. 도리어 조선군의 사기만 올려주고 말았다. 사백이 죽고 일천이 부상당했다. 더구나 마름쇠에 찔린 병사는 움직이지도 못했다. 한 명이 부축해줘야 움직인다. 식량은 축내고 전력은 안 되고 그렇다고 아군의 목을 벨 수도 없다. 우키타의 표정이 심각했다. 행주산성의 악몽이 떠오른 모양이다. 연신 한숨을 쉬었다.

행주산성은 토성에 목책을 세운 허술한 산성이었는데도 우키타와 고니시는 조선군에 참패를 당했었다. 남원성은 행주산성에 비하면 철옹성이다. 진주성을 공략하느라 왜군 오만이 죽었다. 어쩌면 그런 상황이 재연될지도 모른다. 조선군의 화력은 막강했다. 접근전을 펼치지 못하면 남원성 공략은 쉽지 않다. 방법이 뭘까?

"시마즈, 의견을 이야기하라."

와키자카가 대신 나섰다.

"해자를 메우고 운제를 준비해야 합니다."

시마즈가 마무리했다.

"오늘 오전에 준비해서 오후에 끝장을 봅시다."

우키타가 고니시를 쳐다봤다. 고니시가 대답이 없자. 재차 우키타가 물었다.

"고니시, 어떻게 하지?"

시마즈가 비죽거렸다.

"또 협상 타령이나 하겠지?"

고니시는 실실 웃기만 했다. 우키타의 표정이 험악해졌다.

"전투도 하고 협상도 하지요?"

"어떻게"

우키타가 재차 물었다. 고니시가 느긋하게 대답했다.

"만만치 않소이다. 남원성 안에는 명군 삼천과 조선군 일천이 있소이다. 명군 삼천은 한쪽 길을 터 준다면 도망갈 것이요. 그러나 조선군은 성을 사수할 것이요."

고니시가 시마즈를 째려보며 말했다.

"시마즈, 너는 조선군 일천을 쳐라. 나는 명군 삼천을 남원성에서 빼내겠다. 설마하니 삼천과 일천의 차이를 모르는 것은 아니겠지?"

고니시가 계속 말했다.

"쥐도 구석에 몰리면 고양이를 무는 법. 쥐를 잘 몰아야하지 않겠어? 제 풀에 지칠 때까지, 시마즈."

고니시가 조롱하듯이 시마즈를 보면서 말했다. 시마즈의 얼굴이 험해지자 우키타가 서둘러 말을 막았다.

"고니시는 양원에게 전령을 보내라! 아침밥을 든든히 먹이고 벼를 베어 오고 흙 포대를 만들어라! 비운장제를 여러 대 만들어라! 오시에 공격한다!"

장수들이 황급히 흩어졌다.

＊

기린봉에서 흰 깃발을 든 왜군 전령이 서문에 도착했다. 이미 진
시 무렵에 한 번 왔던 놈이다. 서문 쪽 병사들이 신기한 듯이 왜군
전령을 구경했다. 양원은 이복남의 반대에도 불구하고 기린봉에 진
을 친 고니시에게 명군 전령을 보냈다. 전령이 돌아와서 고니시가
친서를 보내겠다고 했다. 양원이 허락했다.

왜군은 서둘러 해자와 성벽 앞에 놓여 있던 왜군 시체를 수습하여
돌아갔다. 양원은 전군에 영을 내려 시체를 수습하는 왜군을 공격하
지 말라고 했다. 조선군 병사들 사이에서 불만이 터져 나왔다. 그런
데 다시 전령이 서문에 나타난 것이다. 이번에는 전령이 왜군 승려
를 한 명 대동했다. 양원은 동헌 탁자의 중앙 의자에 앉았다. 왜군
전령은 동헌 밖에 부복하고 성내를 염탐이나 하듯이 두리번거렸다.
검은 색 승복을 입은 승려가 들어와서 양원에게 절하고 부복했다.

"고니시 부대의 경념이라 합니다."

환갑이 넘은 듯한 늙은 승려가 절하고 양원을 쳐다보았다.

"그래. 고니시가 뭐라 하던가?"

경념이 서찰을 품에서 꺼내 탁자에 놓자 부관이 양원에게 전달했
다. 양원의 좌우로는 명군 장수와 조선군 장수가 전부 도열했다. 양
원이 한번 스윽 서찰을 보더니 부관에게 말했다.

"읽어 보아라!"

부관 대신 양원의 옆에 서있던 접반종사 홍사일이 서찰을 낚아채더니 읽었다.

"존경하는 양원 합하! 삼천 명의 군대로 어찌 십만의 신군을 대적한단 말이오."

명군 중군장 이신방의 얼굴이 굳어졌다.

"남원성을 비워준다면 군대의 퇴로를 고니시가 보장하고 양민을 살려주겠소이다."

홍사일이 말을 마치자 이복남이 대로하여 말했다.

"네 이놈! 감히 이곳이 어디라고 그런 망발을 서슴지 않느냐?"

순천부사 오응정이 말했다.

"장군 저 중놈의 목을 쳐서 결연한 의지를 보이소서!"

조선군 장수들이 일제히 목을 치라고 아우성을 쳤고 판관 이덕회는 칼을 빼들었다.

"장군, 어쩔 생각이요?"

이신방이 말을 더듬거리면서 말했다.

"칼을 거두어라. 무례하다!"

양원은 불쾌한 기색이 역력했다.

"자고로 작전은 내가 결정한다. 무슨 말들이 이리 많은가."

양원이 버럭 화를 내면서 말했다.

조방장 김경로가 삿대질을 하면서 물었다.

"장군은 그럼 남원성을 포기하겠다는 말이요?"

조선 장수들이 일제히 칼을 뽑아들 태세였다. 중간에 낀 접반사 정희수와 접반종사 홍사일이 어쩔 줄 몰라 했다. 양원은 조선 장수들을 쏘아보았다. 명군 장수들은 이러지도 저러지도 못하고 양원의 얼굴만 살폈다. 양원이 말했다.

"고니시에게 전하라!"

조선 장수들이 칼을 접고 양원의 말에 귀를 기울였다. 홍사일이 통역했다.

"내가 십오 세부터 장수가 되어 천하를 주름잡으며 싸워서 이기지 않은 전쟁이라고는 없는데 이제 정병 십만으로 여기 와서 이 성을 지키니 퇴각하여 성을 비우라는 명령은 아직 받은 바 없다. 물러가라!"

그제야 조선장수들이 안심하고 양원에게 절하고 물러갔다. 접반사 정희수는 양원에게 허리를 숙여 말했다.

"양원 합하야말로 조선의 은인이시오."

장수들이 전부 물러나자 경념이 양원에게 따로 자리를 청했다. 양원이 경념을 동헌 별실로 불렀다.

"양원 합하, 고니시 주군이 합하에게 보내는 친서가 한 장 더 있습니다."

경념이 서찰을 도포 자락에서 꺼내 양원에게 전달했다. 양원이 부관을 시켜 홍사일을 불렀다. 홍사일이 양원 옆에 오자 양원이 홍사일에게 말을 전했다.

"명군과는 싸우고 싶지 않다니 무슨 뜻인가?"

홍사일이 왜국말로 경념에게 물었다. 경념도 왜국말로 대답했다.

"고니시 주군께서 서문은 생로라고 하셨습니다."

양원은 홍사일이 통역하는 말을 듣고 눈만 끔벅거렸다. 경념은 절하고 돌아갔다. 양원이 홍사일과 오랫동안 이야기했다.

윤 객주는 서문 위에서 왜군 전령이 승려와 같이 서문을 빠져 나가는 것을 지켜보았다. 윤 객주는 후방에서 병사들의 식사와 무기 조달을 책임지고 있었다. 남원 객관의 객군들은 전부 성가퀴로 올라갔고 객관에서 일하던 머슴과 남원부 내의 노비들이 윤 객주를 도왔다. 윤 객주가 서둘러 객관으로 향했다.

＊

객관에는 성벽에 올라가지 못한 노인들과 아낙들 그리고 부상병들이 있었다. 윤 객주가 객관에 들어서자 먼저 우르르 사당패거리들이 모여 들었다. 한쪽에는 구례에서 피난 온 서당 훈장 고진사가 부러진 다리를 부목에 의지한 채 앉아있고 그 한쪽에는 피난 온 아낙들이 모여 있었다. 그 중에는 남원부사 임현의 첩실인 마야부인도 있었다. 아낙들 사이에 섞여있어도 마야부인은 눈에 확 띄었다. 마야부인은 비위 좋은 아낙들 몇 명과 같이 소석의 아비인 남원사람 최 의원을 도와 부상병을 돌보고 있고 겁이 많아 성벽에는 얼굴도 비치지 못하는 칠장이 최 씨 등 몇 명의 부실한 사내들도 음식 만들고 불 때는 것을 돕고 있었다.사당패는 남원성에 들어와서는 애초부터 객관에 자리를 잡았다. 윤 객주가 객관에 들어서자 모갑이 춘식이 말했다.

"객주 어른, 시키실 일이 뭔 일이라요?"

춘식은 유난히 윤 객주에게 살가웠다. 윤 객주가 말했다.

"보다시피 나라가 어려워졌네."

윤 객주가 말을 마치기도 전에 바우가 말을 끊었다.

"아니 우덜같이 천한 사당패한테 나라가 뭐시간디요? 임금인지? 땡감인지? 나는 몰라라."

바우가 제비같이 조잘거렸다.

"내가 요날까지 주상한테 받은 은혜라고는 없소. 성은이 어쩌고 할라믄 때려 치쇼."

바우가 단칼에 잘라 말했다. 사당패는 고개를 끄덕이고 춘식이는 머리만 벅벅 긁었다. 윤 객주가 웃는 낯에 말했다.

"내가 언제 성은을 갚으라고 하든가?"

윤 객주가 말하자, 비연이 거들었다.

"그라제라. 이년인가, 쌍년인가는 몰라도 윤 객주 어른이 시키는 일이라면 하지요."

비연이 상감의 이름을 들먹이며 말하자 사당패들이 낄낄거렸다. 이 말을 듣고 있던 고 진사가 부상당한 다리를 일으키며 말했다.

"이런 상것들이 있나. 주상을 능멸하는 것이냐? 주리를 틀어도 시원찮을 놈들 당장 썩 꺼져라."

고 진사가 겨우 지팡이를 짚고 일어나서 수염을 부들거리며 손을 휘휘 저으면서 말했다.

"조선팔도 주상의 땅이 아닌 곳이 없고 주상의 은혜를 입지 않은 사람이 없다. 종묘사직이 어려울 때는 당연히 상것들도 나서서 목숨 바쳐 주상의 은혜에 보답해야 하거늘 이 무슨 망발이냐."

바우가 조롱하듯이 말했다.

"아이고 진사나리 우덜 같은 천한 놈들이 어찌 그런 깊은 뜻을 알겠소. 그라니 잘난 양반님들이나 주상의 은혜 많이 갚으쇼.”

바우의 말에 사당패들이 더욱 신이 나서 낄낄거렸다. 고 진사가
윤 객주나 최 의원을 둘러보았지만 입을 다물고 있자 더욱 화가 나
서 말했다.

“윤 객주는 뭐하는 놈이냐? 역시 상놈들의 피는 속일 수 없다더니
장사나 하는 천한 것이 돈푼이나 벌었다고 양반을 우습게 보는 것이
냐? 저런 쌍것들하고 무슨 국사를 도모한다는 것인가?당장 저놈들
을 성벽에 보내 총알받이로나 쓸 깃이지.”

그러자 비연이 입을 삐쭉거리며 다시 종알거렸다.

“아니, 그래. 그 잘난 양반들은 이렇게 나라가 위급할 때 다 어디
로 가부렀다요? 나귀에다 화초장 짊어지고 지리산으로 전부 원행이
라도 떠났나, 남원성 성벽에 양반이라고는 눈을 뜨고 찾아봐도 없든
디?”

고 진사가 더욱 화가 나서 눈을 부릅뜨고 말했다.

“뭐라? 네 이년 어디 터진 주둥이라고 나불거리느냐. 이런 상것들
이 나라가 위급해지니 철만난 메뚜기 떼마냥 왜적들한테 붙어먹고
천한 놈들 살판나는 세상이 왔다고 역적 짓을 하고 다닌다더니 요놈
들이 그 꼴이구나. 이놈들이 정여립이나 이몽학이하고 같은 역모 당
패거리들이 아닌가?”

고 진사가 혀를 끌끌 차면서 지팡이를 끌고 꾸역꾸역 역관 밖으
로 나가려하자 마야부인이 나서서 만류하였다.

“부상이 심하니 여기서 그냥 치료 받으시오.”

최 의원이 말하자 마지못해 역관 구석에 주저앉았다. 윤 객주가

고 진사에게 말했다.

"고 진사 어른. 나라 지키는 데 반상의 구별이 있겠소이까. 주상도 나라 지키는데 공을 세운 자는 천것이라도 상을 주고 면천을 시키지 않습니까?"

고 진사가 뭐라 한마디 더 하려다가 입을 다물었다. 그제야 윤 객주가 춘식이를 돌아보며 말했다.

"남원은 지켜야 하지 않은가? 당장 여기 성안에만도 육천 명의 남원 부민이 피난해 있네. 알다시피 병사는 적고 적은 많아."

비연이 말했다.

"그 말은 백 번 윤 객주 어른 말씀이 지당하요."

춘식이 그제야 나섰다.

"남원에서 요날 요때까지 빌어먹었는데 남원 분들한테 도리를 해야지라."

윤 객주가 말했다.

"자네들이 할 일이 많네. 나 좀 도와주겠는가?"

바우가 바투 앉았다. 윤 객주가 마야부인과 최 의원 그리고 칠장이 최 씨들도 불렀다. 사당패들이 비밀회의나 하는 것마냥 쉬쉬거리며 윤 객주를 에워쌌다. 고 진사는 그런 윤 객주와 사당패를 상종 못 할 종자라는 듯 쏘아보았다.

*

강대길은 오전에 왜군들을 인도하여 지리산 밤재로 갔다. 대나무와 참나무를 베기 위해서였다. 왜군은 조선군의 청야책에 맞서 섬멸전을 벌였다. 쌀 한 톨이라도 군량을 모아야했다. 지리산 자락을 샅샅이 뒤졌다. 지리산 자락의 조선인 민가를 허물고 전부 불태웠다. 문짝은 방패로 쓰기 위해 뜯어냈다. 서까래와 운제를 만드는 데 필요한 목재만 추려냈다. 지리산 인근의 고을은 철저히 파괴되었다.

간혹 집 헛간이나 광에 몰래 숨어있던 사람들이 왜군이 불을 지르자 불길을 피해 도망 나왔다가 왜군의 사냥 노리개가 되었다. 왜군은 사지를 자르고 코를 벤 다음에 얼굴 껍질을 벗겼다. 왜군은 코를 베어 강대길에게 던졌다. 강대길은 등에 매고 다니던 소금 통에 베어진 코를 담았다. 강대길의 소금통에 코가 쌓여갔다. 왜군은 벗겨낸 얼굴 껍질을 그에게 씌웠다. 강대길은 능청스럽게 웃을 뿐이었다. 코가 없어진 얼굴이 귀신같이 웃었다.

강대길은 진시 무렵에 전령과 함께 서문을 빠져 나오는 경념을 발견하고 경념에게 고니시 장군을 만나게 해달라고 부탁했다. 중요한 정보가 있다고 말했다. 한 식경 후에 고니시가 전령을 보내 강대길을 기린봉 군막으로 불렀다. 강대길이 고니시 앞에 엎드려 절했다. 고니시 옆에는 경념과 소 요시토시가 앉아 있었다. 소 요시토시는 강대길이 대마도에 가서 조선인 향도를 자처할 때 대마도주였다.

"뭐지 중요한 정보라는 게?"

소 요시토시가 강대길에게 물었다.

강대길이 옆에 앉은 경념의 눈치를 보며 말했다.

"그놈을 찾았습니다."

강대길이 열 띤 얼굴로 말했다.

"뭐라, 검은 야차를 죽인 놈 말이냐? 한물인가 하는 놈?"

"네, 한물이 북문 일치에 있습니다. 소인이 똑똑히 보았습니다."

"그래."

고니시가 흡족한 표정으로 강대길에게 말했다.

"잘했다. 너는 성내에 진입하면 한물을 찾아서 나에게 연통을 해라. 다른 병사가 죽이게 두지 말라. 반드시 사로잡아야 한다. 알겠느냐?"

강대길이 여러 번 절했다. 고니시가 손짓으로 나가라고 말했다. 강대길은 나가려다 말고 다시 엎드려서 말했다.

"한물에 대한 다른 정보도 있습니다."

강대길이 고니시에게 다시 말했다.

"다른 정보가 뭐냐?"

강대길이 잠시 뜸을 들였다.

"한물은 윤 객주의 아들이 아니고 정여립의 난에 연루되어 죽은 대방도관 관장 한원영의 숨겨진 막내아들입니다. 윤 객주가 한물의 신분을 숨겨주고 있습니다. 한물은 역적의 아들입니다."

고니시가 뚱하게 말했다.

"조선의 역적이 나하고 무슨 상관이지?"

강대길이 다시 뜸을 들였다.

"조선의 양반들은 왜군보다 역적을 더 걱정합니다. 조선 왕도 왜군보다 상감 자리를 보존하는 것이 더 중요합니다. 그래서 김덕령 총의병장을 죽인 것입니다."

고니시가 날카로운 눈빛으로 관심 있다는 표정을 지어보였다.

"그래서?"

"양원도 한물을 싫어합니다. 한물이 양원보다 공을 더 세우는 것을 싫어합니다."

강대길이 음침한 미소를 흘리며 계속 말했다.

"그 사실을 양원에게 알리면 한물은 총 한번 쏘지 않고도 양원의 손에 목이 떨어질 것입니다."

강대길이 목을 손으로 그으면서 말했다.

"그래, 흥미롭군."

고니시의 얼굴에 미미한 미소가 번졌다. 고니시는 강대길에게 소고기 말린 육포 한 장을 던졌다.

"수고했다. 내가 내리는 상이다. 나가봐라."

강대길이 군막을 나와 서문으로 향했다.

12장. 공격과 수비

정유년 팔월 열나흘 미시, 남원성 서문

"한물 대장, 쩌그 좀 보쇼!"

백이는 성에 들어오고부터는 한물을 줄곧 성님이라고 부르지 않고 한물 대장이라 불렀다. 백이가 서문 쪽을 가리켰다. 서문 쪽으로 사람들이 우르르 몰려갔다. 어젯밤의 승리 때문인지 병사들은 한결 얼굴이 풀어졌다. 어제 고개를 처박았던 어린 병사도 한물에게 와서 용서를 빌었다. 눈물이 비치는 것 같더니 오늘은 기필코 왜군을 한 놈이라도 죽이겠다고 다짐했다.

어린 병사 애비는 계사년에 김천일 장군을 따라 진주성에 들어갔다가 못 나오고 죽었다고 했다. 어미랑 어린 동생이랑 같이 남원성에 들어왔고 왜군 한 놈이라도 죽여 애비의 원수를 갚겠다고 했다.

병사는 묻지도 않은 이름을 말했다. 이산득이라 했다. 산에서 얻었다고 하여 애비가 그렇게 지었다고 했다. 한물은 이산득 이름을 불러주며 좋은 이름이라고 말했다. 이산득은 오전 내내 승자총통 쏘는 연습을 했다.

서문 해자 너머로 만복사에서 왜군들이 집 같은 것을 끌고 왔다. 해자 가까이 와 보니 만복사의 사천왕상을 뜯어 왔다. 큰 수레 위에 사대천왕을 한 명씩 앉히고 수레 옆은 민가에서 뜯어온 문짝으로 가렸다. 한 수레에는 왜군 십여 명이 붙어서 밀고 있었다. 사천왕의 입에서 연기가 뿜어져 나왔다. 사천왕의 얼굴에 총구멍을 뚫었다. 조선군의 총탄도 사천왕이 막아 줄 거라 생각한 모양이다.

사천왕을 이끄는 주위로 '나무묘법연화경' 이라고 흰 바탕에 검은 글씨로 쓴 만장이 여러 개 휘날렸다. 맨 앞에는 승려가 목탁을 두드리며 서문을 가로질러 끌고 다녔다. 서문 위의 조선군은 구경난 듯이 재미있어 했다.

조금 뒤 왜군들이 해자 앞까지 논에서 베어 온 볏단을 쌓기 시작했다. 만복사와 민가를 헐어 나온 문짝을 가져오고 나무들을 쌓기 시작했다. 또 한 패는 흙 부대를 수도 없이 해자 앞에 쌓기 시작했다. 죽패를 해체해서 크게 묶더니 민가에서 가져온 판자를 대고 총구멍을 뚫었다. 큰 사다리를 여러 개 만들었다. 사다리는 길이가 십 장에 달했다. 그때까지만 해도 조선군은 왜군이 뭐하려 하는 건지 실감하지 못했다. 그때 사 장 높이의 운제가 십 여대 만복사 쪽에서 서문으로 서서히 다가왔다.

수십 명의 왜군이 운제에 달라붙어 밀고 있었다. 운제는 성벽보다 한 장이나 높았다. 운제 위에는 사다리가 달려 있었다. 운제를 본 조선군의 얼굴이 갑자기 핼쑥해졌다. 왜군이 운제 위에서 조총을 쏘아댄다면 성벽의 우위도 점할 수가 없는 것이다. 정오를 조금 지난 시간이다. 운제가 서서히 서문으로 다가왔다. 운제는 북문에도 나타났다. 마치 운제는 대월국의 코끼리마냥 성벽으로 몰려왔다. 북문에서 다시 이복남의 전고가 울리기 시작했다.

"둥- 둥- 둥-"

우키다의 전고가 바쁘게 울렸다. 기린봉 정상에서 연신 붉은 기가 휘날렸다.

"욧시!"

"욧시!"

왜군의 표정이 바뀌었다. 처음 남원성을 둘러쳤을 때의 거만함이 사라졌다. 다시 사무라이로 돌아간 것이다. 조총대 일진이 전진했다. 이미 장전을 마친 조총대 이진도 뒤를 따랐다. 오진으로 긴 띠를 이룬 조총대가 장전한 채 전진했다. 죽궁을 든 사수들은 활을 뒤로 매고 사다리를 앞으로 든 채 조총대 뒤를 따랐다.

"발사하라!"

영기가 위 아래로 급히 움직였다. 일제히 일진의 조총대가 조총을 남원성 서문의 성문과 성가퀴를 향해 발사했다. 발사를 마치자 일제히 일진은 오진 뒤로 돌아가고 이진의 발사가 바로 이루어졌다.

"따 다다다 당-!"

조총은 숨 돌릴 겨를 없이 계속 발사되었다. 서문의 명군들은 성가퀴 밖으로 얼굴도 내밀지 못했다. 조총수 대열 뒤쪽에서 대조총이 발사되었다. 대조총 탄환은 '망미루' 라고 쓴 서문 현판을 두드렸다. 현판이 대조총에 맞아 깨져서 성문 앞에 떨어졌다. 일제히 왜군이 함성을 올렸다. 이때 사수들이 맨몸으로 해자 앞에 쌓여있던 볏단과 흙 포대로 해자를 메우기 시작했다. 해자 너머에는 명군이 깔아놓은 마름쇠가 즐비하게 깔려있었다.

서문에서도 반격이 시작되었다. 서문 포루에서 불랑기동거에 올라탄 불랑기포가 발사되었다. 포수가 연신 포를 쏘고 나서 자포를 교체하는 것이 보였다. 불랑기포탄은 한 번 발사될 때마다 왜군 두셋을 상하게 만들었다. 승자총통도 발사되었다. 총통은 해자를 메우고 있는 왜군 사수들을 겨냥했다. 몇 명이 총통에 맞아 쓰러지면 뒤이어 바로 다른 사수가 해자를 메워갔다.

해자는 한식경이 못 되어 메워졌다. 어젯밤과 달리 왜군의 조준사격이 성가퀴를 삐져나온 명군을 연신 맞추었다. 머리를 조총에 맞은 명군이 성벽에서 떨어지기도 했다. 해자가 메워지자 징이 울려서 사수들이 일제히 후퇴했다.

강대길은 공격이 시작되자 고니시 부대의 후미에서 치중대로 배치되었다. 조선군 바지저고리를 입고 어깨에 푸른색 완장을 찼다. 머리에는 고깔 모양으로 생긴 왜군투구를 썼다. 강대길은 조총수 대열 후미에서 탄환을 나르는 역할을 맡았다. 해자를 메울 흙 포대를 나르기도 했다. 강대길은 전투 중에 계속 성안을 주시했다. 그의 눈이 연신 누군가를 찾았다.

서문은 명군이 지키고 있었다. 서문을 지키는 명군 장수는 모승선이었다. 요하의 몽골군과 싸워 이긴 기병의 달인이라고 했다. 강대길은 연신 북문 쪽을 주시했다. 북문은 조선군이 지키고 있다. 그러다가 한물을 발견했다. 북문의 가장 왼쪽을 지키고 있었다. 한물이 편전을 날리는 모습이 강대길의 시야에 잡혔다. 강대길의 코 없는 얼굴이 실룩거렸다. 미소 짓는 것 같았다.

고니시는 강대길을 살려주면서 성안에 진입하면 반드시 한물을 산채로 잡아야 한다고 명령했다. 고니시의 명령이 아니라도 그는 한물을 잡아야 할 이유가 있었다. 아마 오늘 한물을 잡게 될 것이었다. 강대길은 한물 말고도 다른 사람이 있나 계속 북문 쪽을 주시했다.

왜군이 해자를 가로질러 널빤지와 문짝들을 깔기 시작했다. 드디어 운제가 성벽으로 전진했다. 성벽이 운제의 사정거리 안에 들어왔다. 성벽보다 한 장이나 위에서 왜군의 대조총이 성안을 빤히 내려다보았다. 더 이상 막아줄 방법이 없다. 숨을 곳도 사라졌다. 운제 위에서 성안으로 대조총이 일제히 발사되었다. 대조총은 명군 장수를 겨냥했다. 모승선이 깜짝 놀라 급히 성벽 뒤로 숨었다. 모승선이 명령했다.

"운제를 부수어라!"

"운제를 부수어라!"

"운제를 부수어라!"

다급한 명령이 성벽을 타고 돌았다. 운제가 성벽에 도달하면 왜군이 성안으로 넘어오는 것은 시간 문제였다. 해자를 건너 온 운제가 한 대 성벽에 도달했다. 사다리를 걸치고 성벽으로 내려올 기세였다. 명군이 불랑기포로 운제를 공격했다. 현자총통에 차대전을 끼워 쏘았다. 차대전은 이천 보를 날아갔다. 한 발이 운제에 맞아 무너졌다.

"궐장노를 쏘아라. 운제를 집중 공격하라!"

사수들이 궐장노를 성가퀴 위에 올려놓고 재빨리 녹로를 돌렸다. 화살이 걸렸다.

"쏴라!"

일제히 다섯 대의 노궁에서 강쇠 열 대씩이 운제로 쏘아졌다. 그러나 운제의 수가 많았다. 명군이 운제를 집중 공격하사 왜군 조총수들이 성벽의 명군을 조준 사격했다. 명군들이 피를 뿜으며 쓰러졌다. 명군의 총통과 화살이 쏟아지고 연신 불랑기포와 현자총통에서 차대전과 포탄이 운제를 부수었지만 왜군은 이미 성벽에 붙어 사다리를 걸치기 시작했다. 또 다시 운제 한 대가 성벽에 도착했다. 왜군이 사다리를 성벽에 걸치고 원숭이가 곡예를 하듯이 사다리를 건너서 우르르 성으로 넘어왔다.

왜군들 몸에 밴 갯내가 서문에 확 퍼졌다. 성벽에서 칼싸움이 벌어졌다. 왜군이 연방 쌍칼을 휘두르며 명군을 찔러갔다. 모승선이 직접 나서 성벽에 올라온 왜군을 상대했다. 모승선의 사모가 왜군의 목을 찔렀다.

"서 일치를 방어하라!"

모승선이 명령했다. 서문 좌측이 뚫려서 왜군이 성벽을 타고 넘어왔다. 한 부대 정도가 성벽으로 넘어왔다. 왜군의 고깔투구가 햇빛에 번들거렸다. 서 일치를 지키던 명군이 전부 몰살됐다. 왜군의 왜도가 번들거렸다. 왜군이 일제히 서 일치 쪽으로 몰려왔다.

이때 한 무리의 조선군이 서 일치로 달려왔다. 한물이 앞장서고 일제히 왜군에게 달려들었다. 백이가 성벽을 밟고 공중제비로 뛰어올랐다. 서 일치에 올라온 왜군 속으로 떨어졌다. 백이의 칼이 왜군 무리를 반으로 갈라놓았다. 그 사이로 초희가 칼을 뽑아 들었다. 초희의 단도가 왜군의 발을 쓸어갔다. 금아도 왜군 속으로 날아왔다. 소석의 쌍칼이 휘날리고 단칼에 왜군 두 명의 허리를 베어갔다.

한물은 연신 편전을 왜군의 얼굴에 꽂아 넣었다. 금아의 철퇴가 왜군의 투구를 뭉개었다. 금아는 백병전이 벌어지면 환도 대신 철퇴를 사용했다. 왜군은 철퇴를 머리에 얻어맞고 기절했다. 금아가 휘두르는 철퇴에 맞아 죽패가 부서졌다. 겨우 성벽 위로 올라온 한 무리의 왜군을 방어했다. 왜군은 꾸역꾸역 성벽을 넘어왔다.

한물의 옆구리가 허전했다. 왜군의 칼이 한물을 뒤에서 찔러왔다. 그 사이에 성을 넘어온 왜군이었다. '아차' 하는 순간, 왜군이 갑자기 푹 쓰러졌다. 이산득이었다. 이산득이 부들부들 떨고 있었다. 그래도 표정은 밝았다. 이산득의 승자총통이 화약연기를 뿜고 있었다. 명군들이 반격에 나섰다. 왜군도 활과 조총으로 엄호하면서 성벽에 달라붙었다.

"기름을 부어라!"

영기가 펄럭였다. 밑에서 가마솥에 끓고 있던 기름을 옹기에 담아 위로 올려 보냈다. 남원객관의 역관들이었다. 요강만한 옹기들을 두 손으로 잡고 성을 기어오르는 왜군을 향해 던졌다. 바우도 옹기를 들고 올라왔다. 남원객관 역관들은 원래 북문에서 한물을 돕고 있었는데 한물이 서문으로 지원 나가는 것을 보고 덩달아 서문으로 달려온 것이다. 바우는 치마를 벗고 바지저고리를 입고 있었다. 바우가 한물을 보며 엄지손을 치켜 올렸다. 갑자기 '악' 소리와 함께 바우가 얼굴을 감싸 쥐고 뒹굴었다. 조총 탄환이 바우의 얼굴을 쳤다. 비연이 겁도 없이 땅에 쓰러진 바우에게 달려왔다.

"화전을 쏘아라!"

기름 담긴 옹기들이 성벽에 뿌려지고 화전을 쏘아 불을 붙였다. 성벽이 불바다가 되었다. 성벽을 기어오르던 왜군이 몸에 불이 붙어서 떨어졌다. 온 성벽이 화염과 검은 연기에 휩싸였다. 연기가 해를 가리고 하늘을 덮었다. 일제히 운제에 화전이 발사되고 운제가 화염에 휩싸였다. 성벽에 걸려있던 사다리를 걷어냈다. 운제에서 불에 붙은 왜군이 뛰어내렸다.

이때 왜군의 퇴각 나팔이 울렸고 서문 쪽의 왜군이 먼저 물러갔다. 겨우 왜군의 공격을 막았다.

＊

"문을 열어라. 공격이다!"

양원이 유군으로 편성하여 성내에 대기하고 있던 기병 천명을 이끌고 동문 앞에서 외쳤다. 기름 공격으로 간신히 방어에 성공했으나 명군의 피해도 컸다. 동문도 사정은 마찬가지여서 이신방의 명군과 우키타의 왜군이 일진일퇴를 계속하고 있었다. 어느덧 전투가 시작된 지 두 시진이나 지났다. 동남쪽 성벽이 한동안 왜군에게 점령되기도 했다. 명군은 백병전에 취약했다. 남원성에 투입된 명군 삼천은 기병이었다. 요동을 달리던 북군으로 정예 기병이었다. 기병은 넓은 벌에서 말을 달리면서 보병을 창이나 화살로 공격해야만 승산이 있었다. 왜군의 조총도 장전하는 데 시간이 걸리기 때문에 그 틈을 노리면 근접전에서도 기병이 승산이 전혀 없는 것은 아니다.

"총병, 아니 되오. 성문을 열고 나가면 안 됩니다."

중군장 이신방이 양원을 제지했다. 양원이 막무가내로 소리쳤다.

"이래서는 승산이 없다. 사기만 떨어질 뿐이다. 기병으로 쓸어버리자 문을 열어라!"

동문이 열리고 명군 천 명이 쏟아져 나왔다. 명군은 동문을 나와 성벽을 따라서 왜군을 짓쳐 나갔다. 명군이 말로 왜군을 짓밟고 창으로 사정없이 찔렀다. 왜군은 일제히 해자를 넘어 후퇴했다.

동문을 나온 명군은 동문을 좌에서 우로 한 바퀴 돌고나서 말머리를 돌려 두 마장 정도 떨어진 요천 다리 너머 왜군의 본대를 노렸다.

"돌격하라! 우키타의 목을 쳐라!"

양원이 다리 너머 붉은 투구가 번쩍이고 휘장이 요란한 우키타의 군막을 향해 소리쳤다. 명군의 기병이 일제히 우키타의 본진으로 달려갔다. 왜군이 썰물처럼 죽 갈라졌다. 우키타의 본진은 말 달려 한 줌 거리였다. 양원의 기병이 기세 좋게 왜군을 짓이겨가며 왜군의 본진 깊숙이 들어갔다. 기병의 선두가 요천을 가로지른 다리를 건너려고 하자, 동문 본진에서 징을 울리고 퇴각 나팔이 울렸다. 일제히 퇴각을 알리는 총사령관의 영하기가 휘날렸다. 선두의 말이 멈추어서고 대열이 흔들렸다.

이때 다리 밑에서 왜군 일대가 불쑥 올라왔다. 왜군의 조총이 일제히 불을 뿜었다. 왜군의 매복이었다. 기린봉에서 성내를 들여다보고 있던 우키타가 기병이 집결하는 것을 보고 다리 밑에 미리 매복을 시킨 것이다. 명군의 말이 우수수 쓰러졌다. 조총은 연속적으로 다섯 번이나 불을 뿜었다. 기병 오백이 순식간에 쓰러졌다.

"후퇴하라, 후퇴하라!"

후미에 있던 양원이 서둘러 동문으로 후퇴했다. 이신방은 황급히 동문을 닫았다. 왜군은 해자를 넘어서 더 이상 성을 공격하지는 않았다. 돌아온 수는 오백에 불과했다. 동문으로 나갔다 조총에 쓰러진 명군들이 살려달라고 외쳤다.

왜군들이 한 놈 한 놈 명군들의 코를 베기 시작했다. 다리가 성한 명군은 코를 베어 성으로 돌려보냈다. 명군이 피가 쏟아지는 코를 잡고 성으로 비척비척 달려왔다. 성문 앞에 도달하자 왜군의 대조총이 발사됐다. 동문 앞에 명군의 시체가 쌓여갔다. 왜군이 후퇴하다 조총에 맞아 벗겨져서 떨어진 양원의 투구를 창끝에 매달고 돌아다녔다. 명군 오백의 머리를 잘라 창끝에 꽂아서 죽 늘어놓았다.

성안에서 이 광경을 지켜보는 명군의 얼굴이 하얗게 질렸다. 투구를 잃어버리고 돌아온 양원은 괜히 이신방을 타박했다. "왜 그때 후퇴나팔을 불었나?"

이신방은 입을 다물었다. 이신방이 후퇴의 명을 내리지 않았다면 양원 자신도 무사히 돌아올 수는 없었다. 아마 천 명의 기병이 전부 왜군의 협공에 걸려 전멸했을 것이다. 양원도 그것을 알기 때문에 더 이상 이신방을 타박하지 않았다.

겨우 살아 돌아와서 한숨을 돌린 양원은 피해 보고를 받고는 낙

심하여 용성관으로 들어가 버렸다. 이신방에게 동문을 굳건히 지키고 나가지 말라고 지시했다. 다행히 왜군의 공격은 그쳤다.'조명군은 성안에 완전히 갇혔다. 탈출은 어렵다. 우키타는 협상의 여지가 없다.'

이런 생각들이 양원의 머리를 스쳐 지나갔다. 백주를 한 잔 입에 털어 넣은 양원이 부관을 불러 말했다.

"홍사일을 찾아서 데려와라."

부관이 용성관을 빠져 나갔다.

왜군이 진을 물리고 남원성에 저녁노을이 걸리기 시작했다. 여전히 성벽은 연기에 휩싸여 하늘이 가려졌다. 빗방울이 한두 방울 흩뿌려졌다. 이내 하늘이 컴컴해지더니 비가 쏟아지기 시작했다. 빗줄기가 이내 굵어졌다. 양원을 대신해서 이신방이 전군에 영을 내려 지유삼(비옷)을 병사들에게 지급했다.

윤 객주가 부지런히 지유삼을 병사들에게 나눠주었다. 지유삼을 입은 이산득이 웃어 보였다. 돌연 번개가 번쩍였다. 콰르르릉 천둥이 뒤따라왔다. 빗발이 더욱 굵어지더니 퍼붓기 시작했다.

번개 불빛이 번쩍이는 빗속에 한물이 북문 북 일치의 성벽에 서 있었다. 그의 코 위로 물방울이 떨어졌다. 한물은 수련을 생각했다.

'지금쯤 출산을 했을 텐데….'

수련의 총총한 눈망울이 떠올랐다. 수련은 한물을 기다리고 있을 것이다. 한물은 어떻게든 살아서 남원성을 나가야 한다고 생각했지만 이번 싸움에서 이기기가 쉽지 않다는 것을 직감했다.

빗속에 지유삼을 입고 서있는 병사들이 공동묘지에 늘어선 비석 같았다. 오늘은 양쪽 진영이 상당한 피해를 입었다. 해자가 양군의 피로 붉게 변했다. 오늘 하루도 왜군의 공격을 막아내고 살아남았다. 병사들은 살았다는 안도감에 숨을 내쉬었다. 그러나 오히려 가슴은 답답해졌다. 혹시나 왜군이 제풀에 물러나지는 않을까? 전주에서 원군이 교룡산성으로 진격해 오지 않을까? 기적을 바라는지도 모른다.

아무튼 오늘은 살았다. 해자에 물이 차기 시작했다. 왜군이 깔아 놓은 볏단이며 문짝이 둥둥 떠다니기 시작했다. 핏빛이 해자에 스며들었다. 왜군이 진을 한 마장 물렸다. 어둠이 빨리 몰려왔다. 추석이 내일이었다.

13장. 도화선

정유년 팔월 열닷새 진시, 남원성

소석이 바우의 얼굴을 찬찬히 살펴보고 있었다. 왜군이 쏜 조총의 파편이 얼굴에 박혔다. 조총알은 철환을 납으로 감싼 납탄이었다. 납은 재질이 연해서 얼굴에 맞으면 휘돌아 퍼져서 상처가 깊었다. 그나마 바우는 파편에 맞아서 오른쪽 뺨만 몽땅 날아가고 목숨은 건졌다. 소석이 얼굴에 박힌 파편을 집어내고 물을 흘려 소독을 한 다음 무명으로 감쌌다.

바우는 그 와중에도 우스갯소리를 했다. 자신은 지리산 산신령이 보우하사 절대로 죽지 않는다고 했다. 어느 틈엔가 비연이 달려와서 바우의 손을 잡고 있었다. 비연은 용한 산신령 덕을 자신에게도 좀 나눠달라고 떼를 썼다.

남원객관에는 부상당한 병사들로 가득 찼다. 대부분이 조총에 맞은 병사들이었다. 윤 객주와 최 의원이 병사들을 치료하고 있었다. 남원부사의 첩실 마야부인이 최 의원을 돕고 있었다. 양반들 처자 중에 유일하게 남원성에 남은 처자였다. 남원성에 피난 온 아낙들이 한두 명씩 객관에 나와 마야를 거들었다. 사당패들이 윤 객주를 따라 이리저리 손을 거들고 있었다.

소석의 아비인 최서진은 내의원 의원을 지냈다. 허준과 내의원에서 혜민서를 관장했었다. 허준은 양예수의 눈에 들어 후에 어의가 되고 부친 최서진은 양예수의 눈 밖에 나자 일찍 고향 남원에 낙향하여 의원을 차렸다. 최서진은 자그마한 체구에 단단한 골격이었다. 그런 애비의 체격을 소석이 그대로 이어받았다. 침을 잘 놓고 사람을 체질에 따라 치료해서 남원에서는 허준보다 뛰어난 명의라고 소문이 자자했다. 통제사 이순신이 정읍현감으로 있을 때 특별히 최 의원을 청하였다. 그때 최 의원이 이순신의 다리를 치료해주기도 했다. 그런 연유로 인해 최서진은 난리통에도 여수 감영에 몇 차례 통제사를 치료하러 다녀왔다.

소석은 애비에게서 의술을 배웠다. 원래는 아버지의 의업을 잇겠다고 생각했다. 소석의 침술 또한 부친 최서진에 버금갈 정도였기 때문이다. 최서진이 정여립과 교류한 이후 돌연 아들 소석을 의원에서 내보내고 대신 대방도관에 보내 한원영에게서 무술을 배우게 했다. 소석도 애비를 닮아 몸이 날래고 단단했다. 소석은 사람의 신체 부위를 잘 알아서 어디를 짚으면 사람을 죽이고 살리는지 잘 알았다.

소석은 왜군의 공격이 잠시 뜸해지고 비가 내리기 시작하자 성벽에서 내려와 객관에 나와 부상병을 치료하기 시작했다.

"객주 어른"

마야부인이 지유삼을 나눠주고 객관에 들어오던 윤 객주에게 인사하며 말했다.

"네, 부인."

윤 객주는 항상 마야부인에게 깍듯하게 대했다. 윤 객주가 웃으면서 인사를 받았다.

*

마야부인은 작년까지만 해도 윤 객주의 객관에서 사개치부를 작성하는 서사로 일했다. 마야부인의 어미는 근본을 알 수 없었는데 만복사 주지가 어느 날 윤 객주에게 처자를 객군으로 써 달라 부탁했고 그렇게 해서 어미는 윤 객주 밑에서 객관 일을 하면서 사환으로 일했다. 어미는 언문과 시화에 능했고 셈이 빨라 윤 객주의 신임을 받았다. 그러다가 어느 날 객관에 머물던 천축 상인과 정분이 나서 딸 마야를 낳았다. 다른 이름이 있었으나 사람들이 딸을 전부 마야라고 불렀고 어미도 나중에는 그냥 딸 이름을 마야라고 불렀다. 마야는 커갈수록 얼굴 생김새가 관세음보살을 빼다 박았다. 마야가 다섯 살이 되던 해 어미는 다시 객관에 들른 천축 상인을 따라 황망하게 조선을 떠 버렸다.

어미에게서 버림받은 마야는 어미가 그랬던 것처럼 윤 객주에게서 장사를 배웠다. 어미를 닮아 셈이 빨랐고 특히 송도사개치부법에 능통했다. 나이가 들어 성숙해지자 마야의 미모가 남원기생을 능가했다. 작년에 임현이 남원부사로 부임했고 마야를 관기로 만들고 강제로 욕보이려던 아전을 임현이 엄히 곤장으로 다스렸다. 이에 아전이 앙심을 품고 하인들을 보내 마야를 보쌈하여 윤간하고 요천가에 버렸다. 마야는 실성하여 알몸으로 시장을 헤매었다.

윤 객주가 남원부사에게 억울한 사정을 호소했다. 임현이 하인들을 모조리 잡아다 손목을 잘랐고 아전은 곤장 50대를 맞고 죽었다. 한 달 만에 정신이 돌아온 마야는 어느 날 남원부사의 집에 찾아가 첩실이 되겠다고 했다. 남원부사의 정실부인이 멍석말이 매타작을 하고 요천가에 버렸다. 마야는 그때마다 상처의 고름이 멎으면 다시 담을 몰래 넘어 들어가 첩실 되기를 청했다. 그러기를 세 번째 마야는 이제는 피골이 상접한 해골귀신의 몰골이 되었다. 도덕군자로 정실부인과 금슬이 좋기로 소문났던 임현이었는데 어쩐 일인지 정실부인이 '집안망신'이라고 난리를 피웠지만 마야를 첩실로 받아들였고 남문 밖 광한루 건너 칠장 쪽에 따로 집을 마련했다. 남원부 양반들은 임현의 행실을 두고 수군거렸고 남원사람들도 덩달아 마야를 손가락질했다.

*

마야부인이 무언가 윤 객주에게 부탁을 했고 윤 객주가 고개를 끄덕였다. 마야부인이 거듭 합장하여 윤 객주에게 고마운 표시를 했다.

남원성에는 밤새 장대비가 쏟아졌다. 그 와중에도 왜군은 빗줄기가 가늘어진 잠깐의 소강상태를 틈타 한 차례 성을 공격했다. 대조총을 쏘고 함성을 지르면서 사다리를 놓고 성을 기어올라 왔다. 기세는 비오기 전만 못했다. 비가 와서인지 조총소리가 뜸했다. 왜군의 고함소리도 빗소리에 흘러갔다. 북문에서는 성벽에 쌓아 놓은 돌을 던져 왜군을 맞히고 쇠뇌를 쏘았다. 대완구에서 큰 돌을 날려 운제를 공격했다. 왜군은 불과 한 시진도 못 되어 후퇴했다. 조선군은 거의 피해를 입지 않았다. 왜군은 멀찍이 진을 물리고 공격해 오지 않았다.

그렇게 밤이 지나고 추석이 되었다. 아무도 추석이라는 말을 꺼내지는 않았다. 성안 사람들은 내년에도 추석을 맞이할 수 있을까? 생각했다. 새벽부터는 빗발이 가늘어졌다. 요천에 물이 불어 금방이라도 넘칠 듯이 넘실거렸다. 요천을 황토물이 쓸고 내려갔다. 해자를 메워 놓은 볏단이며 문짝들이 떠올랐다. 해자에 물이 가득 찼다.

왜군도 비를 쫄딱 맞고 있기는 마찬가지였다. 어떤 병사는 가죽으로 만든 우비를 입고 어떤 병사는 볏단을 엮어 어깨에 걸쳤다. 앉을 자리가 없어서 발을 종종거리고 있었다. 상황은 왜군 쪽이 더 안좋았다. 추석이지만 비가 와서 금방 초겨울 날씨가 되었다. 덜덜 떠는 모습이 성안에서도 보였다.

*

서문에서 흰 기를 든 양원의 전령이 나와 왜군에게 다가가더니 이내 기린봉의 고니시 군막으로 올라가는 것이 보였다. 용성관에는 양원과 홍사일 두 사람만 머리를 맞대고 있다. 양원이 홍사일에게 물었다.

"고니시가 들어줄까?"

홍사일이 대답했다.

"반대하지 않을 것입니다. 합하."

양원은 밤새 홍사일과 술을 마셨다. 생로가 보이지 않아서였다. 왜군 승려가 남기고 간 '서문이 생로'라는 말이 자꾸만 떠올랐다. 홍사일은 넙죽넙죽 술을 받아 마셨다. 양원은 대취했다. 비몽사몽간에 홍사일이 고니시에게 전령을 보내라고 말했다. 새벽에 술이 깬 양원이 물었다.

"너는 누구냐. 조선의 관원인데 어찌 적장 고니시와 내통하느냐?"

홍사일이 정색하면서 대답했다.

"내통이라니요."

홍사일이 조금 뜸을 들이고 나서 양원에게 도리어 물었다.

"합하는 이 전쟁을 찬성하시오, 반대하시오?"

"장수는 황제폐하의 명을 받들 뿐 찬성 반대가 어디 있는가?"

양원의 목소리가 꼬리를 내렸다. 홍사일이 양원 귀에 얼굴을 바투 대고 말했다.

"조선에도 전쟁에 반대하는 신료들이 있소이다. 주상도 사실은 어서 이 전쟁이 끝나기를 바라오."

양원이 반가운 듯이 되물었다.

"이연이 그런 내심이 있다는 말인가?"

홍사일이 손으로 입을 가리고 말했다.

"저는 주상의 비밀 지령을 받고 고니시와 접촉을 했소이다."

양원은 비밀 지령이라는 말에 깜짝 놀랐다. 홍사일이 그 간의 사정을 설명했다.

*

명나라 심유경이 왜군 고니시와 강화협상을 진행할 때였다. 조선왕 이연은 비밀리에 협상단을 만들어 고니시와 따로 접촉을 했다. 겉으로는 왜적의 피로 원수를 갚겠다고 절대 협상 반대를 외쳤지만 민심이 이상하게 흘러가자 왕도 생각을 바꾸었다. 조선은 이연의 나라였다. 조선 팔도의 백성들은 전부 자신을 섬겨야 했다. 기축년에 정여립의 난을 빌미삼아 왕권을 넘보는 사림의 기세도 꺾어 놓은 판이다. 이제야 태평성대가 오는가 싶었다. 그런데 막상 난리가 터지자 조선 팔도가 정여립과 같은 놈들로 넘쳐났다. 길거리에서 왕의 행차를 막고 돌을 던졌다. '네가 무슨 왕이냐?'는 수모를 당하기도 했다.

그러자 왕의 생각이 급속히 바뀌었다. 민심이 이순신이나 의병장들에게 쏠리고 곳곳에서 이몽학과 같은 자들이 역모를 일으켰다. 전쟁이 계속된다면 도요토미에게 사직이 무너지는 것이 아니라 상것들에게 사직을 넘겨주게 생겼다. 임진년 전에도 정여립 적당들은 '천하는 공물이다. 백성은 물과 같아서 배를 띄울 수도 있고 뒤집을 수도 있다'고 말했다. 왕은 등골이 오싹했다.

왕은 압록강을 넘어 요동으로 도망을 가서라도 왕 자리를 내 놓을 생각이 없었다. 백성은 왕을 위해 존재하는 것이다. 그것이 '군군신신(君君臣臣)'이 아니던가? 그런데 왕의 자리를 넘보는 놈들이 도처에 있었다. 정유년에 협상이 깨지고 도요토미가 다시 십오만 군사를 조선에 보내자 임금은 다급해졌다. 심유경마저도 명나라로 불려가서 죽기 일보 직전이었다. 고니시를 직접 만나야 했다.

＊

"그리하여 전하가 저를 남원으로 보낸 것입니다."

양원이 아직도 미심쩍은 얼굴로 물었다.

"고니시와 이미 약조가 되었다는 말인가?"

홍사일이 말했다.

"그렇소, 믿으시오. 고니시 만이 합하를 살릴 수 있습니다. 왜군 총사령관 우키타가 알면 큰 사단이 날 일입니다. 고니시가 양원 합하의 명성에 감화되어 큰 모험을 하고 있소이다. 이 일은 양원 합하와 저만 알고 있어야 하는 일입니다."

양원은 이 상황에서 믿을 수밖에 없다. 고니시가 자신의 명줄을 쥐고 있는 것이다. 성이 함락되는 것은 시간문제이고 우키타에게 생포된다면 살아날 방법이 없다. 양원이 하대를 접고 조용히 물었다.

"조선군과 양민은 어쩐단 말인가? 일만 명의 목숨이 걸린 일이네."

홍사일이 쐐기를 박으며 말했다.

"명군과 합하는 천자의 군대올시다. 어찌 조선군과 비견하십니까?"

홍사일이 한쪽 입 꼬리를 치켜 올리며 웃는 낯으로 말했다.

"조선의 백성은 전부 주상전하의 성은으로 삽니다. 피로써 주상의 성은에 보답하는 것도 한 방법이지요."

양원이 머리를 감쌌다. 밤새 먹은 술에 머리가 쪼개질 것 같았다. 이때 전령이 돌아왔다. 친서를 두 통 가져왔다. 한 통은 양원에게 한 통은 홍사일에게 보내온 것이었다. 양원에게 온 친서의 내용은 '내일 전투가 벌어지면 서문의 생로를 열어 놓고 추격하지 않을 것이니 후퇴하시라.'는 것이었다. 양원은 한동안 말이 없었다. 전령을 내보내고 홍사일과 둘만 되자 양원이 내키지 않는 목소리로 물었다.

"고니시가 한물을 산 채로 자신에게 넘겨 달라 하는데 어쩐다."

홍사일이 실실 웃으며 대답했다.

"넘겨주면 되지요. 그깟 상놈 하나 죽이는 것이 대수입니까? 고니시는 한물을 잡아서 부하장수의 원수를 갚으려고 합니다. 원래 거래라는 것이 오고 가는 맛이 있어야지요."

양원이 내키지 않는 목소리로 재차 물었다.

"어떻게 큰 공을 세운 장수를 적에게 넘긴다는 말인가? 그리고 정 대감과는 논의가 된 것인가?"

홍사일이 대답했다.

"그거라면 저에게 생각이 있습니다. 걱정 마십시오. 정 대감에게도 제가 이미 언질을 해둔 상태입니다."

고니시가 보내온 서찰을 읽은 홍사일이 의미심장한 미소를 뿌리면서 양원에게 속삭였다. 양원은 고개를 끄덕였다.

＊

"뭐라. 어찌 신하된 자로서 그런 망발을 서슴지 않게 뱉을 수가 있단 말인가?"

접반사 정희수가 펄쩍뛰며 말했다. 홍사일이 잽싸게 말을 이었다.

"대감, 주상을 생각하셔야지요. 사직의 안위에 관한 문제올시다."

여전히 정희수는 불쾌한 표정으로 말을 이었다.

"내 비록 무반이 아니어서 전투에 임하지는 못하지만 공맹의 도를 아는 사대부로서 어찌 군사와 백성을 버리고 나만의 안위를 위해 도망친단 말인가? 너는 정녕 나를 졸장부로 만들고 가문에 먹칠을 할 생각이냐?"

정희수가 홍사일을 싸늘한 눈빛으로 쏘아보았다. 홍사일이 쥐 눈을 반짝이며 나직이 말했다.

"대감, 이미 양원 합하의 결심이 굳어졌소이다."

홍사일이 혀를 끌끌 찼다. 정희수는 여전히 굳은 표정을 풀지 않았다.

"후세의 사가들이 나를 무어라 평한단 말인가? 나는 그리 못하네. 설사 양원이 도망친다하더라도 나는 성에 남으리."

정희수가 양원 부총병을 양원이라 부르면서 호기를 부렸다. 내심 정희수도 양원을 접대하는 접반사로 남원에 내려와 있기는 하지만 그동안 양원의 패악에 정이 떨어져 있었다. 홍사일이 비웃는 표정으로 말을 이었다.

"대감, 내 하나 물으리다. 대감은 진정 주상이 이 싸움을 이기기를 바랄 것 같소이까?"

정희수가 뜨악한 표정으로 받았다.

"아니 그 무슨 해괴한 소리인가? 그럼 주상이 남원을 버리기라도 한다는 말인가?"

홍사일이 목소리를 높여 말했다.

"대감, 그럴 리도 없지만 남원을 지켰다고 하십시다. 어찌될 것 같소이까? 그리고 혹시라도 이순신이 다시 재기하여 수군도 승리한다면 어찌될 것 같소?"

정희수가 아직도 뜨악한 표정으로 물었다.

"어찌되긴 전하의 홍복이 아닌가?"

홍사일이 한심하다는 표정으로 대답했다.

"대감, 상것들의 생각을 아직도 그리 모르시요. 이 싸움에서 이기면 패자는 도요토미가 아니고 주상이올시다. 승자는 주상이 아니고 이순신 역도들이요. 아직도 모르시겠소?"

정희수의 낯빛이 변했다. 홍사일이 매조지를 지었다.

"이 싸움을 이기면 이순신은 재기할 것이고 하삼도 상것들이 이번에는 기회를 놓치지 않을 것이요. 사직이 바뀔 것이란 말이외다. 정여립이 그놈이 어리숙하지 않고 이몽학이 그놈이 그리 공명심에 설치지 않았다면 벌써 사직이 넘어질 뻔 했소이다. 내 말을 아시겠소?"

정희수가 신음을 흘렸다. 사실 정희수가 남원에 내려와 보니 상것들의 민심은 이미 이순신에게 기울어 있었다. 그렇다고 사직을 털어 도요토미에게 넘길 수도 없고 이순신에게도 넘길 수 없는 노릇이다. 정희수의 미간이 좁아졌다.

"그래도 성안에 모인 조선 장수들과 백성들을 어찌한단 말인가?"

정희수의 기세가 이미 한풀 꺾였다.

"성안 모인 놈들은 전부 대방계 잔당들로 역도패당이올시다. 전시가 아니라도 마땅히 잡아서 목을 쳐야 할 놈들이요. 몇 명 양반들이야 어쩔 수 없지요?"

홍사일의 기세에 눌려 정희수가 마지못해 물었다.

"역도들이라는 증거는 없지 않은가?"

홍사일이 빙긋 웃었다.

"있소이다."

홍사일이 고니시가 보내온 친서를 정희수에게 보여주자 정희수의 입이 다물어지지 않았다.

＊

여인골에 승려 두 명이 등짐을 지고 들어왔다. 보주와 가섭이었다. 처영은 밤에 비가 쏟아지기 시작하자마자 서찰을 한 장 썼다. 가관에게 서찰을 주어 이복남 장군에게 전하라고 지시했다. 보주와 가섭을 여인골로 가라 하였고 용천사 대웅전 앞에 있는 보제루 밑 땅을 파서 등짐 두 개를 지워 보냈다. 처영과 보주는 마주보고 서서 한참 이야기를 했다. 보주가 고개를 끄덕였다. 우장을 단단히 챙긴 보주와 가섭은 다시 북쪽 계곡 길로 교룡산성을 빠져나왔다. 처영이 두 사람의 뒤에 대고 합장하고 절했다.

여인골을 가로막은 보는 이제 만수가 되었다. 보에 막힌 물이 바다 같았다. 물이 계곡을 메우고 상류로 이십 리 이상 뻗어 있었다. 계곡에서 쏟아져 나온 물은 보에 막혔다가 보를 넘어 억새밭을 지나 요천으로 흘러들었다. 요천은 범람하여 황톳물로 거침없이 흘러가고 있었다.

보주와 가섭은 밤새 빗속을 뚫고 걸어서 여인골에 도착했다. 가섭이 능숙하게 올빼미 소리를 내자 봉우리에서 매복하고 있던 의승군 한 부대가 급히 보로 내려왔다. 왜군은 이틀 전 대패하고 나서 시체를 찾아갈 겨를도 없는지 그대로 방치했다. 왜군은 보이지 않았다. 이틀 동안 여인골이 온통 화염지옥으로 불탔다. 그리고 어제 저녁부터 비가 내리기 시작한 것이다. 보에 물이 가득차면서 금방이라도 보가 터질 것만 같았다. 물이 조금만 더 몰려와도 보가 위에서부터 무너져 내릴 지경이었다. 불에 탄 억새밭이 검은 속살을 드러내놓고 있었다. 억새밭에도 계곡물이 쏟아지고 있었다.

"서두르세."

보주가 가섭에게 이야기하고 승군들은 보 경계를 시켰다. 마침 빗발이 약간 가늘어졌다. 보주는 서둘러서 승군들과 같이 보 정중앙 가장 하부에 있는 뗏장을 벗겨내기 시작했다. 보를 쌓은 지 사년이 되다보니 보에는 뗏장이 야무지게 올라와 있었다. 비가 내려서 뗏장이 쉽게 뜯어지지 않았다. 빗물이 뗏장 속에 흘러들어 진창이 되었다. 뗏장 속에는 옻칠을 한 포대자루가 일렬로 보를 가로질러 촘촘히 박혀있었다.

보주가 단도로 포대자루를 찢었다. 포대자루 안에는 솜에 쌓인 화약과 유황, 염초가 들어있었다. 지고 온 등짐을 옆에 풀었다. 거기에도 도화선과 화약, 염초, 말린 쑥과 목화 솜뭉치들이 들어 있었다.

"자리를 피하게. 이제 내가 하겠네."

보주가 가섭과 승려들을 밀어냈다. 보주는 우산을 받치고 말린 쑥에 부싯돌을 그었다. 그러나 비가 들쳐 도화선에 불이 쉽게 붙지 않았다. 계속 손이 헛나갔다. 보다 못한 가섭이 돌아왔다.

"사형 같이 하십시다."

가섭이 우산을 받쳐 들고 도화선을 비에 젖지 않게 몸 안에 숨겼다.

'틱, 틱, 틱'

부싯돌이 여러 번 부딪히더니 마른 쑥에 연기가 올랐다. 쑥에 파란 불길이 보였다. 불이 붙었다. 보주가 잽싸게 도화선에 불을 옮겼다. 도화선이 치치칫 소리를 내며 타 들어갔다. 도화선을 잽싸게 포대자루 안에 박고 우산으로 덮고 급히 보 밖으로 몸을 피했다. 한참 동안 고개를 처박고 있었지만 화약은 터지지 않았다. 가서 살펴보니 도화선이 비에 젖어 점화가 되지 않았다. 보의 물이 보 좌측 상단을 허물고 넘어왔다.

"보를 폭파 시켜야 하는데…."

보주가 중얼거렸다. 순간 보주가 씩 하고 웃었다. 가섭이 보주에게 말했다.

"사형, 같이 가십시다."

보주가 합장하고 절했다. 가섭도 마주보고 눈빛을 맞춘 뒤 같이 절했다. 가섭과 보주는 젖은 포대를 하나 더 벗겨내고 속에 있는 마른 포대자루를 하나 더 찢었다. 부싯돌을 여러 번 두드리고야 마른 쑥에 불이 붙었다. 도화선에 불이 옮겨졌다. 쑥 타는 냄새가 불전의 향냄새 같았다. 보주가 도화선을 포대자루에 박았다. 가섭은 몸에 두른 장삼을 펼쳐 포대자루에 비 들치는 것을 막았다. 염불 소리가 들렸다.

불길이 솟더니 꽝 소리와 함께 흙먼지가 날리고 일제히 보가 터졌다. 보가 무너져 내렸다. 이십 장 높이의 물이 보주와 가섭을 덮쳤다. 봉우리에 선 승려들이 염불을 했다.

계곡물이 폭포수처럼 쏟아졌다. 해일처럼 물이 요천으로 밀려왔다. 두 마장 넓이의 억새밭이 온통 물에 잠겼다. 천 마리의 군마가 몰려가듯이 성난 물길이 요천으로 한꺼번에 쏟아졌다. 여인골에서 남원성까지는 육십 리였다. 지리산에 홍수가 지면 계곡물은 한 시진에 백 리를 간다. 한 시진 후에는 여인골에서 터져 나온 물길이 남원성 아래 요천을 덮칠 것이다.

14장. 희망

정유년 팔월 열닷새 오시, 남원성 북문

한물은 지유삼에 떨어지는 빗방울이 튀어 얼굴에 깨알 같은 소름이 돋는 것을 즐기고 있다. 빗방울이 많이 줄었다. 과연 처영 스님이었다. 스님은 이런 상황을 어떻게 예견했을까? 한물은 이미 처영 스님이 보내온 전갈을 이복남 장군에게 보고했다. 한물은 내심 한 구석에 어쩌면 남원성을 지켜낼 것도 같다는 한 줄기 희망이 스멀스멀 생기고 있는 것을 감지했다. 사흘 전 교룡산성 회합에서 윤 객주가 이야기한 '약간의 방책'이 이것이 아닌가? 생각했다.

*

"안 될 일이요. 남원성을 포기합시다."

허균이 단호하게 말했다. 허균이 급히 윤 객주와 처영 그리고 교룡산성 별장 신호를 불러 모았다. 남원성을 지키러 들어갈 것인지 말 것인지에 대한 대방계의 방책을 결정하자고 불렀다. 윤 객주가 한물을 같이 불렀다. 처영과 신호는 이미 오래전부터 대방계의 비밀 계원이었고 윤 객주가 사실상 남원의 대방계주 역할을 하고 있었다.

"남원성이 무너지면 전주가 무너지고 전라도가 무너진다. 통제사가 버틸 수 있는 시간을 마련해야 되지 않나?"

신호가 말했다. 신호는 임진년에 통제사를 보필하여 옥포와 한산도에서 큰 전공을 세웠다. 정유년의 왜군 재침을 우려한 대방계의 결정에 따라 수군을 떠나 전략적 요충지인 교룡산성 별장을 자임하여 남원에 왔었다. 대방계 계원들은 일부는 다시 수군으로 복귀한 통제사를 따르고 있고 일부는 교룡산성으로 모였다. 아직 서른이 안 된 나이였지만 허균은 대방계를 이끄는 수뇌부에 있었다.

"남원성을 지키기는 어렵소. 그나마 남은 대방계의 전력을 여기서 왜군에게 한 입에 털어 넣을 수는 없는 일, 그러하니 후일을 기약하고 통제사에게로 합류하는 것이 온당합니다."

모두 침묵했다.

"더더욱 교룡산성을 포기하고 남원성에 들어간다니 말이 되는 계책인가? 양원의 지휘를 받아 싸움의 승리를 바라는 것은 ···."

허균이 말을 줄였고 처영이 나지막이 신음소리를 냈다. 남원성을 지키기는 너무나 어려워졌다. 권율은 이미 남원을 포기한 듯했다. 병력을 울산에 집중시키고 있었다. 호남을 지킬 관군은 거의 없고 곽재우 등 의병장들도 어인 일인지 산으로 숨어들었다. 그나마 명군 일만이 호남에 진주했는데 명군은 이미 싸움에 진저리를 내고 있었고 퇴각할 명분만 찾고 있었다. 무엇보다 왜군 주력에 맞설 병력이 턱없이 부족했다. 왜군 주력은 물경 십만이 넘는 대부대이고 남원으로 향한 부대만도 육만 오천이었다. 허균은 이미 계사년 유월에 진주성에서 대방계의 상당한 손실을 겪었다. 도요토미와의 강화협상에 매달리던 조정이 명군의 눈치를 보느라 진주성을 포기하자 진주성을 지킬 병력이 없었다. 대방계원들이 진주성으로 집결하여 사수하고자 했으나. 결국 성이 무너지면서 전라도와 경상도의 대방계 전력의 오할 이상을 잃었다. 쓰라린 허균의 실책이었다. 허균에게는 대방계가 유일한 희망이고 조선의 새로운 사직이었다.

"작년에 거병을 했어야 했는데…."

허균은 여전히 아쉬운 마음을 애써 감추지 않았다. 허균은 이몽학이 공명심에 들떠 충청도 대방계를 중심으로 거병할 때 처음에는 반대했다. 막상 이몽학이 거병하자 민심이 크게 이몽학에게 기우는 것을 보고 즉시 대방계를 소집하여 총 거병할 것을 제안했다. 허균이 급히 통제사를 만났다. 대방계가 이몽학과 호응하여 전국에서 거병하고 특히 황해도 대방계가 개경에서 거병하면 한양이 크게 동요할 것인데 그때 통제사가 주상을 지킨다는 명분으로 수군을 이끌고 서해로 거슬러 올라가 한양으로 진격하시라고 설득하였으나 통제사가 주저하는 사이에 이몽학의 거병이 실패하고 말았다. 그러면서 조정에서 대방계의 실체를 파악하고 급기야 김덕령을 죽이고 통제사를 주살하려 한 것이다. 대방계 비밀명부는 허균 자신만이 알고 있기에 조정에서는 의심만 할 뿐 증거를 찾지는 못했다.

처영이 말했다.

"허나 남원성에 있는 백성이 일만이올시다. 어찌 그들을 모른 척한단 말인가?"

허균이 대답했다.

"대방계를 지키는 것이 지금은 무엇보다 시급하외다. 대사."

처영이 잠시 말을 아끼다 다시 말했다.

"백성이 없는 대방계가 무슨 의미가 있을까?"

허균은 답답한 듯 입을 다물었다. 침묵이 계속 됐다. 한참 후에 처영이 말했다.

"빈승은 교룡산성을 지키다 죽을 것이요. 그러나 남원성으로 들어가지는 않을 것이네."

처영이 교룡산성을 지킬 것임을 다시 확인하자 허균이 굳은 표정으로 말문을 열었다.

"대사 그렇게 하시지요. 승군은 교룡산성에 남고 대방계원들은 남원 대방계와 자원자를 제외하고는 통제사를 따르는 것으로 하시지요?"

신호가 말을 이었다.

"그리하십니다. 나는 교룡산성 별장이니 여기에 남겠소."

그제야 윤 객주가 아꼈던 말을 했다.

"사명대사가 이미 오래 전부터 예견했던 싸움이올시다. 그리고 약간의 방책도 있고 하니 남원성이 반드시 사지라고는 할 수 없는 터이오. 천지신명에게 대방계의 운명을 맡깁시다."

그리하여 교룡산성에 모인 전라도 대방계원 삼백여 명 중 남원 대방계와 자원자 백여 명을 제외하고 나머지 계원들은 진도 우수영으로 향했다.

*

"장군!"

양원에게 보낸 전령이 돌아왔다. 양원은 어제부터 용성관에 박혀 나오지 않았다. 동문은 이신방이 방어하고 있다.

"그래 허락은 했느냐?"

"함부로 움직이지 말라 하십니다."

이복남의 얼굴이 굳어졌다. 양원이 자꾸 고니시 진영에 전령을 보내는 것도 신경 쓰였다. 어젯밤에 나무로 만들어 둥근 촉이 달린 박두가 북문에 날아왔다. 누군가 북문의 포위망을 뚫고 성에 접근했던 모양이다. 처영은 오늘 여인골의 보를 터뜨리겠다고 전갈을 해왔다. 아직도 비는 가늘게 내리고 있다. 요천은 슬슬 범람하고 있었다. 요천을 가로 지른 다리 위까지 물이 차올랐다.

"한물을 데려오라."

이복남이 한물을 불렀다. 만일 요천이 크게 범람한다면 왜군은 혼란에 빠질 것이다. 요천가에 진을 친 왜군은 요천을 건너가지도 못 하고 그렇다고 해자를 넘어 성으로 올 수도 없다. 진퇴양난에 빠질 것이다. 예전에도 요천이 크게 범람하면 광한루까지 물이 들어왔다. 북문 쪽과 서문 일대 지대가 높은 곳을 제외하고는 전부 무릎 높이까지 물이 불어날 것이었다. 어젯밤부터 빗속에서 시달린 왜군도 사기가 크게 떨어져 있었다. 왜군 장수들의 진지는 벌써 산으로 옮겨지고 있었다. 왜군은 성의 포위를 풀고 물러나지도 못한 채 엉거주춤하고 있었다. 한물이 달려와 무릎을 꿇었다.

"장군, 한물입니다."

"한물, 기마대를 준비하라!"

"네, 장군."

한물이 기다렸다는 듯이 날래게 돌아갔다. 어젯밤에 한물이 처영의 화살을 가져왔고 기습을 제안했다. 이복남도 대방 결사대의 기사 솜씨를 익히 알고 있다. 교룡산성에 집결했을 때 승군훈련장에서 같이 훈련을 했기 때문이다. 구룡 계곡 산사의 대방도관 기마대는 스물이었다. 자신이 지휘하는 기마대 백을 합하면 북문을 지키고 있는 시마즈 부대에 상당한 타격을 줄 것이다. 부관에게 말했다.

"기마대를 북문에 집결시켜라."

부관이 달뜬 얼굴로 급히 기병들을 불러 모았다. 북문에 기병들이 모여들었다. 기창병과 기사병이 도열하기 시작했다. 모처럼 마구간에서 나온 말들이 뒷발로 땅을 찍었다. 동문에서 이신방의 초요기가 올랐다. 북문에 기병들이 집결하는 것을 본 모양이다. 이복남이 동문으로 급히 달려갔다.

이신방이 서툰 조선말로 물었다.

"무슨 일인가?"

이복남이 처영의 서신을 이신방에게 보였다.

"요천이 범람하면 왜군은 큰 혼란에 빠질 것입니다. 기습해야 합니다. 허락하여 주십시오."

이신방은 난감했다. 어제 양원이 기병을 끌고 성을 나갔다가 크게 패했기 때문이다. 양원은 '성을 굳게 지키고 나가지 말라'고 지시한 뒤 용성관에서 아직 나오지 않고 있다. 만일 처영의 말이 사실이라면 기습하기 좋은 기회였다. 이신방은 처영을 높게 평가했다. 처영의 말을 들었어야 했다. 이신방도 교룡산성을 파하고 남원성으로 들어 온 것은 큰 패착이라고 생각하고 있었다. 이번 기회를 잘 살리면 대승을 이끌 수 있을 것이다. 병법에도 시를 기다리는 것이 중요하다고 했다. 지금은 기습을 해야 할 시간이다.

"내가 양원 부총병에게 다녀오겠소. 기다리시오."

이신방은 서둘러 용성관으로 갔다. 양원은 갑옷을 전부 벗어버리고 침상에 누워있었다. 술 냄새가 진동을 했다. 절로 이신방의 얼굴이 찌푸려졌다.

"장군."

양원이 귀찮다는 듯이 대답했다.

"내가 영을 내리지 않았던가? 괜히 싸움을 걸지 말고 성을 지켜라."

이미 이복남의 전령이 다녀간 모양이다.

"기습하기 좋은 시간입니다."

양원이 침상에서 벌떡 일어나면서 벼루를 이신방에게 집어던졌다. 벼루가 이신방의 투구에 맞아 얼굴에 먹을 뒤집어썼다. 이신방이 양원을 잡아먹을 듯이 쏘아보았다. 양원이 이신방의 기세에 눌려 어르듯이 이신방에게 말했다.

"그냥 지키기만 하라 했지 않았나."

이신방이 물었다.

"고니시와 몰래 협상을 한다는 말이 사실이요?"

양원이 당황해서 팔을 휘저었다. 이신방이 재차 물었다.

"양원 장군만 도망간다는 말이 사실이요?"

이신방이 칼에 손을 올리고 물었다. 두 걸음 양원에게 다가섰다. 양원이 황급하게 뒤로 물러섰다.

"중군장, 그 무슨 소리인가. 누가 그런 터무니없는 소리를 한단 말인가? 도망이라니?"

양원이 말을 더듬었다. 이신방이 칼을 칼집에 탁 소리가 나게 집어넣고 양원을 쏘아보다가 돌아 나와 동문으로 향했다. 이때 접반사 정희수와 접반종사 홍사일이 용성관으로 들어갔다.

요천 상류에서 물줄기가 폭포처럼 쏟아져 내려왔다. 여인골에서 출발한 격류가 도착했다. 물길은 거친 파도를 몰아왔다가 남원성에 이르러 흰 거품을 일으키며 팍 퍼졌다. 더욱이 지금은 들물이었다. 요천이 하류로 내려가 섬진강으로 합쳐져 흐르다가 바다와 만나는 지점이 만조였다. 물길이 성 앞에서 가둬졌다. 순식간에 요천이 크게 범람했다. 왜군 치중대는 서둘러 솥단지를 이고 산으로 기어 올라갔다. 물살이 다리를 넘어 왔고 다리가 유실되었다. 물살은 칠장과 밤장을 물로 채웠다.

우키타는 방암봉 정상으로 급히 올라갔다. 시마즈도 향교산으로 황급히 진을 옮겼다. 성을 포위하고 있던 왜군은 물이 넘쳐 수위가 높아지자 어쩔 줄을 몰라 했다. 동문과 남문은 요천이 범람하여 성벽까지 물이 차올랐다. 요천 다리로 도망가던 왜군들의 무릎까지 물이 차올랐다. 왜군들이 조총을 머리 위에 들고 황급히 지대가 높은 북문과 서문 쪽으로 피신하기 시작했다. 자연히 포위망이 풀어졌다. 북문과 서문을 휘돌아가는 축천도 범람하기 시작했다. 그나마 축천 쪽은 지대가 높아서 물에 잠기지는 않았다. 광한루까지 물에 덤벙거렸다. 북문 쪽으로 피신하지 못한 왜군들이 어쩔 수 없이 성 쪽으로 붙었다. 어떤 왜군들은 해자에 빠져 허우적거리기 시작했다.

"발사하라!"

일제히 성에서 쇠뇌가 발사되었다.

"조준하여 사격하라. 화살을 아껴라!"

승자총통이 불을 뿜고 화살이 물에 빠져 허둥거리는 왜군에게 날아갔다. 동문과 남문의 왜군들이 일제히 북문 쪽으로 도망가기 시작했다. 서문 쪽의 고니시는 자신의 부대를 서둘러서 기린봉으로 후퇴시켰다. 북문 쪽의 시마즈 부대는 동문과 남문에서 몰려 온 왜군 삼만 명이랑 서로 뒤엉켜 대혼란이었다.

"문을 열어라!"

이때 북문이 활짝 열렸다. 다리가 내려졌다. 북문에서 기병이 쏟아졌다.

"둥둥둥- 둥둥둥-"

전고가 빠르게 울려 퍼지고 진군 나발소리가 쉴 새 없이 울렸다.

"돌격하라! 짓밟아라!"

이복남이 북문을 열고 말을 달렸다. 한물의 결사대도 말을 달렸다. 북문을 빠져나온 기병은 왜군의 대열을 그냥 밟고 지나갔다. 모처럼 달려 나온 말은 눈이 가려져서 두려움 없이 달려 나갔다. 왜군이 말발굽에 짓이겨졌다. 기병의 앞 대열에서 창으로 대열을 흩으면 뒤따라오는 기사병이 유엽전을 왜군의 가슴에 꽂았다. 이복남 장군 선두에 선 기병들은 왜군들의 밭을 짓밟고 다녔다. 이열 종대로 대열을 이룬 기마대가 왜군들의 중심부를 찔러갔다.

북문에서 사수들이 쏟아져 나왔다. 화살이 일제히 쏘아졌다. 북문에서 나온 사수들이 왜군들을 향해 일제히 독시를 쏘았다. 초어독이 발라진 독시는 조준사격을 하지 않아도 왜군에게 날아가서 박혔다. 기병에 쫓겨 성에 붙었던 왜군들이 무방비 상태로 화살을 맞았다. 조총이 물에 잠겨 발사되지 않았다. 조총이 막대기로 변해버렸다. 성벽의 포루에서는 몰려있는 왜군에게 현자총통에서 진천뢰를 날렸다. 진천뢰는 터져서 철편이 무수히 날렸다. 왜군들이 한꺼번에 두세 명씩 상했다. 마름쇠가 쏘아져서 하늘에서 흩날렸다.

이 때 서문에서도 이신방의 기병들이 쏟아졌다. 명군 기병 오백이 왜군들을 향교산으로 몰았다. 이제 두 줄의 기마대가 왜군을 휘휘 젓고 다녔다. 피곤에 지친 왜군들이 무릎까지 올라오는 물에 빠져 허우적거렸다. 왜군들이 서로 밟고 넘어져 물에 빠져 죽고 밟혀 죽었다. 남문과 동문을 지키던 명군들이 모두 북문으로 넘어와서 사격을 했다. 왜군은 총이나 화살에 맞아 죽는 수보다 물에 빠지고 서로 밟혀 죽는 수가 더 많았다.

"후퇴하라!"

이복남이 후퇴 명령을 내렸다. 이복남의 기병 선두가 향교산까지 접근하자 다급해진 시마즈가 마구잡이로 조선군 기병에게 화살을 쏘았다. 화살은 오히려 이복남에게 쫓기던 왜군에게 박혔다. 이복남 기병은 크게 반원을 그리면서 다시 왜군을 짓밟고 돌아왔다. 기마대는 후퇴하는 왜군의 발을 북문에서 서문까지 크게 헤집으면서 돌아왔다. 한 번의 창에 왜군이 하나씩 쓰러졌다.

한물은 한 번에 두 대씩의 화살을 쏘았다. 금아는 철퇴를 휘둘렀고 철퇴가 휘둘러질 때마다 왜군들의 머리통이 박살났다.

이신방 기마대는 당파를 들고 왜군을 밟았다. 요동에서 여진을 상대하던 실력이 발휘되었다. 이신방 기마대는 서문을 뛰쳐나와 북문을 가로질러 향교산까지 밀어갔다. 향교산에서 일제히 왜군의 대조총이 발사됐다. 한 번에 이십 개의 철환이 명군과 왜군에게 쏟아졌다.

이신방도 후퇴를 명했다. 이신방 기마대도 서문으로 귀환하면서 천천히 왜군을 유린했다. 이복남 기마대가 북문으로 들어왔다. 한물 결사대도 뒤를 이어 들어왔다. 마지막으로 사수들이 북문으로 들어왔다. 다리를 걷고 북문을 닫았다. 이신방의 기병도 서문으로 귀환했다. 왜군들은 멀리 향교산으로 후퇴했다. 남원성을 둘러싸고 있던 왜군들이 전부 포위를 풀었다. 대승이었다.

병사들은 북문을 열고 다시는 밖으로 나가지 못하리라 생각했는데 북문을 열고 나가 왜군을 밟고 오니 감개무량했다. 병사들이 먼저 만세를 불렀다. 집에 숨어있던 노인과 부녀자들 어린애들까지 전부 북문에 나와 만세를 불렀다. 사람들의 표정이 일시에 밝아졌다.

"이복남 장군 만세!"

"한물 장군 만세!"

서문 쪽에서는 '이신방 장군 만세'소리가 터져 나왔다. 이신방이 북문에 와서 이복남과 조선군을 격려했다.

"만세!"

연신 만세소리가 터졌다. 성안에 승리의 함성이 울렸다. 바우는 신이 나서 돌아다녔다. 얼굴을 붕대로 칭칭 감아 행색이 문둥이 같았지만 목소리가 여전히 가늘고 접힌 반쪽 얼굴이 계집마냥 달뜬 표정이 되었다.

마야부인은 아녀자들을 모아 객관에서 송편을 만들기 시작했다. 처음에는 뜨악하게 쳐다만 보던 아낙들이 마야부인을 따라 바삐 움직이기 시작했다. 성안에 전 부치는 냄새가 퍼졌다. 이제야 병사들의 얼굴에 생기가 돌았다. 막걸리가 객관에서 풀렸다. '하하하하' 병사들이 제법 호기롭게 웃음소리를 냈고 부상병의 신음소리가 잦아들었다. 철없는 아이들이 바우 뒤를 따라 뛰어다녔다.

이제야 성안에 웅크리고 있던 사람들도 이길 수 있다는 희망을 갖기 시작했다. 성안이 추석 잔치분위기로 변했다. 하루만 더 버티면 승리할 것도 같았다.

15장. 역적

정유년 팔월 열닷새 유시, 남원성 용성관

접반사 정희수가 관병을 대동하고 북문에 나타났다. 접반종사 홍
사일이 그 뒤를 따랐다. 사람들이 일순 조용해졌다. 정희수가 한물
을 바라보며 외쳤다.

"역적 한물은 오라를 받으라."

관병들이 달려 나와 한물을 꿇어앉혔다. 이복남이 제지했다.

"대감 이 무슨 짓이요?"

결사대가 칼을 빼들고 나섰다. 관병들이 결사대의 서슬에 놀라
한물을 놓고 도망갔다. 정희수가 대답했다.

"장군, 한물은 역적의 아들이요. 당연히 목이 달아나야 할 놈인데
신분을 속이고 있었소. 한물은 정여립의 난에 연루되어 죽은 한원영

의 아들이요. 윤 객주의 아들이 아니라는 말이요."

이복남이 깜짝 놀라 한물의 눈치를 살폈다. 홍사일이 말을 거들었다.

"윤 객주가 이미 자백을 하였다. 한물은 자기 아들이 아니고 역적 한원영의 아들이라고 말이다."

한물이 아무 말도 못하고 서 있었다.

"뭐하느냐 역적을 포박해라."

홍사일이 관병들을 다그쳤다. 관병들은 머뭇거렸다. 바우가 한물 앞을 막고 나섰다. 비연도 한물을 막고 나섰다.

"누가 역적이라는 말이냐. 이런 쳐 죽일 놈들. 우리 대장은 못 데려간다."

대방 결사대가 전부 칼을 빼들고 앞으로 나섰다. 홍사일이 이복남에게 말했다.

"저 역적 놈들 보소. 장군, 저놈들을 전부 포박하시오. 윤 객주는 이미 내가 포박하여 용성관에 잡아놓았소."

윤 객주를 포박했다는 말을 듣고 사람들이 크게 흥분했다.

"윤 객주가 역적이면 윤 객주의 은혜를 입은 우리도 역적이다. 다 잡아가라."

"임금인지 땡감인지. 지가 뭔데 윤 객주를 잡아 가냐."

"저놈이 왜군의 앞잽이가 아니고야 어떻게 한물 장군을 잡아 간단 말이냐."

"저놈 죽여라."

사람들이 나서 정희수와 홍사일을 둘러쌌다.

정희수가 당황해서 말했다.

"어허, 이런 상놈들이 어디를 나서느냐. 썩 물러가라."

당황하여 홍사일이 이복남을 보고 말했다.

"장군, 이것은 양원 합하의 명령이요. 양원 합하의 명령은 주상전하의 명과 같소. 한물을 잡아오지 못하면 윤 객주의 목을 당장 친다 하셨소."

이복남이 마지못해 사람들에게 말했다.

"물러서라."

바우가 지지 않고 말했다.

"못 물러나겠다면 어쩔 건데?"

사람들이 다시 웅성거렸다.

"이복남이 저놈도 똑같은 놈이네."

"양반이라는 놈들은 다 똑같아."

이복남의 얼굴이 굳어졌다. 남원부사 임현이 나섰다.

"진정하라. 지금 밖에 있는 오만의 왜군이 안 보이는가? 자중지란을 일으킬 때가 아니다."

조방장 김경호가 나섰다.

"장군, 설사 한물이 역적이라 하더라도 지금은 전시올시다. 전쟁이 끝나고 그 죄를 물어도 늦지 않소."

교룡산성 별장 신호가 나섰다.

"지금 윤 객주와 한물의 목을 벤다면 이는 왜군만을 이롭게 하는 이적 행위요. 당장 왜군과의 싸움에서는 이겨야 하지 않는가. 역적 여부는 다음에 물어도 늦지 않소."

정희수가 사람들에게 삿대질을 하면서 말했다.

"주상의 은혜를 모르는 포악한 놈들 같으니라고 그렇다고 역적을 살려주라는 말이냐? 이놈들!"

그 말을 듣고 사람들이 흥분하여 정희수에게 돌을 던졌다. 정희수가 돌에 맞아 머리가 깨졌다.

"상감이나 양반이나 똑같은 놈들이군."

"양반네들이 이날까지 백성들 고혈을 빨았을 뿐이지 뭐가 어째, 상놈? 주상의 은혜? 너희 놈들이야 말로 역적이다."

양반들이 이복남을 중심으로 한쪽으로 몰리고 정희수와 홍사일이 그 뒤에 숨었다.

"장군, 저놈의 역도들을 관병을 동원하여 전부 목을 치시오."

이복남의 부관과 관병들이 이복남을 보위하며 칼을 빼들었다. 그러자 의병들이 전부 칼을 빼들고 한물을 보호하면서 대치했다. 금방이라도 서로 전투가 벌어질 태세였다.

한물이 나섰다.

"전부 칼을 거두시오."

한물이 칼을 버렸다. 걸어 나가 무릎을 꿇었다.

"윤 객주는 저에게 친부나 같은 분이시고 그 분은 죄가 없소. 내가 역적의 아들이요. 나만 죽으면 될 일. 당장 윤 객주를 풀어주시오."

결사대가 앞을 막았다.

"사형!"

"형님, 아니 됩니다."

백이가 칼을 허공에 휘둘렀다. 관병들이 뒤로 물러났다. 한물이 결사대에게 칼을 거두라고 명령했다.

"칼을 거두시게. 우리가 겨누어야 할 적은 성 밖에 있는 왜군이네."

그래도 결사대는 물러나지 않았다. 홍사일이 말했다.

"뭐하느냐? 저놈들까지 전부 묶어라."

관병들이 마지못해 비칠비칠 나와서 한물과 초희, 금아, 소석, 백이를 묶었다. 사람들은 어찌 할 바를 몰라 했다. 이복남이 앞장서고 한물을 묶어서 용성관으로 갔다. 사람들이 우르르 용성관으로 몰려갔다.

"이신방 네 놈이 내 명을 어기고 함부로 군사를 움직였다는 말이냐. 목을 칠 것이야."

양원이 개 거품을 물고 고래고래 고함을 지르고 있었다. 칼을 빼들고 이신방의 목을 치려고 했다. 이신방은 양원을 노려보기만 했다. 모승선이 양원의 칼을 막고 나섰다.

"장군, 군령을 어긴 것은 죽어 마땅하오나, 대승을 거둔 장수입니다."

장표가 나섰다.

"장군 이신방의 목을 베는 것은 가당치 않습니다."

명군 장수들이 전부 나서 양원을 제지했다. 양원이 마지못해 칼을 접고 상석에 앉았다. 코를 씩씩 불었다. 이신방과 명군 장수들이 전부 좌정했다. 이때 이복남이 한물과 결사대를 묶어서 용성관으로 들어왔다. 조선군 장수들이 전부 따라 들어왔다. 한물과 결사대를 양원 앞에 끌고 갔다. 용성관 밖이 사람들로 시끌벅적했다.

"윤 객주를 풀어줘라."

사람들이 외치는 소리가 들렸다. 정희수와 홍사일이 윤 객주를 포박하여 용성관으로 들어왔다. 매타작을 당하였는지 윤 객주의 얼굴이 피투성이가 되어 있었다. 윤 객주를 양원 앞에 꿇렸다.

"한물을 잡아오라 하셨소이까?"

이복남이 양원에게 물었다. 양원이 딴청을 부렸다.

"이복남 너는 왜 함부로 움직이지 말라는 내 명을 어겼는가?"

이복남이 얼굴을 찌푸렸다. 대꾸하지 않았다.

"감히 네놈이 나를 능멸하는 것이냐?"

홍사일이 설레발을 치며 나섰다.

"양원 합하, 오늘 대승을 거두었습니다. 이 모든 것이 양원 합하의 공이올시다. 대승을 올렸으니 너그럽게 용서하소서."

양원이 마지못한 듯 자리에 앉았다.

"한물을 잡아오라 하셨소이까?"

이복남이 재차 물었다. 명군 장수들은 한물이 밧줄에 묶여있는 것을 의아하게 생각했다. 양원이 마지못해 대답했다.

"그렇다. 한물은 조선왕 이연의 자리를 넘본 역적잔당이라 하였다. 나에게 잡아 달라 하여 체포한 것이다."

이복남이 재차 물었다.

"누가 잡아 달라 했소이까."

양원이 대답을 못하고 홍사일의 눈치를 보자 정희수가 대신 나섰다.

"그것이 무에 중요한가? 역적을 지금이라도 잡았으니 주상의 시름을 하나라도 덜게 된 것이 아닌가."

신호가 나섰다.

"한물의 애비 한원영이 역도로 처형될 때 한물은 겨우 열두 살 철부지였소이다. 연좌를 지우기에는 너무 가혹합니다. 근자에 들어 주상도 국란을 맞아 지난 허물을 상관하지 않을 터이니 전공을 세우라 하셨소. 한물을 석방하여 공을 세우게 하는 것이 마땅하오."

홍사일이 나섰다.

"아무리 난리중이라 하나 역적을 살려주는 경우는 없소이다."

이복남이 양원에게 물었다.

"한물을 어떻게 하실 생각이요."

양원이 엉겁결에 말했다.

"고니시에게 포로로 보낼 것이다."

양원이 말을 뱉어 놓고 크게 당황했다. 조선장수들의 얼굴빛이 변했다. 홍사일이 서둘러 말을 바꿨다.

"아니오. 죄인 한물을 한양으로 압송할 것이오."

판관 이덕회가 대로하여 말했다.

"아니 역적이면 주상의 법에 따라 처단하면 될 일인데 이 무슨 해괴한 말인가?"

홍사일이 급히 변명했다.

"아니오, 한물을 고니시에게 넘기는 것이 아니라. 죄인을 압송해야 하는데 고니시와 협상하여 길을 터주기로 했다는 말이오."

이복남이 전모를 파악한 듯이 '으득' 이를 갈고 양원에게 대들었다.

"고니시와 협상 운운하며 뒷거래를 한 적이 있소이까?"

정희수가 나섰다.

"장군 말을 삼가시오. 뒷거래라니 당치 않소. 양원 합하를 모욕하는 것인가?"

양원이 말을 흐렸다.

"뒷거래라니 나를 능멸하는 것이냐?"

이복남이 재차 물었다.

"한물이 고니시의 부장 '검은 야차'를 벤 것은 만인이 아는 사실이오. 고니시가 한물을 생포하는 자에게는 은량 백 근을 걸었다 들었소."

이복남이 천천히 좌중을 돌아보면서 말했다.

"양원 장군은 은량 백 근이 탐나신 것이요, 아니면 고니시와 다른 거래라도 하신 것이오?"

양원이 크게 당황해 했다. 조선 장수들의 표정이 험악해졌다. 이신방이 이복남의 말을 알아듣고 고개를 끄덕였다. 이신방이 나섰다. 양원을 쏘아보며 말했다.

"양원 대장, 고니시와 협상하고 있다는 것이 사실이오."

칼집에 손을 올리면서 이신방이 단호하게 외쳤다.

"적과 내통하는 것이 사실이라면 지위고하를 막론하고 목을 쳐야 할 것이오."

이신방이 칼을 스르륵 빼들었다. 탁자를 내리쳤다. 탁자가 반으로 쪼개졌다.

"뭐라? 네 이놈"

양원도 칼을 빼들고 말했다. 분노와 배신감이 이글거렸다.

"고니시와 내통이라니 가당치 않다. 역적은 내가 알아서 처리할 것이니. 모두 물러가라."

이복남이 칼을 뽑아들고 말했다.

"당치 않소. 한물은 조선 백성이오. 남원의 조선군 수장은 나 전라병사 이복남이오. 역적이라면 당연히 조선의 국법에 따라 내가 처리할 것이오."

이복남이 앞으로 나섰다.

"뭐라 저놈이"

양원이 신호를 하자 용성관 안에 있던 명군 부관과 명군들이 일제히 칼을 뽑아들었다. 명군 장수들은 뒤로 물러나서 사태를 관망했다.

"한물과 윤 객주를 옥사로 압송한다. 묶어라."

이복남이 명령하자. 조선장수들이 일제히 칼을 뽑아들었고 용성관 밖에서 관병들이 우르르 몰려들어 한물과 윤 객주를 끌어냈다. 명군과 조선군이 칼을 뽑아들고 서로 대치했다. 정희수와 홍사일은 황급히 양원 뒤로 몸을 숨겼다. 정희수가 이복남에게 삿대질을 하며 말했다.

"이복남, 이것은 역도를 감싸는 역모다. 그 죄를 어찌 감당하려 하는가?"

이복남이 대답했다.

"그 벌은 내가 받을 것이다."

홍사일이 깐죽거렸다.

"양원 합하는 천군이요. 감히 합하에게 칼을 겨누다니 무엄하다."

조방장 김경호가 나섰다.

"다들 칼을 내리시지요. 고니시의 흉계에 빠진 것입니다."

구례현감 이원춘도 거들었다.

"이것은 고니시만 이롭게 할 뿐입니다. 고니시 그 자는 실로 간교한 자입니다."

가만히 듣고 있던 명군 장수 모승선이 나섰다.

"칼을 거두어라. 이 무슨 무례인가?"

명군과 조선군 관병이 천천히 서로 눈치를 보며 칼을 내렸다. 모승선이 양원에게 말했다.

"대장, 조선 역도의 건은 조선인에게 맡겨두는 것이 좋겠습니다. 괜히 오해를 살 필요는 없지 않소이까?"

천총 주륜과 장표도 모승선의 편을 들었다. 양원이 분을 참지 못하고 웅얼거렸다.

"데려가라. 귀찮은 놈들."

이신방이 칼을 거두고 서둘러 동문으로 돌아갔다. 관병들이 윤객주를 풀어 주고 한물과 결사대를 포박한 채 용성관을 나갔다. 윤객주가 풀려나오자 용성관 밖에 있던 사람들이 일제히 환호를 올렸다.

"한물 장군 만세"

"이복남 장군 만세"

양원이 씩씩거리며 화분을 집어 던졌다. 화분이 벽에 부딪혀 깨졌다. 홍사일과 정희수는 양원 앞에 서서 어쩔 줄을 몰라 했다. 남원성이 어둠에 쌓여갔다.

남원성을 휘감았던 물길이 서서히 빠지기 시작했다. 비가 그쳤다. 구름이 걷히면서 팔월대보름 둥근 달이 떠올랐다. 남원성이 다시 환해졌다.

16장. 첩자

정유년 팔월 열닷새 유시, 방암봉

방암봉 왜군 군막에 왜군 장수들이 전부 모였다. 모두 표정들이 침통했다. 아무도 먼저 입을 열지 않았다. 그렇게 설쳐대던 시마즈 조차도 기가 꺾여 조용히 섰다. 대패를 당했다. 또 처영에게 당한 것이다. 갑자기 계곡에서 물이 쏟아질 이유가 없었다. 전번에 공격했다 실패한 보를 터트린 것이 분명했다. 가을에 이렇게 큰비가 내리다니 이 무슨 조화속이란 말인가? 혹시나 천운이 조선군에게 있는 것은 아닌가? 우키타의 상심이 커졌다.

오늘 점고를 해보니 삼천여 명이 전사했다. 그러나 문제는 독화살에 맞고 마름쇠에 찔린 부상병이었다. 부상병이 무려 만 오천에 달했다. 부상병의 신음소리가 군막에 까지 들렸다. 약은 없고 치료하기도 어려웠다. 서서히 독에 살이 썩어가면서 죽어갔다. 전력의 삼할 정도를 소실한 것이다. 이대로 도요토미에게 보고했다가는 누구의 목이 달아날지 몰랐다. 총대장 우키타는 할복이라도 하고 싶은 심정이다. 우키타가 으르렁거리며 말했다.

"남원성은 씨를 말릴 것이다. 단 한 명도 살려두지 않을 것이다. 모조리 코를 베고 사지를 절단 낼 것이야."

아무도 대꾸하지 못했다. 왜군은 남원성을 둘러쳤던 포위망을 오리쯤 물렸다. 비는 그쳤고 물이 빠지기 시작했다. 서둘러 치중대가 마른 나무를 구해와 밥을 짓기 시작했다. 생쌀을 씹는 것과 주먹밥을 먹는 것은 사기에 많은 차이가 있다. 남원성에서는 떡을 해먹는 모양이었다. 조선군들이 성문 위에 올라와 보란 듯이 떡을 먹었다. 왜군들의 사기가 땅에 떨어졌다. 그렇다고 철수할 수도 없었다. 남원을 공략하지 못하면 아무것도 할 수 없다. 그때 고니시가 느릿하게 입을 열었다.

"승패는 병가지상사라 했소이다. 구당서 배도전에 나오는 말이지요."

고니시가 아는 체를 하자 시마즈는 입을 씰룩거렸다.

"당나라 헌종 때 오원제라는 장수가 변방에서 반란을 일으켰습니다. 헌종은 고하우를 시켜 반란을 진압하게 하였으나 크게 패하였습니다."

고니시가 여기까지 이야기하고 우키타에게 물었다.

"대장 이제 어떻게 하시겠습니까?"

고니시가 빙글거렸다. 우키타는 할 말이 없었다.

"한 번 이기고 한 번 지는 것은 전쟁에서 늘 있는 일이라고 헌종이 말하였습니다."

고니시가 손에 들고 있던 지휘봉을 가볍게 탁자에 내리쳤다. 우키타가 말했다.

"고니시, 너는 계책이 있다는 말이냐."

고니시가 웃으면서 말했다.

"당연히 있지요. 지혜란 장사치에게만 필요한 것이 아니지요. 전투에도 지혜가 필요하지요."

고니시가 시마즈를 바라보며 싱글거렸다. 시마즈의 얼굴이 실룩샐룩했다. 시마즈는 틈만 나면 고니시를 장사꾼의 아들이라고 놀렸었다. 우키타가 재촉을 하자 고니시가 말했다.

"우선 오늘 밤 병사들을 배불리 먹이고 푹 잠을 재우는 것이 중요합니다. 고기를 풀도록 하시지요."

고니시가 우키타를 힐끗거렸다. 우키타가 치중대를 불러 말린 생선과 육포를 각 군영에 보내라고 지시했다.

"내일 오전까지는 푹 쉬고 병력을 총 집결하여 남문을 공격할 것입니다."

시마즈가 반박했다.

"고작 그것이 계책의 전부인가?"

고니시가 비아냥거렸다.

"내가 너같이 무식 한 놈인 줄 아느냐? 다 방법이 있다."

우키타와 고니시가 한참을 귓속말을 했다. 지켜보던 장수들이 기분 나쁜 얼굴이 되었다. 우키타가 장수들에게 말했다.

"고니시의 계책을 따를 것이다. 내일 정오까지 운제를 각각 열대 씩 만들어서 남문으로 집결하라!"

우키타가 손을 휘휘 저으며 해산을 명했다.

*

삼경이 가까워 온다. 기린봉 고니시의 군막. 고니시는 다카키를 처음 만났을 때를 회상하고 있다. 그동안 다카키는 인편으로 또는 전서구를 날리거나 아니면 전령 편에 은밀히 첩지를 보내왔다. 다카 키가 누구인지? 고니시 외에는 아무도 모른다. 그런데 다카키가 직 접 오겠다는 전서구를 고니시 군막에 날려 왔다.

고니시는 다카키를 오래 전에 대마도에서 만났다. 다카키는 그때 벌써 삼년 동안 대마도에서 살고 있었다. 대마도에서 결혼하여 자식 이 둘이나 있었는데 당시에 그는 '나까야마'라는 이름을 썼다. 나까 야마는 조선 땅 어디 출신인지 심지어는 이름이 무엇인지도 말하지 않았다. 나까야마는 철저히 왜인으로 행세했다.

나까야마는 고니시를 주군으로 모시겠다고 간청했다. 고니시를 따라서 전쟁터를 누볐다. 나까야마는 표창을 잘 썼다. 큰 전투에서 여러 차례 승리했다. 고니시는 나까야마를 아꼈다. 나까야마에게 명 나라를 왕래하는 상단을 맡겼다. 말이 상단이지 사실은 해적에 가까 웠다. 나까야마는 셈이 빠르고 머리가 비상했다. 나까야마는 철저하 게 현실적이고 계산적인 인간이었다.

어느 날 갑자기 나까야마가 변하기 시작했다. 도요토미의 명에 따 라 규슈를 토벌하고 오사카에서 도요토미를 친견한 후였다. 나까야마는 그날 이후 멍하니 하늘을 쳐다보는 경우가 많아졌다. 나까야마는 도요토미 관백과 독대를 하고 싶다고 고니시에게 청을 넣었다. 고니시가 이유를 물었다. 그러나 나까야마는 이유를 묻지 마시라며 한사코 청을 넣었다. 유일한 소원이라고까지 말했다.

＊

나까야마는 원래 조선의 역관이었다. 나까야마의 애비 또한 홍 씨 성을 쓰는 역관이었다. 애비를 따라 명나라를 주로 왕래했다. 나까야마에게는 서얼이라는 신분상의 족쇄가 있었다. 아무리 발버둥을 쳐도 미관말직을 벗어나지 못했다. 그러던 차에 부친이 인삼 밀무역을 하다가 발각되어 삭탈관직 당하고 자신도 함경도 종성으로 귀양살이를 하게 되었다. 그때 종성에 귀양 온 허봉과 친분관계를 쌓게 되었고 허봉에게서 늦게 학문을 배웠다. 허봉의 친구들과도 귀양지에서 친분을 쌓았는데 그 중 수월이라는 중과 뜻이 맞아 불교도 기웃거려봤다. 그러나 금방 시들해질 즈음 수월이 은밀히 대방계 이야기를 꺼내자 나까야마도 비밀리에 대방계원으로 가입했다.

나까야마는 무엇보다도 서얼을 차별하지 않는 대방계의 강령이 좋았다. 나까야마는 대방계에서 새로운 세상에 대한 야망을 불태웠다. 나까야마는 마음이 급했다. 역관 생활을 하면서 명나라를 여러 번 다녀왔기 때문에 나까야마는 조선인 누구보다도 세상물정에 밝았다. 명나라의 문물에도 밝았고 멀리 천축이나 불랑기인들의 습성에도 밝았다. 세상 어느 나라도 조선만큼 서얼을 차별하는 나라는 없었다. 연경에서 기리스탄(천주교도) 신부와도 만나서 이야기 해보았다. 나까야마는 야소왕을 무조건 믿고 따르라는 천주실의의 내용이 싫었다.

나까야마는 자신이 왕이 되고 싶었다. 나까야마는 조선은 희망이 없으니 이씨왕조를 몰아내고 새로운 왕이 나와야 된다고 생각했다. 새로운 왕은 자신이 될 수도 있다는 꿈을 꾸기 시작했다. 나까야마는 대방계의 힘이 아직은 약하니 왜구의 힘을 빌려 한양을 치고 대방계 세상을 만들자고 수월에게 이야기했다가 크게 면박을 당했다. 대방계는 고조선 이래 한민족의 결사조직이라고 수월이 말했다. 왜놈들과는 섞일 수 없는 조직이라고도 했다. 그러나 나까야마는 세상을 바꾸는 데 조선족이면 어떻고 왜놈이면 어떠냐고 말했다. 오히려 왜놈들이 조선보다 더 앞서가는 민족이라고도 말했다.

나까야마는 대방계에서 미친 놈 취급을 당하자 미련 없이 대방계를 탈퇴했다. 마침 애비가 귀양지에서 병으로 죽자 덩달아 귀양이 풀린 나까야마는 처자식을 버리고 홀연히 대마도로 도망갔다. 그때부터 나까야마는 조선인을 버리고 철저하게 왜인으로 살았다.

＊

나까야마는 그 동안 세운 공을 봐서 도요토미를 한번만 직접 볼 수 있는 기회를 주십사고 했다. 고니시가 허락하자 나까야마는 오사카에 다녀왔다. 도요토미가 나까야마를 만나고 나서 나까야마를 크게 칭찬하더니 '다카키'라는 이름을 내렸다. 그때부터 나까야마는 다카키가 되었다. 도요토미는 다카키의 말을 듣고 크게 기뻐하며 무릎을 쳤다고 했다. 도요토미가 나고야에 명나라 정벌을 위한 성을 쌓고 방파제를 쌓으라고 지시한 때가 그때였다. 도요토미는 고니시에게 다카키를 조선으로 돌려보내라고 지시했다. 그렇게 해서 다카키는 조선으로 돌아가 다시 홍사일이 되었다. 그때 도요토미가 아주 흡족한 표정으로 다카키가 한 말을 고니시에게 전했다.

"조선을 정벌하고 명나라를 쳐서 천하의 제왕이 되소서. 신은 조선에 나가 미리 조선과 명을 정벌할 준비를 하겠나이다."

"너는 무얼 원하느냐?"

"명나라까지 정벌하시고 천하의 주인이 되시면 저에게 조선 땅 하삼국의 제후로 삼아주소서."

고니시는 그 말을 듣고 다카키를 다시 보게 되었다. 무서운 야망이었다. 조선 땅 하삼국의 왕이라.

"주군"

다카키가 군막으로 들어섰다. 조선인의 바지저고리 차림이었다. 고니시의 신물을 보이고 경계를 서던 초병을 따라 왔다. 다카키가 정중하게 절했다.

"주군 칠년 만입니다."

다카키가 웃었다. 고니시가 따라 웃다가 물었다.

"한물은?"

다카키가 또 말없이 웃었다.

"오늘은 끌고 오지 못했습니다."

고니시가 뚱하게 물었다.

"오늘은 이라고?"

다카키가 공손히 대답했다.

"주군 내일은 한물 놈의 목을 직접 따실 것입니다."

고니시가 웃으며 말했다.

"한 치의 어긋남도 없어야 할 것이야."

다카키가 자신 있게 말했다.

"일이 어그러지면 제가 할복하겠나이다."

고니시가 만면에 미소를 띠었다. 내일이면 남원성은 끝이다. 내일이면 한물의 목을 쳐서 '야차'의 넋을 달래고 치욕을 안겨준 처영의 목도 성하지 못할 것이다.

"양원은?"

고니시가 고개를 까딱하며 물었다.

"주군의 뜻대로 되었습니다."

고니시가 흡족한 표정으로 바뀌었다.

"처영이 만만치 않아. 한물도 그렇고. 성안의 상황은 어떻지?"

고니시가 노파심에 물었다. 다카키가 대답했다.

"첩지에 보내드린 대로입니다. 그러나 걱정 마십시오. 성내에 제가 심어놓은 종복들이 있으니 내일은 무혈입성 하실 것입니다. 제가 신호를 보내드리면 잽싸게 서문으로 입성하시면 됩니다."

고니시가 지나가는 말로 물었다.

"다카키, 너는 남원성을 부수고 나면 무얼 상으로 받고 싶은가?"

다카키가 말했다.

"상이라니요. 당치 않습니다. 태합께서 명을 치고 천하의 주인이 되시면 저는 남원부 수령이나 할까 합니다. 하 하 하!"

다카키가 가볍게 웃었다. '하삼도의 왕이 아니고?' 라는 말이 목구멍까지 나왔지만 고니시는 말을 아꼈다. 고니시는 다카키의 야망이 이루어지지 못할 것을 알고 있다. 도요토미는 몇 년을 못 버틸 것이다. 설사 내일 남원성을 깨트린다 하더라도 결코 조선을 점령하기는 쉽지 않다. 고니시는 한시라도 조선을 뜨고 싶을 뿐이다.

한 식경 후 다카키가 서둘러 군막을 나와 남원성의 어둠속으로 사라졌다.

*

삼경이 훨씬 지났다. 비가 내려서인지 별빛 한 점 달빛 하나 보이지 않고 온통 칠흑 같은 어둠이 성을 내리눌렀다. 객관 쪽에만 횃불이 훤히 밝혀져 있고 성벽에는 성가퀴를 따라 밝혀놓은 횃불이 깜박이고 있다. 성벽에도 병사들이 잠을 자는지 움직임이 없다. 이때 칠장이 최 씨가 가족들을 이끌고 남문으로 나타났다. 성벽 어둠을 따라 조심스럽게 남문으로 왔다. 어떻게 알았는지 몇 명이 최 씨네의 뒤를 따라왔다. 그러나 어둠 속에서 최 씨네를 노려보는 눈은 많았다.

약속대로 서당 훈장 고 진사가 남문에 지팡이를 짚고 기다리고 있었다. 불어난 물 때문에 남문 쪽의 왜군 포위가 풀어졌다. 이제 물은 빠졌지만 왜군들은 전부 산으로 올라가서 전열을 정비하고 있었다. 남문에서 보니 광한루 주변에는 왜군이 전혀 보이지 않았다. 최 씨가 생각할 때 지금이 아니면 살아날 가망이 전혀 없어보였다. 애당초 지리산으로 갔어야 했다. 이건 하늘이 준 절호의 기회인 것 같았다. 일단은 살고 볼일이다. 한 시진 전에 고 진사가 최 씨를 불러 자기를 업고 가주면 살길을 보장하겠다고 할 때는 긴가민가했다. 고 진사는 이미 양원 총병과 이야기가 되었으며 왜군 대장도 도망가는 양민은 죽이지 않겠노라고 약속을 했다고 했다. 믿을 수 없는 이야기였다. 그러나 밑져야 본전 아닌가?

고 진사는 명군이 내일이면 남원성을 버리고 퇴각한다는 소리를 했다. 사당패 놈들은 우리 편이 왜군을 물리치고 남원성을 사수한다며 설레발을 쳤다. 하지만 오늘 한물이 옥에 갇히는 것을 보고 명군과 조선군이 서로 싸우는 것을 보니 더 이상 희망이 없어보였다. 상 것들이라고 보는 눈이 없을까? 성안에 갇혀있다가는 결국 죽은 목숨이다. 어차피 내친걸음이고 앉아서 개죽음을 당할 수는 없는 노릇이다.

과연 남문은 열려있었고 어쩐 일인지 남문을 지키는 명군 위병은 한 명도 보이지 않았다. 최 씨는 생각했다. 더 이상 성을 지키고 있을 이유가 없다. 우선은 살고 봐야 된다. 목숨보다 중한 것은 없다. 도망갈 마지막 기회다. 성을 지키고 있는 병사들에게 미안한 마음이 전혀 없지는 않았지만 선택의 여지가 없었다. 고 진사가 빨리 오라고 손을 흔들었다. 고 진사를 지게에 업고 최 씨네가 남문을 조용히 빠져 나갔다. 이어서 옹기장이네가 두리번거리면서 빠져나가자 이 광경을 어둠속에서 지켜만 보고 있던 이들이 하나둘씩 남문을 빠져나갔다. 족히 백 명은 넘어보였다. 남문 위 성루에서는 홍사일과 양원이 떨떠름한 표정의 명군 장수들을 제압하고 서서 남문을 빠져나가는 사람들의 그림자를 지켜보고 있었다.

*

"성님, 옥을 때려 부수고 성을 나갑시다."

백이가 한물을 다시 성님이라고 불렀다. 코를 씩씩거리면서 옥사 앞에 퍼질러 앉아 있고 그 옆에 금아도 앉아있다. 이복남이 무장을 하지 않는 조건으로 금아와 백이를 옥사에 들여보내 주었고 몸을 가누기도 힘겨운 늙은 포졸이 겨우 한 명 옥사를 지키고 있고 포졸도 저간의 사정을 아는 만큼 한물 쪽은 신경 쓰지 않는 눈치였다. 한물도 입을 다물고는 있었으나 가슴속에 불덩이가 일렁거렸다.

"아버님은 어찌되었나?"

한물이 백이의 말에는 대꾸를 않고 마음을 애써 진정하며 양부의 안부를 물었고 금아가 대답했다.

"최 의원이 급히 치료를 하여 정신은 차렸수다. 다리가 부러지셔서 걷지는 못 하요."

좀처럼 내색을 하지 않는 금아가 쇠 긁는 소리로 대답했다.

"성님, 성을 나갑시다. 통제사한테 가잔 말이요. 여기 있다가는 왜놈이 아니라 저 홍사일 같은 간신 놈들한테 먼저 죽게 생겼소. 안 그러요, 성님?"

백이가 금아를 돌아보며 동의를 구했다. 금아의 깊고 푸른 눈동자가 번뜩거렸다.

"사형, 이러다 김덕령장군 꼴 나는 거 아닌가 싶소."

한물의 입에서 절로 신음이 새어나왔다. 교룡산성에서 남원성으로 입성할 때 만일 남원성을 더 이상 지키기 어려워지면 적진을 뚫고 교룡산성으로 퇴각하라는 처영 스님의 지시에 누구보다 나서서 강하게 반발한 놈이 금아와 백이였다. 나는 비겁하게 그런 짓은 못하요. 왜군 한 놈이라도 더 죽이고 남원성에 **뼈**를 묻겠다며 금아가 흥분하자 통제사도 죽자고 하면 살고 살자고 하면 죽는다고 했다며 백이가 맞장구를 쳤다.

그러나 지금은 상황이 바뀐 것이다. 앉아서 왜군의 총을 맞게 생겼다. 무엇보다도 양원이 홍사일하고 뭔가 꾸미고 있는 것 같은데 불안하기 그지없다.

한물은 하필 이때 수련이 떠올랐다. 수련은 지금쯤 지리산 어느 골에서 몸을 풀고 있을까? 왜군 수색대가 지리산을 골골 누비고 있다는데 혹시나 발각되지는 않았을까? 마침 왜군의 포위망이 느슨해졌는데 이때 탈출해서 교룡산성에서 왜군을 맞이할까? 온갖 생각이 흘러갔다. 그러나 이내 고개를 저었다. 아버지와 남원의 대방계원들 그리고 처영과 한물만이 살 길이라 믿고 성에 남은 백성들을 어쩐단 말인가.

"객관에 가서 상황을 좀 보고 오소."

한물이 백이에게 말했다. 백이가 여전히 불만인 듯 미적거리며 일어났다.

17장. 함락

정유년 팔월 열엿새 오시, 남원성

남원성의 분위기가 푹 가라앉았다. 초희와 소석은 객관에서 윤 객
주를 치료했다. 한물은 옥사에 갇혔다. 금아와 백이는 옥사 앞에 주
저앉아 있었다. 사당패들은 전부 객관에 모여 쭈그리고 있었고 사
람들도 객관 앞에 모여 수군거렸다. 의병들은 김경호 조방장의 명에
따라 성벽에 나가 있었지만 잔뜩 부은 얼굴들이었다. 이때 바우가
헐레벌떡 뛰어 들어왔다.

"객주어른!"

윤 객주가 겨우 몸을 일으켜 벽에 기대고 있었다.

"뭔 일인가?"

"지가 서문에 갔다 왔는데요."

바우는 손짓 발짓을 섞어가며 전했다.

"서문 초병이 이야기하기를 어젯밤 늦게 양원의 명에 의해 몰래 명군들이 서문을 열어 주었고 전령 한 명이 고니시 진영으로 나갔다가 들어왔는데 한참 만에 돌아와서 명군이 서문을 다시 몰래 열어주었답니다. 이상하게 여긴 초병이 뒤를 밟아보니 용성관으로 들어가더래요. 그런데 그 사람이 접반종사 홍사일이라서 이복남 장군에게 보고했답니다."

이야기를 들은 윤 객주가 황급히 초희와 소식을 가까이 불렀다. 바우도 끼어들었다.

"홍사일이 남원성에 있는 승자총통 천대를 권율장군에게 보낼 때부터 나는 의심을 했다."

홍사일이 도원수 권율의 명이라면서 남원성 무기고에 있던 승자총통 천 자루를 경상도에 진을 친 권율장군에게 보냈다. 승자총통은 남원성에 더 필요한 무기였다. 윤 객주가 바우에게 말했다.

"자네는 용성관을 감시해야 쓰것네. 특히 홍사일을 잘 감시하게. 알것는가?"

바우의 입 꼬리가 올라갔다.

"걱정마쇼."

바우가 횡 하고 나갔다. 바우가 나가자 윤 객주가 초희에게 작은 소리로 말했다.

"왜군들 동태는 어떠하냐?"

초희가 대답했다.

"왜군들이 남문 쪽에 병력을 집결하고 있습니다. 운제도 삼십여

대가 남문 쪽에 모여 있습니다."

윤 객주의 표정이 굳어졌다.

"왜군이 남문과 동문 사이의 해자를 메우고 토산을 쌓고 있습니다."

윤 객주가 깜짝 놀랐다.

"뭐라고 토산? 얼마나 올라왔느냐?"

소석이 받았다.

"벌써 이장 쯤 올라왔습니다."

윤 객주가 한사코 일어났다. 그러더니 사당패 모갑이를 불렀다. 춘식이가 달려왔다.

"성 안에 있는 남자란 남자는 다 연통하여 객관으로 불러오게."

춘식이가 대답했다.

"다요? 노인네고 애덜이고 상관없어요?"

윤 객주가 황급히 지시했다.

"그려, 성벽에 올라가 있는 관병하고 의병을 제외하고 성내의 남자들은 전부 객관으로 불러오게."

윤 객주가 초희와 소석을 성벽으로 내보내고 마야 부인의 도움을 받아 부러진 다리에 목발을 집고 객관 안쪽 창고로 들어갔다. 춘식이 사람들을 모아오자. 객관 바닥 판자를 뜯게 했다. 이때 남문 쪽에서 함성이 터지고 북소리가 요란하게 울렸다. 조총소리가 요란했다. 남원성에 왜군이 쳐들어 온 지 나흘째였다.

*

남문에는 우키타가 직접 나섰다. 이미 토성이 삼장 높이로 쌓였다. 언제 준비했는지 삽과 괭이를 든 병사들이 남문 쪽에 모이더니 토성을 쌓기 시작했다. 이만 명의 병사가 연신 흙 포대를 실어 나르니 토성의 높이가 금방금방 올라갔다. 서문과 동문 북문에는 병력을 반만 남기고 남문에 모든 병력을 불러 모았다. 병력이 요천 가에까지 가득 들어찼다. 운제가 두 줄로 줄을 서서 늘어서 있었다. 토성은 자꾸만 올라가더니 점점 성벽에 가까워졌다.

남문과 동문의 포루에서 일제히 불랑기포와 현자총통을 쏘아 봤지만 소용이 없었다. 현자총통에서 발사된 차대전이 토성을 공격했지만 토성의 진흙에 박힐 뿐 토성을 무너뜨리지는 못했다. 대완구에서 발사된 돌덩이도 토성에는 흠집을 내지 못했다. 화살과 총통의 사거리에는 닿지 못했다. 토성이 삼장 높이로 올라가더니 왜군의 대조총이 남문에 집중적으로 발사되었다. 남문 위에 있던 명군들이 조총에 맞아 성 밖으로 떨어졌다. 왜군이 함성을 올렸다.

"욧시!"

왜군도 더 이상 퇴로가 없는 모양인지 어제와는 다르게 비장한 표정으로 달려들었다.

"와!"

함성과 함께 일제히 삼십 여대의 운제가 움직였다. 운제 위에서도 연신 조총과 대조총이 발사되었다. 왜군이 화전을 쏘고 발화통을 성 안에 던져 넣었다. 남문이 불에 휩싸였다. 남문 위의 명군은 성가퀴 밖으로 얼굴도 못 내밀고 잔뜩 웅크리고 있었다. 이신방은 크게 당황했다. 양원은 아직도 용성관에 틀어 박혀 술만 푸고 있었다. 이신방도 북을 울리고 초요기를 올려 남문에 병력을 집중했다. 서문과 동문 쪽에서 명군이 남문으로 지원을 나갔다.

"발사하라!"

명군이 일제히 철전을 발사했다. 화거에서도 일제히 세전을 발사했다. 그러나 중과부적이었다. 쓰러지는 명군이 늘어났다. 왜군의 운제가 벌써 성벽에 붙었다. 운제에서 성벽으로 척척 사다리가 놓아졌다. 왜군이 성벽을 넘어 들어왔다. 명군 장수 주륜이 성벽을 넘어온 왜군을 향해 총통을 쏘다가 칼을 뽑아들었다. 왜군 셋이 일제히 달려들고 뒤 이어 세 명이 조총을 쏘았다. 주륜이 조총에 맞아 쓰러졌다. 이것을 본 장표가 성루를 포기하고 황급히 도망쳤다. 주륜의 목이 달아났다.

왜군이 주륜의 머리를 성루에 매달았다. 남문 성루에 불을 붙였다. 성벽을 넘어온 왜군과 명군이 뒤엉켜서 백병전을 하고 있었고 남문에 도달한 왜군이 혁거에 몸을 숨기고 성문에 화약을 심고 터트렸다. 남문이 터질듯이 흔들렸다. 명군이 남문을 몸으로 밀고 있었다. 남문이 깨졌다. 왜군이 우르르 남문으로 밀고 들어왔다. 이때 일제히 서문과 북문, 동문에서도 왜군의 공격이 시작되었다.

＊

"웬 놈들이냐?"

금아가 한물을 막아섰다. 갑자기 명군 이십 명이 옥사에 몰려왔다. 다짜고짜 한물을 옥에서 꺼내더니 데려가려했다. 늙은 포졸이 당황하는 표정으로 제지를 하자 명군 부장이 칼을 들어 포졸의 목

을 쳤다. 비로소 금아가 사태를 파악하고 한물을 막아선 것이다. 헌
데 칼이 없다. 마침 백이도 역관에 나가 있어 혼자다. 한물은 묶인
몸이다. 명군이 금아를 창으로 찔렀다. 금아가 명군의 창을 피해 몸
을 날려서 명군의 목을 뒤로 감았다. 명군 하나를 인질삼아 한물을
등졌다. 한물이 포승을 풀고 있다. 사태가 여의치 않게 돌아가자 명
군 부장이 명령을 내렸다.

"쳐라!"

명군이 일제히 장창을 찔러왔다. 금아가 명군 한 명의 몸으로 한
물을 찔러오는 창을 막았다. 다른 창 하나가 금아의 옆구리에 박혔
다.

"욱"

신음과 함께 금아의 옆구리에서 피가 솟았다. 한물의 눈에 불똥이
튀었고 포승줄을 풀었다. 금아를 찌른 창을 뽑아 명군 한 명의 목을
날렸다. 그때 밖에서 초희와 백이, 소석이 황급히 달려왔다. 상황이
다급해지자 이복남이 한물을 풀어주라고 지시한 것이었다. 금아가
칼 맞은 것을 발견한 초희가 갑자기 울부짖으며 명군의 몸을 베어갔
다. 백이가 명군 부장의 목을 날렸다. 초희가 금아를 안았고 백이가
밖의 급한 사정을 알렸다. 소석과 초희가 금아를 업고 객관으로 달
렸다. 한물과 백이는 서둘러 옥사를 나왔다.

한물은 급히 북문으로 달려갔다. 남문을 타고 넘어오는 왜군의
수가 그득했다. 이때 한물을 발견하고 바우가 급히 달려왔다.

"성님!"

바우도 한물을 성님이라고 불렀다. 숨을 헐떡거리면서

"그놈, 그놈!"

"그놈 말이요. 홍사일, 그놈이 우물마다 독을 풀고 다닌당께라."

한물이 급히 물었다. 유엽전을 벌써 한대 뽑아 들었다.

"어디냐. 그놈이 어디 있냐?"

바우가 서문 쪽을 가리키며

"그놈이 무기창 쪽으로 갔소."

한물과 바우가 급히 무기창으로 달려갔다. 그때 홍사일이 무기창에서 황급히 나오는 것이 보였다. 무기창에서 나오더니 개구리 마냥 바닥에 바짝 엎드렸다.

"쾅 콰광"

화염이 열장 높이로 솟았다. 무기창에 쌓아둔 화약과 철환이 일제히 폭발했다. 무기창이 터지면서 흙먼지가 서문에 가득했다. 폭발을 신호라도 하듯이 양원이 기병 백을 이끌고 서문에 나왔다.

"문을 열어라! 공격이다."

양원이 서문 위병에게 소리쳤다. 서문을 지키던 모승선이 황급히 성루에서 내려와 양원을 제지했다. 양원이 모승선을 설득하는 모습이 보였다. 모승선이 말을 듣지 않고 성루로 올라갔다. 양원이 문을 열지 못하고 주저주저하는 위병의 목을 쳤다. 명군이 다가가서 서문을 열었다. 서문 밖에는 고니시의 부대가 가득했다. 일제히 조총이 서문으로 쏟아졌다. 명군이 몇 명 쓰러졌다. 그때 고니시의 군막에서 신호가 올랐다. 파란색기가 연신 펄럭거렸다. 고니시부대가 공격을 중단하고 서문에서 물러났다. 만복사로 가는 길을 열어주었다. 이것을 본 양원이 일제히 말을 박차고 서문을 빠져나갔다. 기병 일백이 뒤를 따랐다. 접반사 정희수도 말을 타고 뒤를 따랐고 어느새 나타난 홍사일도 말을 하나 잡아타고 서문을 빠져 나갔다.

폭발에 잠시 정신이 혼미했던 한물이 말을 잡아타고 서문으로 나가는 홍사일을 보았다. 한물이 잽싸게 유엽전을 날렸다. 화살이 홍사일의 등에 꽂혔다. 홍사일이 말에서 굴러 떨어졌다. 양원의 말이 고니시 부대를 가로질러 해자를 넘어섰다. 뒤따르던 정희수의 말이 해자에서 발이 걸려 넘어졌다. 정희수가 말에서 굴러 떨어졌다. 다시 말에 타려고 하자 왜군이 달려와서 칼을 휘둘렀다. 정희수의 목이 날아갔다.

고니시가 곧장 영기를 휘둘렀다. 붉은 색 영기였다. 진군나팔이 울렸다. 길을 열었던 고니시군이 일제히 조총을 발사하고 화살을 날렸다. 양원을 따라 나왔던 명군 기병이 몰살했다. 겨우 양원과 기병 두 명만이 고니시의 포위망을 뚫고 만복사를 지나 말을 달렸다. 서문도 고니시군에 의해 돌파되었다.

이신방이 지키는 동문과 이복남이 지키는 북문도 상황은 다르지 않았다. 서문 성안으로 고니시 군이 몰려들어왔다. 장표와 모승선이 성루를 포기하고 성안에서 왜군을 맞았다. 성벽에는 명군이 아직도 성벽을 타고 넘어오는 왜군과 뒤엉켜있었다. 모승선이 기병 오십을 모아 서문으로 탈출을 시도했다. 장표가 뒤를 따랐다. 서문을 겨우 돌파 했는데 왜군 조총대의 일제 사격을 받고 모승선이 말에서 떨어졌다. 왜군이 모승선의 목을 베었다. 장표는 탈출을 포기하고 동헌으로 도망갔다. 이제 겨우 이십의 명군만이 장표의 뒤를 따랐다.

북문을 지키던 구례현감 이원춘이 흑각별궁에 연신 유엽전을 왜군에게 날리면서 장표부대를 구원하러 동헌으로 달려왔다. 고니시 군이 동헌으로 달려 들어왔다. 이원춘이 화살을 쏘고 명군이 총통을 발사했다. 동헌 안에 몸을 들여놓은 왜군 다섯이 쓰러졌다. 순천부사 오응정도 아들과 같이 동헌으로 달려왔다. 왜군들이 일제히 동헌을 향해 조총을 쏘고 쌍칼을 휘두르며 달려들었다. 왜군 한 명이 이원춘 앞까지 달려들어 칼로 찔렀다. 오응정의 아들이 창을 던져 이원춘을 구했다. 왜군이 창에 몸이 뚫려 쓰러졌다. 이제 겨우 십오 세 정도로 보이는 어린 병사였다. 왜군 병사가 피를 토하면서 이원춘을 빤히 쳐다보았다. 그 순간 이원춘은 집에 두고 온 어린 아들의 얼굴이 떠올랐다. 이원춘이 방패로 덮어주었다.

다시 왜군이 동헌으로 쏟아져 들어왔다. 조총이 먼저 발사되고 칼바람이 불었다. 장표가 쓰러지고 이원춘이 왜군의 칼을 받았다. 오응정의 아들이 아버지를 막아서며 왜군의 칼을 먼저 받았고 뒤를 따라 오응정이 차례로 무너졌다. 동문도 돌파되었다. 이신방은 끝까지 동문 성루에서 대장기를 지켰다. 왜군들이 성루로 올라갔다. 대장기를 뺏기 위해 서로 달려갔다. 장창을 휘두르던 이신방이 쓰러졌다. 왜군이 서로 달려들어 이신방의 목을 치고 사지를 잘랐다. 한 놈은 이신방의 투구를 챙기고 두 놈은 이신방의 목을 놓고 서로 드잡이를 했다.

이제 남원성은 북문을 제외하고는 전부 왜군에 의해 돌파되었다. 왜군들이 북문으로 좁혀왔다. 성안 사람들은 전부 북문 쪽으로 달아났다. 용성관과 용성관 뒤에 있던 남원 객관 쪽에 사람들이 버글거렸다. 비명소리가 터져 나오고 어린애의 울음소리가 하늘을 찔렀다. 북문도 시마즈 부대의 공격에 힘겹게 버티고 있었다. 왜군들이 북문으로 몰려왔다. 성벽은 관병이 맡고 의병과 결사대는 남원객관으로 집결했다.

왜군들이 성내의 건물에 일제히 불을 놓기 시작했다. 남문과 서문쪽에 있는 관아와 민가들이 불에 타기 시작했다. 성안이 검은 연기로 뒤덮였다. 왜군은 이제 승리를 확신한 듯 느긋하게 명군의 코를 자르기 시작했다. 왜군이 돌파된 성문으로 여유 있게 몰려들어왔다. 왜군이 성안에 들어와서 어슬렁거리기 시작했다. 꾸역꾸역 왜군이 성을 채우기 시작했다. 북문과 성벽일부에서만 관군과 의병이 왜군에 대항하고 있었다. 그도 더 이상 버티기 어려웠다. 그 틈바구니 속에 한물을 찾는 강대길의 코 없는 얼굴도 끼어있었다. 남원성이 왜군에 함락된 것이다.

이때 향교산에서 포성이 올랐다. 향교산에 설치된 시마즈 지휘부를 처영 스님과의승군이 급습하여 차지했다. 지휘부는 비어있었다. 이미 시마즈와 와키자카는 북문에 내려와 왜군을 몰아붙이고 있었다. 일제히 나발이 울리고 법고가 힘차게 울렸다. 교룡산성에서 의승군의 기병이 시마즈 부대의 배후를 쳤다. 가관이 앞장섰다. 기병백이 일제히 시마즈 부대를 짓치고 북문 쪽으로 달려왔다. 배후를 찔린 시마즈 부대가 무너졌다.

기마대 뒤로는 처영 의승군 이백이 일제히 화전을 날리면서 북문으로 달려왔다. 처영 스님은 기마대를 몰고 시마즈 부대를 북문까지 몰아붙이고 나서 방향을 틀어 다시 의승군 쪽으로 돌아갔다. 의승군은 다리를 건너 시마즈 부대의 중앙으로 깊숙이 들어왔다. 이때 나팔 소리가 울리면서 북문이 열렸다. 북문에서도 이복남 장군이 지휘하는 기병이 시마즈 군에게 들이쳤다. 시마즈 부대는 성안과 밖에서 동시에 병력이 들이치자 대열이 무너져서 서문과 동문 쪽으로 흩어졌다. 의승군이 북문으로 한 둘씩 들어왔다. 처영의 기병은 한 번 더 시마즈 부대를 동문 쪽으로 밀어붙였다. 이때 와키자카가 처영을 발견하고 외쳤다.

"저놈이다. 저놈이 처영이다. 처영을 집중 사격하라!"

처영의 목에는 은량 백 근이 걸려있었다. 왜군들이 다시 대열을 정비하더니 처영에게로 몰려갔다. 북문으로 돌아오는 처영의 기병에게 일제히 조총이 발사되고 처영이 말에서 떨어졌다. 이것을 본 가관이 급히 처영에게 말을 몰았다. 이미 북문은 왜군에게 퇴로가 막혔다. 가관이 몰려오는 왜군을 쇠도리깨를 휘둘러 퇴로를 뚫었다. 처영의 부관 보현이 급히 처영을 말에 태우고 교룡산성 쪽으로 말을 몰았다. 승군 기병 오십이 뒤를 따랐다. 남은 오십의 기병은 가관이 활로를 뚫고 말머리를 돌려 북문으로 들어갔다. 북문에서 일제히 시마즈 부대에게 화살을 날렸다. 북문이 다시 닫혔다. 북문으로 들어온 의승군 기마병과 이복남의 기마병은 성안에 가득 찬 왜군을 향해 마지막 돌진을 시작했다.

왜군의 조총이 처영을 향해 불을 뿜었다. 승군 기병의 꼬리가 총에 맞았다. 와키자카가 말을 몰아 처영을 쫓았다. 왜군 기병 오백이 와키자카를 따라갔다. 향교산에서 쫓아오는 왜군을 향해 신기전이 일제히 발사되었다. 신기전이 다리 앞에 떨어져 불을 뿜으며 터졌다. 왜군의 말이 신기전에 놀라 주춤거리고 넘어졌다. 그 사이에 처영의 기병이 교룡산성 쪽으로 달아났다.

＊

"가라. 아버님은 내가 지킨다."

겨우 허리에서 피가 멈춘 금아가 철퇴를 짚고 일어나며 초희에게
말했다. 금아가 객관 벽에 몸을 기대고 있는 윤 객주 앞으로 걸어갔
다. 금아를 보살피던 소석이 아비 최 의원에게 하직 인사를 하고 춘
식이랑 모인 남징네들과 같이 한물에게 달려갔다. 초희가 머뭇거리
자.

"언능 가라. 한물 성님을 구해라. 여기는 내게 맡겨라."

금아가 웃어보였다. 어느 틈에 자라버린 노란 머리가 금아의 웃
음을 가렸다. 초희가 입을 앙다물었다. 초희가 금아의 허리를 뒤에
서 감싸 안았다. 꽉 힘을 준 초희의 팔이 힘겹게 바들거렸다. 금아에
게 뭐라고 한마디 하려고 '오라비- 오라비!' 울음 섞인 소리를 하더
니 팔을 풀고 돌아서 쌍칼을 빼들고 성벽으로 달려 나갔다.

바우가 객관에 모인 남정네들을 마저 몰고 와 함성을 지르며 달
려 나갔다. 비연이 수노궁을 하나 들고 바우를 바싹 쫓아갔다. 마야
부인이 남은 아낙네들을 불렀다. 한물과 의병 결사대는 동문과 서문
쪽 성벽을 따라 성루로 쳐들어갔다. 왜군은 대부분 성내로 들어 온
상태여서 성루는 비어있었다. 결사대가 북문을 공략하던 왜군을 쳐
내고 다시 서문과 동문의 성루를 점령했다.

"와!"

바우가 함성을 지르면서 결사대의 뒤를 따라 객관에 모여 있던 사

람들을 이끌고 동문 쪽으로 달려갔다. 양 손에 질려통을 한 개씩 들고 있었다. 춘식이 함성을 지르며 결사대의 뒤를 따라 서문 성루로 달려갔다. 춘식의 뒤를 노인들이 질려통을 두 개씩 들고 달려갔다. 성벽에서 성안의 왜군들을 향해 질려통에 불을 붙여 던졌다.

질려통이 터졌다. 철편이 터지고 불이 붙었다. 왜군들이 성벽에서 던지는 질려통에 밀려 성 안쪽으로 들어갔다. 성안은 왜군이 불을 놓아서인지 시야가 가려졌다. 이복남 기병과 승군 기병이 북문으로 들어와서 그대로 성내의 왜군을 향해 돌진했다. 질려통에 놀라고 쫓긴 왜군이 우왕좌왕하는 틈에 기병이 왜군을 들이쳤다.

조총을 조준하고 쏠 틈이 없었다. 기병들이 창으로 왜군을 찔러대면서 남문으로 밀어붙였다. 눈을 가린 말들이 무자비하게 넘어진 왜군을 밟아갔다. 기병들의 뒤를 따라 의승군 이백이 일제히 수노궁에서 수노전을 연사하기 시작했다. 수노전이 미처 방비를 하지 못한 왜군의 눈앞에서 발사되었다. 윤 객주가 대방 객관 바닥을 뜯어 감춰두었던 수노궁과 세총통을 일제히 의승군과 의병들에게 나누어 주었다. 관병들도 수노궁으로 무장하고 성안으로 내려왔다. 성안은 연기가 가득했다. 조총을 쏘기에는 너무나 가시거리가 짧아졌다.

왜군은 이미 성을 점령했다고 안심하고 있다가 성내에서 많은 병사가 쏟아져 나와 사격을 하자 일제히 성문 쪽으로 도망갔다. 서문과 동문은 성루를 장악한 조선군이 질려통을 던지고 불길에 휩싸여 있어서 우르르 남문으로 도망가기 시작했다. 사거리가 짧지만 삼십 발까지 연사가 가능한 수노궁이 연신 왜군을 향해 지향 사격되었다. 성벽에 올라간 노인들에게도 수노궁이 쥐어졌다. 노인들은 성가퀴에 몸을 숨기고 성문으로 도망가는 왜군을 향해 수노궁을 당겼다.

한물은 결사대와 같이 다시 남문으로 달렸다. 결사대의 사방진에 왜군은 상대가 되지 않았다. 성벽에 올라와 있던 왜군들이 결사대의 기세에 눌려 성 밖으로 뛰어내렸다. 한물이 남문 성루를 다시 빼앗았다. 남문 앞에서는 우키타가 성안에 들어왔다가 남문으로 도망 오는 병력을 제지하려고 칼을 빼어들고 도망쳐 오는 왜군의 목을 치고 있었다. 그러나 한번 놀란 왜군이 걷잡을 수 없게 무너졌다. 좁은 성안에 몰려들어왔던 왜군이 제대로 운신을 하지 못했다. 왜군 장수의 명령이 귀에 들어오지 않았다. 꾸역꾸역 남문으로 밀려 나왔다.

한물이 통아에 편전을 재서 잽싸게 우키타에게 화살을 날렸다. 우키타가 한물의 화살을 가슴에 맞고 쓰러졌다. 우키타의 부관들이 우키타를 부축하고 일제히 후퇴했다. 한물의 화살이 투구가 번쩍이는 왜군의 장수를 찾아 연신 발사되었다. 고니시의 부대도 서문 성루에 일제히 사격을 하면서 서문으로 후퇴하기 시작했다.

이복남이 고니시를 발견하고 서문 쪽으로 말을 달렸다. 고니시가 이복남을 가리키자 왜군이 고니시를 몸으로 막았고 고니시의 부하들이 이복남에게 일제히 조총을 발사했다. 이복남이 조총에 맞아 말에서 떨어졌다. 성벽에서 이복남을 구하기 위해 일제히 수노궁이 발사되고 고니시를 향하여 질려통을 던졌다. 고니시가 서문을 나와 말을 달렸다. 성안에 갇힌 왜군들이 왜군 장수가 후퇴하자 허둥지둥 남문을 빠져나와 도망쳤다. 왜군 본진에서 퇴각나팔을 불었다. 왜군들이 서둘러 해자 너머로 후퇴했다. 후퇴하는 대열에는 조선옷을 입은 강대길도 있었다. 강대길은 후퇴하는 중에도 계속 성안을 두리번거렸다. 왜군이 성안에서 밀려나가자 윤 객주의 지시를 받은 남정네들과 아낙네들이 나서서 서둘러 부서진 서문과 남문을 막기 시작했다. 집에서 가재도구를 들어내기 시작했다. 병사들은 성벽을 전부 탈환하고 경계를 섰다.

마야 부인이 치마를 벗어버리고 속바지 차림으로 동헌 내당에 있던 가재를 들어내서 성문을 막기 시작하자 객관에 웅크리고 있던 아녀자들이 모두 일어나 나섰다. 치마를 벗어버리고 속바지 차림으로 나서기도 하고 치마를 말아 올려 허리춤에 묶고서 일을 거들었다.

금세 서문과 남문이 막혔다. 조총에 맞은 이복남이 전사했다. 이복남이 죽자 신호와 임현이 상의하여 조방장 김경호를 대장으로 추대했다. 김경호가 북문 성루로 초요기를 올려 장수들을 급히 불러 모았다. 남원성에 저녁노을이 찬연했다. 서문 성루가 붉게 물들기 시작했다. 기린봉에 붉은 노을이 걸렸다.

남문에 있던 한물이 백이에게 남문을 맡기고 북문으로 급히 움직였다. 대방 객관을 지나가는데 신장이 작은 의승군 한 명이 한물 앞을 막아섰다. 지나가지 못하게 팔을 벌리고 이리저리 막아섰다. 머리를 파르라니 깎은 의승군이 천천히 얼굴을 들어 한물을 올려다보았다. 순간 한물은 숨이 멎는 것처럼 깜짝 놀랐다. 수련이 해맑게 웃고 있었다. 수련의 손에는 수노궁이 들려있었다.

18장. 저승길

정유년 팔월 열엿새 유시, 남원성

꿈인지 생시인지 한물은 실감할 수 없어 망연히 수련을 쳐다만 볼
뿐 할 말을 잊었다.

"어떻게?"

한물이 정신을 차리고 수련의 손을 잡았다.

"연홍이라 이름 지었소."

수련이 딴청을 피웠다.

"나를 닮아가꼬 이쁘요. 성문 밖으로 나간 날 용천사에서 몸을 풀
었소."

한물이 수련을 보듬었다.

"애썼네."

한물은 말이 없고 수련이 한물의 품 안에서 종알거렸다.

"젖은 물려 보았으니 괜찮아요."

"만수 오라비가 잘 키울 것이요."

수련이 한물을 올려다보았다. 한물이 수련의 깎은 머리를 내려다보았다.

"처영이 산성을 빠져나가라고 했는디."

수련이 말끝을 흐렸다. 고개를 숙였다. 한물이 은근하게 물었다.

"내가 돌아간다고 했는디."

한물의 말끝도 흐려졌다. 수련이 눈가에 그렁그렁 물빛을 보이면서 입가에 미소를 지으며 말했다.

"서방님 생각이야 그랬겠지만 나는 아요."

"결사대 형제들 놔두고 지 혼자만 살자고 도망쳐 나올 양반이 아니요. 당신은."

수련이 결국 눈물을 떨구었다. 한물이 수련을 꼭 안았다. 수련이 솜털보다 가벼웠다. 수련이 말했다.

"당신 얼굴 봤으니 인자 죽어도 나는 여한이 없소."

수련의 미소가 커졌다.

"언능 가 보소. 장군들이 안 기다리요. 나는 객관에 갈랑께."

수련이 한물의 잡은 손을 놓고 객관으로 들어갔다. 한물이 수련을 한 두 걸음 따라가다가 급히 북문으로 올라갔다.

북문 성루에 지휘본부가 차려졌다. 회의에는 윤 객주도 참석했다. 한물이 도착하자. 김경호가 윤 객주에게 물었다.

"홍사일 놈이 고니시의 간자라는 게 사실인가?"

한물이 대답했다.

"홍사일이 우물에 독약을 풀고 무기창을 폭파시키는 것을 두 눈으로 똑똑히 보았습니다."

한물이 머리를 떨구었다.

"조금만 빨랐어도 무기창은 무사할 수 있었을 터인데."

김경호가 대답했다.

"그것은 네 잘못이 아니다. 자책하지 말라."

신호가 혀를 끌끌 차면서 말했다.

"어떻게 왜국의 간자가 접반종사라는 자리까지 올라갔는지. 쯧쯧."

김경호가 혀를 차며 말했다.

"그나저나 남은 수가 어찌되는가? 그리고 무기창이 불에 타는 통에 탄환이며 편전이며 화약이며 전부 날아가 버렸으니 어쩐단 말인가? 왜군이 쉴 틈 없이 몰아칠 것이 뻔한데."

모두의 표정이 어두워졌다. 임현이 말했다.

"포루에 있는 현자총통과 화거는 전부 소실되었소이다. 지금 남은 거라곤 병사들이 소지하고 있는 것이 전부요."

윤 객주가 조심스럽게 말을 꺼냈다.

"사명 스님이 이런 일을 예견하고 교룡산성에 보관하고 있던 무기가 있습니다. 산성을 파하고 내성으로 옮겨 올 때 무기창에 넣지 않고 따로 객관에 보관했습니다."

장수들의 얼굴이 밝아졌다.

"무기의 수가 얼마나 되는가?"

윤 객주가 말했다.

"수노궁이 천 자루에 수노전이 이만 대입니다. 세총통은 천 자루이고 차세전이 이만 대입니다. 따로 보관해둔 파진포도 열 대가 있습니다."

남원부사 임현이 물었다.

"수노궁이라면 부녀자나 어린애들도 쏠 수 있다고 하던데 사실인가?"

한물이 대신 대답했다.

"수노궁은 사거리가 불과 이십 보 안쪽이지만 가볍고 간단해서 아녀자도 능히 사용은 가능합니다. 세총통은 길이가 반자 밖에 되지 않고 철흠자로 집어서 차세전 한 발을 사용하는데 먼 거리라면 모르지만 이십 보 안쪽에서는 겁만 먹지 않으면 능히 어린애도 발사가 가능합니다."

교룡산성 별장 신호가 말했다.

"허나 어찌 부녀자가 사선을 넘나들 수 있을까?"

윤 객주가 대답했다.

"억지로야 되지 않을 일이지요. 마야 부인이 성안 아낙들의 신망을 받고 있습니다."

윤 객주가 임현을 바라보며 말했다. 임현이 알았다는 듯이 고개를 끄덕였다.

"왜군은 오늘 밤 반드시 끝장을 보려고 할 것이오. 좋은 계책이 있으면 말해보시오. 우리에게 준비할 시간이 별로 없소."

김경호가 말하자, 사람들의 얼굴이 전부 굳어졌다. 임현이 말했다.

"죽자하면 사는 길이 열릴 것이오."

명군 장수는 전부 전사하고 양원은 도망쳤다. 조선군도 대장 이복남이 전사했다. 판관 이덕회는 이복남을 따라 처영 승군을 지원하러 북문을 나갔다가 시마즈 부대의 총에 맞아 다시 북문으로 들어오지 못했다. 김경호가 살아남은 관병과 의병을 헤아려보니 이백이었다. 교룡산성에서 들어 온 의승군이 이백이었다. 살아남은 명군은 사백이었다. 성가퀴에 한 명씩 배치해도 부족했다.

윤 객주가 초희의 부축을 받고 급히 객관으로 갔다. 한물이 북문 대장이 되고 남문은 김경호가 서문은 신호가 동문은 임현이 맡기로 했다. 인원을 점검하고 세총통과 수노궁을 나누게 했다. 김경호가 지시하여 성문 앞에는 파진포를 두 발씩 묻게 했다. 다시 성문이 돌파된다면 파진포가 터져 왜군도 큰 타격을 입을 것이었다.

"아 아악"

아낙의 비명소리가 울렸다. 왜군이 남문 앞 토성에서 투석기를 쏘아서 성안으로 뭔가 날려 보냈다. 뭉텅한 것이 성내에 떨어졌다. 고진사의 코 없는 목이 날아왔다. 옹기쟁이 최씨의 목도 같이 성을 나갔던 최씨 노모의 코 없는 목도 봉두난발로 날아왔다. 접반사 정희수의 목도 날아왔고 명군 장수의 목도 날아왔다. 하늘에서 목이 수없이 날아와 성안 곳곳에 떨어졌다. 시체 썩는 냄새가 진동했다. 성을 빠져나간 사람은 기다리고 있는 왜군에게 전부 목이 잘린 것이다. 아낙들이 비명을 질렀고 진저리를 쳤다.

윤 객주가 사람들을 전부 객관으로 불렀다. 객관에는 사람들이 발 디딜 틈이 없이 가득했다. 사당패들이 윤 객주에게 길을 터주었다. 윤 객주가 객관 마루에 신을 신은 채로 올라갔다. 윤 객주가 객관에 모인 사람들에게 말을 했다. 성내의 병사들을 제외한 모든 사람들이 객관에 모여 윤 객주의 말에 귀를 기울였다.

"윤 객주요."

윤 객주가 말을 더듬었다.

"아마도 나는 오늘 밤을 넘기지 못하고 죽을 것 같으요."

윤 객주가 말을 끊었다. 사람들이 전부 고개를 숙였다. 사람들도 이제는 살아나가기 어렵다는 것을 알게 되었다. 손을 들어 목숨을 구걸하던 늙은 할미와 어린 손자들까지 칼로 난자하고 코를 베어내는 것을 불과 한 시진 전에 성안에서 똑똑히 본 것이다.

"한 평생 남원에서 살았고 미천한 상것이 남원 백성들의 은혜를 입고 살았으니 죽어도 여한은 없소."

그때 윤 객주가 객관 한 쪽에 승복을 입고 웃고 있는 수련을 발견했다.

"죽자고 하믄 두려운 것이 없소이다."

노인과 아녀자들이 눈물을 보였다. 아이들이 따라 울었다. 울음소리가 커졌다. 객관에 모인 사람들이 전부 통곡했다. 그렇게 한바탕 울고 나자, 사람들의 속이 시원해 졌다. 사람들에게서 두려움이 조금 걷히는 듯했다. 고 진사가 성을 나갈 때 따라 나가지 않고 성에 남았던 고 진사의 머슴 칠복이가 혼자말로 중얼거렸다.

"양반 상놈도 없는 시상에서 하루 살아봤응께 인자 죽어도 좋다."

"나는 여그서 죽을란다."

칠복이가 윤 객주에게 가서 할 일을 물었다. 윤 객주가 칠복이의 등을 두드렸고 사람들이 분주히 움직이기 시작했다.

윤 객주의 지시를 받은 바우가 노인들과 어린애들을 전부 불러 모으더니 아직 불타지 않은 집을 돌아다니면서 이불을 가져 오게 하였다. 삼베로 사각형 자루를 만들게 하고 이불솜을 자루에 담고 장대를 매달아서 현렴을 만들어서 성가퀴에 드문드문 하나씩 보냈다. 비연이 한 패를 이끌고 집집마다 돌아다니며 분뇨를 수집하여 성벽에 독을 가져다 놓고 퍼 날랐다.

마야 부인은 아녀자들을 전부 불러 모으더니 세 패로 나누었다. 아낙들이 전부 마야 부인의 말을 따랐다. 그 중에 거동이 불편한 노인에게는 밥을 지어 주먹밥을 만들게 하고 고깃국을 끓이게 했다. 성벽 안쪽 곳곳에 가마솥을 걸고 옻나무에 은행, 초오, 천오, 반하를 섞어 독즙을 끓이게 했다. 아낙들이 치마를 벗어버리고 머리에 수건을 쓰고 치마는 허리에다 질끈 동여매고서 가마솥을 저었다.

한 패의 아낙들은 수련을 따라나섰다. 처영이 행주산성 전투에서 사용하여 크게 쓰인 석회주머니를 만들기 위해서였다. 객관 창고 한 구석에 쌓여 있던 석회를 비상과 초오, 천초를 섞어 종이주머니에 담기 시작했다. 남자들은 관아를 허물어 기왓장을 성가퀴로 옮겼다. 성안에 있는 돌이란 돌은 전부 성가퀴로 옮겼다.

독을 넣은 탕약이 가마솥에서 끓기 시작하자 수노전과 차세전에 바르기 시작했다. 병사들이 가지고 있던 편전과 유엽전 철전에도 독을 발라 독시로 만들었다. 탕약 가마솥 옆에는 집에 있는 그릇은 전부 끌고 나와서 기름을 끓이기 시작했다. 어느 새 찌그러지기 시작하는 달이 남원성 위에 떠올랐다.

왜군이 다시 움직이기 시작했다. 우키타는 한물의 화살에 맞아 진중에 남고 고니시가 총대장으로 나섰다. 고니시의 진중에서 효시가 날아올랐다. 화살이 보름달에 걸려 불꽃을 날렸다. 일제히 나발이 울고 독전기가 휘날렸다. 왜군이 다시 사방에서 남원성을 에워싸고 좁혀왔다. 토성위에서는 조총이 연신 성안으로 쏘아졌다. 남원성은 죽은 듯이 조용했다. 아무도 없는 것 같았다. 성가퀴에 전부 머리를 쳐 박고 있었다. 왜군이 해자를 넘어 성벽에 붙고 사다리를 놓을 때까지도 성은 조용했다.

마야부인이 수련에게서 수노궁 쏘는 법을 배웠다. 객관 한 모퉁이에 원방패를 하나 세워두고 이십 보 거리를 떨어지더니 한 발 쏘았다. 손이 헛나가서 수노전이 과녁을 빗나갔다. 다시 수노전을 재서 한 발 쏘았다. 명중이었다. 마야부인이 수노궁을 챙기고 수노전을 이십 발 챙겨서 동문으로 걸어갔다. 동문은 남원부사 임현이 지키고 있었다. 바우와 비연도 한 발씩 쏘아보더니 성벽으로 나갔다.

아낙들이 한두 명씩 나섰다. 화살을 쏘아보고 수노궁을 한 개씩 챙기더니 어린애를 데리고 성벽으로 갔다. 어떤 어린애는 어미의 손을 뿌리치더니 수노전을 한 대 '쏙' 뽑아들고 과녁을 향해 쏘아보았다. 어린애가 웃는 표정을 지어보였다. 객관에는 이제 젖먹이를 안은 아낙과 거동이 불편한 노인들만 남게 되었다. 수련이 독을 바른 수노전을 한 대씩 나누어 주었다. 비수처럼 품으라고 말했다.

수련이 북문으로 달렸다. 북문 위로 불화살이 날라 들어왔다. 한물이 성루에 있었다. 싸움이 시작되었다. 왜군의 함성소리가 가까웠다.

"발사하라"

일제히 성내에서 전고가 빠르게 울렸다. 물에 적신 현렴이 성 위로 올라왔다. 이미 왜군은 사다리에 매달려 올라오기 시작했다. 현렴이 성 위로 올라오자 밑에서 엄호하던 대조총과 조총부대가 일제히 현렴을 조준사격 했다. 허나 조총도 현렴을 뚫지는 못했다.

이때 성가퀴에서 조선군의 얼굴이 보였다. 바우가 얼굴을 들이밀었다. 세총통이 터지더니 차세전이 사다리를 오르던 왜군의 얼굴에 박혔다. 바로 수노궁이 쑥 나오더니 다른 왜군에게 수노전이 발사되었다. 수노전이 연발로 발사되었다.

"화살을 아껴라. 한 발에 한 놈씩 죽여라."

임현이 소리쳤다. 임현 옆에는 마야부인이 수노궁을 왜군에게 쏘고 있었다. 얼마나 입술을 꽉 깨물었는지 입가로 피가 흘렀다.

"화살을 아껴라. 탕약을 쏟아라."

노인들이 끓이고 있던 탕약을 단지에 담아 성벽으로 날렸다. 아낙들이 성벽을 오르는 사다리에 단지를 던졌다. 왜군들의 얼굴에 독즙이 쏟아졌다. 곧장 눈이 멀고 얼굴이 뭉그러졌다. 어린애들이 똥자루를 지고 와서 성 아래로 집어던졌다. 똥자루가 왜군의 얼굴에 쏟아졌다. 노인들이 펄 펄 끓는 기름단지를 성벽으로 옮겼다. 병사들이 기름단지를 성 아래로 던졌다. 사다리를 오르던 왜군에게 기름이 쏟아지고 불이 붙었다. 성벽이 불바다가 되기 시작했다. 수련이 석회주머니를 왜군에게 던졌다. 석회주머니가 허공에서 터지더니 왜군의 얼굴로 쏟아졌다. 석회를 맞은 왜군이 눈을 뜨지 못하고 굴러 떨어졌다.

왜군의 조총이 불을 뿜었다. 왜군의 조총은 성루에 집중되었다. 조선군 장수를 우선적으로 겨냥하였다. 남문에는 조방장 김경호가 지키고 있었다. 김경호는 남원출신의 의병장이었다. 이복남 장군이 입었던 갑주를 대신 입고 대장기를 사수하고 있었다. 왜군들의 조총이 대장기를 겨냥하고 일제히 쏟아졌다. 조총이 비 오듯이 성루로 쏟아졌지만 김경호는 끄덕도 하지 않았다. 연신 편전을 왜군에게 쏘면서 전고를 울러 메고 북을 두드렸다.

"물러서지 마라."

윤 객주는 금아, 초희와 같이 남문을 지켰다. 윤 객주는 김경호를 호위하면서 수노궁을 날리고 금아는 사다리를 넘어 성벽으로 올라온 왜군을 철퇴로 머리통을 박살냈다. 왜군의 공격이 남문에 집중되었다. 성벽을 기어 올라오는 왜군의 수가 늘어났다. 백이가 칼을 휘두르며 남문으로 달려 왔다. 소석도 남문에 도착했다. 토성에서 일제히 대조총이 발사되었다. 김경호가 쓰러졌다. 머리를 총탄이 뚫고 지나갔다. 윤 객주가 대장기를 대신 잡았다.

"화력을 전부 남문으로 집결하라. 토성을 일제히 공격하라."

포루에 남아있던 현자총통과 불랑기포가 남문으로 달려왔다. 토성을 공격하지 않으면 남문이 무너질 지경이었다. 현자총통에서 진천뢰를 토성을 향해 쏘았다. 불랑기도 연신 발사되고 자포를 갈아 끼웠다. 일제히 화전이 토성에 쏟아졌다. 토성 위에 올라왔던 대조총부대가 몰살되었다. 그러나 금방 대조총부대가 다시 토성 위로 올라왔다.

"파진포를 토성으로 던져라. 지뢰포를 토성으로 던져라."

백이가 파진포를 힘껏 토성으로 던졌다. 미치지 못했다. 다시 한 개를 더 힘껏 던졌다. 그래도 거리가 멀어 파진포가 토성에 미치지는 못했다. 백이와 소석이 지뢰포를 토성에 집어던졌다. 토성에 지뢰포 몇 개가 떨어졌다.

"질려통을 던져라. 화전을 발사하라."

질려통이 토성에 가서 박혔다. 질려통이 여러 개 토성에 떨어져서 불을 뿜고 터졌다. 화전이 토성을 향해 일제히 발사되었다. 지뢰포가 한 개 '꽝' 터졌다. 지뢰포의 폭발에 번져 파진포 두 발이 일제히 폭발했다. 땅이 들썩거리고 땅이 두 자 정도 튀어 올랐다. 토성 한쪽이 한 장 이상 무너져 내렸다. 토성 위에 올라가 있던 조총부대가 우수수 떨어져 내렸다.

"지금이다. 사격하라."

남문에서 일제히 편전과 유엽전이 날아갔다. 한 대 남은 화거에서 신기전이 토성으로 쏟아졌다. 윤 객주가 기름통을 사다리로 던졌다. 남문에 붙었던 왜군들이 급히 후퇴했다.

그때 조총 탄환이 윤 객주를 통과했다. 초희가 황급히 아버지의 동태를 살폈다. 총알이 심장을 관통했다. 피가 뿜어져 나와 초희의 얼굴을 때렸다. 윤 객주가 절명했다. 왜군 진영에서 징이 울렸다. 퇴각을 알리는 영기가 휘날렸다. 왜군이 서서히 퇴각했다. 서문을 지키던 교룡산성 별장 신호도 퇴각하는 왜군을 향해 편전을 날렸다. 일제히 대조총이 발사되었다. 신호가 왜군의 조총에 맞아 쓰러졌다. 삼경이 지나가고 있었다.

성벽에 주저앉은 병사들에게 주먹밥이 돌았다. 뜨거운 국통이 돌아다녔다. 남원성에 들어와서 처음으로 맛보는 고깃국이었다. 국통 안에 돼지고기 살점이 떠다녔다. 고깃국은 사자를 떠나보내는 제삿밥이 되고 있었다. 싸움에서 이겼지만 누구도 기뻐하지 못했다. 바우가 앞장서고 상여가 뒤를 따랐다. 상여는 성내를 한 바퀴 돌기 시작했다. 이복남과 윤 객주 그리고 김경호, 신호의 상여가 뒤따랐다.

상여라 해봐야 거적에 싼 것이 전부였고 관도 준비 하지 못했다. 동헌 뒤뜰에 임시로 무덤을 팠다. 왜군은 물러가더니 움직임이 없다. 이제 오늘밤은 더 이상 공격이 없는 모양이다. 비연이 흔드는 요령소리가 처량했다. 바우가 상여소리를 선창했다.

"앞－산도 첩첩하고 밤중도－ 야심한데"

"이 세상을 하직하고 어딜 그리 급히 가오."

사람들이 상여소리를 메겼다.

"어허 야. 어허 여"

윤 객주의 상여가 지나갈 때 사람들의 통곡소리가 높아졌다.

"황천길이 멀다 해도. 쉬엄쉬엄 가옵소서."

"어허 야. 어허 여"

"간다 간다 나는 간다."

"어허 야. 어허 여"

바우의 상여소리는 유난히 구슬프고 아낙들의 통곡소리도 이어졌다. 하관하고 땅을 다졌다. 동헌 뒤뜰에 애기무덤이 네 개가 생겼다. 죽은 사람은 죽고 산 사람은 또 살아야했다.

임현이 총 대장이 되어 동문에서 지휘하기로 했다. 서문은 의승군

가관스님이 지키고 남문은 금아가 대장을 맡았다. 성벽에 번을 세우고 사람들이 쪽잠을 자기 시작했다.

수련이 한물 옆에 와서 잠을 청했다. 한물의 품에 들어가 성벽에 얼굴을 묻었다. 흙냄새가 느껴졌다. 한물의 체온이 수련에게 전해졌다. 살아있는 동안 어쩌면 마지막이 될 지도 모를 찰나의 시간이었다. 수련은 이대로 그냥 죽을 수만 있다면 차라리 편안하겠다는 생각을 하다 까무룩 잠이 들었다. 시나브로 먼동이 터오기 시작했다.

19장. 어긋난 꿈

정유년 팔월 열이레 오시, 남원성

금아의 입에서 신음이 가늘게 베어 나왔다. 옆구리의 상처에서 다시 진물과 피가 섞여 나왔다. 초희가 현렴에서 이불솜을 뜯어 상처에 덮고 치맛자락을 찢어서 금아의 옆구리를 묶었다. 금아의 입술이 파래졌다. 상처의 고통이 진저리를 치며 신음으로 나왔다. 초희가 저고리를 입히고 나서 금아의 등짝에 업히듯이 뒤에서 끌어안았다. 초희는 '이렇게 업혀서 남원성을 나가고 싶다'는 생각을 했다. 금아가 처음으로 초희에게 먼저 말을 건넸다. 한숨처럼 말했다.

"초희야, 내가 애들에게 돌로 얻어맞고 십 리를 미친 듯이 뛰어다니다가 객관에 왔을 때…."

금아가 잠시 말을 끊었다.

"네가 객관 앞에서 기다리고 있다가 나를 안고 울었다. 터진 내 머리를 안고 울었다."

"그때 나는 나를 버린 어미도 용서했고 세상도 용서했다."

달이 밝게 올랐다.

'오라비 마음속에는 누가 들어 앉아 있소? 나요?'

초희가 금아에게 눈빛으로 물었다.

'미안허다, 초희야. 다음 생에는 지아비와 지어미로 만나자.'

금아가 초희에게 눈빛으로 화답했다. 초희가 금아를 안고 있던 손을 풀어 금아의 긴 머리를 손질했다. 단정하게 묶었다. 초희가 금아의 등짝에 등을 대고 기대었다. 따뜻했다. 초희가 소리 없이 울었다. 그 소리가 금아의 등짝을 통해 훌쩍거렸다. 오랫동안 흐느꼈다. 보름을 갓 지난 달빛에 등을 대고 앉은 두 그림자가 남원성 남문에 길게 드리웠다.

＊

"영감"

다짜고짜 마야가 임현에게 말했다. 임현은 동문 성루 의자에 앉았고 마야는 임현 옆에 쪼그리고 앉았다.

"그때 영감이 나를 내자라고 불러줄 때"

마야가 잠시 말을 아꼈다. 마야의 볼이 새색시처럼 발그레해지는 듯했다. 임현이 그때가 언제인지 금방 기억해 냈다.

"나는 영감을 살리자고 몸을 더럽히지는 않을 거요."

임현이 소리 없이 웃었다. 나지막이 물었다.

"내가 죽는데도"

마야가 웃으면서 대답했다.

"나는 영감 말고 누구에게도 내 눈길 손길 웃음 한 자락도 주고 싶지 않소."

임현이 대답했다.

"다시 태어나거든 나는 천축의 코끼리가 되리. 마야 부인은 나를 타고 극락에 가소. 나도 당신만의 코끼리가 되리."

임현이 마야를 끌어안아 의자로 올렸다. 동쪽 하늘이 붉은 기운을 띠고 올라왔다.

*

쪽잠에 빠진 수련은 비몽사몽 중에 친부모인 정여립과 미월을 만났다. 꿈속에서도 꿈인 줄 번연히 알았다. 눈을 뜨면 사라질 꿈인 줄 알기에 조금이라도 더 붙잡아 두고 싶어 눈을 뜨지 않고 가만히 있었다. 수련의 눈가에 눈물이 고였다.

한물은 손에 꽃 하나를 들고 수련을 보며 빙긋 웃었다. 한물이 수련 손에 꽃을 쥐어주었다. 보라색 산비장이였다. 수련이 한기를 느껴 몸을 뒤척였다. 한물의 손길이 느껴졌다. 한물이 수련의 얼굴을 만지고 있었다. 눈을 떠보니 눈앞에 보랏빛 꽃술들이 활짝 피어있었다. 용케도 성벽 틈에 날아든 놈이 꽃을 피운 모양이다. 한 번도 눈에 띄지 않았는데 산비장이 꽃 대궁 하나가 허리를 펴들고 있었다.

한물이 수련을 내려다보았다. 한물은 한숨도 잠을 자지 못한 눈치였다. 수련이 일어나 성벽을 바라보았다. 어느새 왜군들이 성을 둘러싸고 있었다. 수련은 다시 숨이 턱 막혔다. 가슴이 아팠다. 젖을 빨리지 못한 젖가슴이 퉁퉁 불었다. 먹은 것이 없는데도 불은 젖이 흘러내려 장삼을 적셨다. 장삼이 가슴을 스칠 때마다 칼로 베인 듯이 찌릿했다. 연홍은 지금 어디까지 갔을까. 만수 오라비는 장흥으로 가겠다고 했다. 이순신 장군이 다시 통제사가 되었다. 흩어진 장졸과 수군을 모은다고 했다.

*

해가 중천에 걸렸다. 오전 내내 남원성은 적막에 싸였다. 푸른 물이 뚝뚝 떨어질 것 같은 하늘이 남원성에 낮게 드리웠다. 마야부인은 마지막 남은 보리를 탈탈 털어 밥을 짓고 주먹밥으로 만들었다. 먹을 물도 쌀도 모두 떨어졌다. 왜군들도 어인 일인지 해자 밖에 앉아서 쉬고 있었다. 조총도 쏘지 않았다. 남문 밖의 토성이 다시 올라가고 있었다. 어느새 삼장 높이로 쌓였다.

초희는 더 이상 토성을 공격할 무기가 없었다. 승자총통은 탄환이 이미 떨어졌다. 현자총통과 불랑기포도 마찬가지였다. 편전도 유엽전도 화살이 동났다. 이제 있는 거라고는 수노궁과 세총통 뿐이다. 남문 밖 토성이 올라가는 것을 그냥 바라볼 수밖에 없다. 초희는 성가퀴에 돌을 수북이 쌓기 시작했다. 왜놈들도 병력이 많이 줄었다. 처음에는 다섯 겹으로 성을 에워쌌는데 이제는 겨우 두 겹으로 성을 둘렀을 뿐이다. 다리를 저는 왜군들이 많이 보였다.

*

바우가 비연의 머리를 곱게 묶어 쪽진 머리를 만들었다. 은비녀를 꼽았다. 녹색 저고리에 분홍색 치마를 입었다. 비연도 바우의 머리를 곱게 빗어 묶고 은비녀를 꼽았다. 바우는 분홍색 저고리에 분홍색 치마를 입었다. 비연이 바우의 연지를 발라주었고 바우가 비연의 곤지를 찍어주었다. 바우가 비연의 얼굴을 쓰다듬고 입술연지를 발랐다. 비연이 바우의 입술을 더듬었다. 핏빛 연지가 발라졌다. 바우가 말했다.

"워메 이쁜 거. 우리 동상."

"오라비도 이쁘요."

"새색시 같다. 제비야."

"오라비도 새색시 같네"

비연이 말했다. 바우가 비연의 눈을 한참 들여다보았다. 바우는 그때 죽었어야 했다는 생각이 들었다.

*

비연이 열두 살 되던 해 비연은 처음으로 초경이 터졌다. 공교롭게도 그날 암태도 염전 최 부자가 비연을 데려갔다. 비연은 웃고 왔지만 비연의 하초가 뭉그러지고 피투성이로 돌아왔다. 비연은 제대로 걷지 못했다. 비연이 처음으로 남자를 받은 날이었다. 비연은 그날 바우의 파란 눈빛을 잊지 못한다. 다음날 최 부자는 다시 비연을 불렀다. 바우가 대신 갔다. 최 부자는 다음날 아침 복상사하였다. 최 부자가 바우 배 위에서 헉헉대다가 죽었다고 바우가 담담히 말했다. 바우는 최 부자의 식솔들에게 멍석말이 되어 산송장으로 돌아왔다. 한 달 동안 비연과 바우는 죽어가는 늑대처럼 움막에 웅크리고 살았다. 비연이 바우의 상처를 입으로 핥았다. 다 죽으리라 했는데 바우는 살아났다.

*

바우가 비연의 입을 맞추었다. 핏빛 입술연지가 뭉개졌다. 바우가 꽹과리를 치며 성을 돌기 시작했다. 비연이 강강술래를 부르면서 성벽을 따라 돌았다. 진양조장단의 느린 가락이 비연의 입에서 흘러나왔다.

"대밭에는 대도 총총~"

아낙들이 받아 불렀다.

"강강술래~"

"하날에는 별도 총총~"

"강강술래~"

"꽃밭에는 꽃이 총총~"

"강강술래~"

비연의 선창이 중모리로 다시 중중모리로 빨라졌다. 아낙들의 숨소리도 빨라졌다.

"하날에다 베틀 놓고~"

"강강술래~"

"총총 하날에 별도 밝다~"

"강강술래~"

바우가 치는 쇳소리가 자진모리로 휘몰이로 돌아섰다. 아낙들이 어깨춤을 추었다. 어쩌면 기적을 바라는지도 몰랐다. 오지 않은 원군이 지리산을 넘어와 적을 칠지도 모른다는 마지막 한 가닥 희망을 가졌다. 일만 명의 기병이 원평 들로 쏟아질지도 모른다는 꿈을 꾸었다.

"발등찍세 발등찍어~"

"강강술래~"

"간다간다 나도간다~"

"강강술래~"

"발등찍세 발등찍어~"

"강강술래~"

"간다간다 나도간다~"

"강강술래~"

바우가 성벽을 따라 돌았다. 비연이 그런 바우를 바투 쫓아갔다. 바우가 남문을 돌아 동문으로 갈 때 쯤 왜군이 다시 일어났다. 방암봉과 기린봉, 향교산에서 일제히 포가 터졌다. 원군이 오리라던 꿈은 깨졌다.

"욧시!"

왜군들이 함성을 지르고 일어났다. 조총에 탄약을 재고 화문을 열고 용두를 잡았다.

"기다려라!"

임현이 소리쳤다. 임현의 목소리가 갈라졌다. 부관이 전고를 울렸다. 독전기가 휘날렸다.

"기다려라!"

"기다려라!"

"기다려라!"

남문과 북문, 서문에서도 기다리라는 령이 내려졌다. 마야 부인도 수노궁에 수노전을 한 대 죄고 성벽 틈으로 왜군을 훔쳐보았다. 철벅철벅 왜군의 갑주가 걷는 소리가 들렸다. 사람은 안에 없고 투구와 갑주와 각반만이 걷는 것 같았다.

"척 척"

왜군이 성벽에 다가왔다. 이제 왜군의 얼굴이 보였다. 어젯밤에는 왜군의 얼굴도 보지 않고 무서워서 그냥 수노전을 날렸었다. 오늘은 왜군의 얼굴이 선명히 보였다. 왜군이 사다리를 타려고 기어오를 그때 쏠 것이다. 마야 부인이 수노궁을 움켜쥐었다. 해자를 넘어와도 성에서는 아무런 대응이 없었다. 왜군이 성벽에 도착했다. 다시 사다리가 걸쳐졌다. 왜군이 일제히 와 함성을 지르면서 성으로 붙었다.

"쾅"

남문 쪽에서 큰 폭발음이 보였다. 화산이 터진 듯했다. 남 일치가 무너져 내렸다. 성벽에 구멍이 뚫렸다. 성벽 파편이 하늘로 올랐다가 우수수 떨어졌다. 흙먼지가 자욱하게 피어올랐다. 왜군이 토성을 올리면서 한편으로 성벽까지 땅굴을 몰래 팠다. 파낸 흙으로 토성을 올렸다. 성안에서는 토성이 올라가는 줄만 알았다. 땅굴이 성벽에 다다르자 폭약을 성벽에 묻고 터트린 것이다.

남 일치에 있던 백이가 피투성이로 땅에 쿵하고 떨어졌다. 백이가 가장 위험한 곳을 방어하겠다고 자원하여 남 일치로 갔었다. 백이는 더 이상 움직이지 못했다. 지켜보던 초희의 눈에 피눈물이 고였다.

왜군들이 무너진 성벽을 넘어 달려 들어왔다. 왜군이 쌍칼을 빼어드는 것이 보였다. 금아가 철퇴를 휘두르며 백이 쪽으로 달려들었다. 백이의 코를 베려던 왜군의 머리를 후려쳤다. 두개골이 박살나서 허연 뇌수가 튀겼다. 초희가 검을 휘두르며 백이에게 달려왔다. 초희가 백이를 안았다.

'백정도 양반도 차별 없는 세상으로 가소'

초희가 백이의 부릅뜬 눈을 감겨주었다.

두 사람은 금세 왜군에게 포위되었다. 초희와 금아는 등을 맞대고 선 채 왜군을 베고 부쉈다. 왜군이 금아의 기세에 눌려 성벽으로 몰렸다. 그때 이열로 늘어선 조총대가 일렬은 무릎 앉은 자세로 이열은 선 자세로 조총을 발사했다. 조총을 피할 수는 없었다. 초희가 조총에 맞아 벌집이 되었다. 초희가 피를 토하며 짚단처럼 쓰러졌다. 금아도 다리에 조총을 맞았다.

금아가 왜군 사이로 돌진했다. 베고 또 베었다. 금아가 비틀거리자 왜군의 칼이 금아의 다리를 베었다. 허리를 베었다. 왜창이 금아의 가슴에 박혔다. 금아가 남원성 하늘을 바라보았다. 하늘이 파랬다. 금아의 파란 눈동자에 파란 하늘이 가득했다. 새까만 까마귀 떼들이 남원성 안으로 낮게 날아다녔다.

"영감!"

마야 부인이 조총에 쓰러진 임현을 안았다. 총알이 임현의 가슴에 박혔다. 금세 갑주에 피가 몽글몽글 올라왔다. 임현이 마야 부인에게 뭔가 말을 하려고 했다. 마야 부인이 임현의 귀에 대고 급히 말했다.

"영감, 한 날 한 시에 같이 죽게 되어 다행이오."

임현이 미소를 보였다. 임현이 마야 부인의 손을 잡았다. 임현의 고개가 뒤로 제쳐 졌다. 왜군이 임현에게 달려들었다. 마야가 벌떡 일어나 임현을 가로막고 수노전을 날렸다. 왜군이 다시 달려들었다. 수노전을 또 날렸다. 등 뒤에서 왜군의 창이 마야 부인을 찔렀다. 마야 부인을 찌른 창이 뽑히자 마야 부인이 임현에게로 넘어졌다. 왜군이 임현의 목을 자르려고 마야 부인을 젖혔다. 마야 부인이 수노전을 왜군 발등에 찍었다. 왜군이 마야 부인의 목을 날렸다.

바우도 동문에 있었다. 비연은 바우 등에 머리를 박고 있었다. 비연이 바우의 문신을 들여다보았다. 비연이 바우의 등에 새긴 문신이었다. 단심이라고 팠다. 바우는 세총통을 쏘았다. 한 발을 쏘고는 세총통을 왜군에게 던졌다. 다시 세총통 하나를 철흠자에 올려 불을 붙였다. 그 사이에 비연은 수노궁을 왜군의 얼굴에 날렸다. 왜군은 성벽에서도 올라오고 성벽을 넘은 왜군이 옆에서 들이쳤다. 비연이 수노궁을 날렸다. 사다리로 올라 온 왜군이 바우의 머리를 쳤다. 바우가 손으로 막았다. 세총통을 잡은 손이 허공으로 잘려 날았다. 바우가 고통을 참지 못해 비명을 질렀다.

"제비야!"

비연이 깜짝 놀라 수노전을 손으로 잡고 왜군의 발등을 찍었다. 왜군이 비연의 등을 찔렀다. 왜군의 칼은 비연을 꿰뚫고 바우까지 찔렀다.

"바우 오라비!"

비연이 바우의 손을 잡았다. 왜군이 달려와서 바우의 목을 쳤다. 바우가 잡은 손을 놓지 않았다. 왜군이 비연을 찌른 칼을 뽑았다. 비연이 핏빛 웃음을 흘렸다. 비연이 바우의 떨어져 나온 목을 안았다.

성안에 들어온 왜군이 민가를 뒤지려고 문을 열었다. 방문을 열고 들어선 순간 발아래에 수노전이 하나 나와 왜군의 발등을 찍었다. 아낙이 아기를 업고 왜군을 쳐다보았다. 눈에 공포가 가득했다. 또 한 번 발등을 찍었다. 아낙이 눈을 질끈 감았다. 아기를 안은 손에 힘이 들어가고 아기를 감싸 안았다. 왜군이 아낙과 아기를 동시에 칼로 벴다.

왜군이 성벽을 넘어 성가퀴에 발을 내려놓는 순간에 수노전이 발등을 찍었다.

"아악!"

수노전이 발등을 뚫었다. 왜군이 아픔을 참으면서 노인의 머리를 베었다. 성벽에 바짝 웅크리고 있던 노인이 수노궁을 쏘았다. 왜군이 쓰러졌다. 다른 왜군이 노인의 목을 쳤다. 노인의 손에서 수노궁이 떨어졌다.

남문이 먼저 무너졌다. 왜군이 성문을 돌파할 때 파진포가 터졌다. 동문과 서문에서도 파진포가 터졌다. 남원성이 온통 화염과 연기에 휩싸였다. 남문과 서문, 동문이 통째로 날아갔다. 왜군의 살점이 튀어 허공으로 흩뿌려졌다. 왜군의 내장과 주인 잃은 팔과 다리가 후드득 떨어졌다.

북문을 공격하던 시마즈 부대가 성문 공격하는 것을 중단 했다.

서둘러 서문과 동문으로 이동했다. 살아남은 병사들이 북문으로 몰렸다. 소석이 피투성이가 돼서 객관으로 들어 왔다. 최 의원은 이미 절명했다. 부상병과 노인들의 코 없는 시체만이 가득했다. 소석이 늑대처럼 울부짖었다. 객관에서 코를 자르던 왜군들이 몰려왔다. 조총을 쏘았다. 소석이 허망하게 쓰러졌다. 가관이 북문으로 달려 왔다. 왜군은 서서히 북문으로 밀려왔다. 동헌에 불을 놓았다. 동헌 뒤뜰에 쓴 무덤을 파헤쳐 이복남의 목을 쳤다. 이복남의 머리가 장대에 올려졌다. 사당패 춘식이 도끼를 휘두르면서 윤 객주의 부덤으로 달려갔다. 왜군이 조총을 발사했다. 춘식이가 윤 객주의 무덤으로 쓰러졌다.

왜군이 용성관에 불을 놓았다. 용성관 안에 숨어있던 아낙과 어린애가 불에 붙어 튀어나왔다. 왜군이 목을 쳤다. 어린애의 손에 수노전이 하나 들려있었다. 객관에 불을 지르려고 하자 안에서 노인들이 튀어나왔다. 손에 수노전을 하나씩 들고 있었다. 조총에 맞아 쓰러졌다. 왜군이 코를 베려고 다가오자 수노전이 왜군의 발등을 찍었다. 왜군들이 쓰러진 노인들에게 확인사살을 했다. 객관 천장에 숨어있던 어린애가 뛰어 내려 왜군의 목을 수노전으로 찔렀다. 왜군이 쓰러졌다. 어린애는 할아비의 원수를 갚았다. 어린애의 몸통이 베어졌다.

강대길이 서문으로 뛰어 들어왔다. 서문이 파진포에 터지는 통에 한참을 기절해 있었다. 얼굴을 감은 천이 벗겨져서 코 없는 흉한 얼굴이 그대로 드러났다. 이제 조선군은 북문에서 겨우 저항하고 있었다. 강대길이 급히 북문으로 뛰어갔다. 북문 성루에 한물이 있었다.

겨우 서너 명이 성루에 모여 있었다. 조총대가 일제히 성루를 조준하고 있었다. 고니시가 왜군의 사격을 말리고 있었다.

"항복하라. 항복하면 목숨은 살려주겠다. 한물."

고니시가 한물에게 항복을 종용했다. 한물 옆에 승복을 입은 여인이 강대길의 눈에 들어왔다. 머리를 깎았지만 강대길은 금방 알아차렸다. 반가우면서도 서운한 마음이 동시에 일었다. 수련이었다. 강대길이 쏜살같이 튀어나갔다. 그가 왜국말로 외쳤다.

"쏘지 마라. 쏘지 마. 사로잡아야 한다."

강대길이 고니시에게 거듭 머리를 숙였다. 강대길이 무릎을 꿇고 왜군들을 만류했다. 그런 강대길을 미덥지 않게 바라보던 시마즈의 부관이 칼로 강대길을 후려쳤다. 강대길이 잽싸게 피했다. 강대길의 팔이 날아갔다. 팔에서 피가 뿜어져 나왔지만 그는 아랑곳하지 않고 수련을 쳐다보았다. 그녀를 향해 간절히 무슨 말인가를 들려주고 싶었던지 수련에게로 향한 눈빛이 안타깝게 일렁였다.

강대길은 그날 밤에 수련을 겁탈하려 했던 것이 아니었다. 자기도 모르게 수련의 뒤를 밟았을 뿐이다. 먼발치에서 수련을 보기만 하려고 했었다. 그런데 앞서 가던 수련이 넘어져서 다리를 다쳤다. 엉겁결에 강대길이 수련에게 다가갔다. 강대길이 다짜고짜 덥석 발을 잡자 수련이 깜짝 놀라 비명을 지르면서 강대길을 밀어냈다. 강대길이 수련을 진정시키기 위해 어깨를 잡자 수련은 더욱 비명을 질렀다. 그때 마침 한물이 와서 강대길의 얼굴을 벤 것이었다.

강대길은 남원성에 수련이 한물과 같이 없기만을 진심으로 바랐다. 어디에 숨어 있든 수련이 살아있기만 하면 충분히 찾을 자신이 있었다. 그런데 하필 수련은 한물의 뒤에 서있었다. 강대길의 가슴에서 불끈하고 역성이 올라왔다. 그러면서도 한 순간 강대길은 어떻게 하면 수련을 살릴 수 있나 머리를 굴렸다.

사실 강대길의 애비도 대방계원이었다. 애비가 자신 때문에 곤장을 대신 맞고 죽었을 때도 한물에 대한 복수심보다는 수련에 대한 질투심이 강했다. 대마도로 도망가서 왜군의 향도를 자처할 때는 조선이란 나라가 망하기를 바랐다. 한물을 죽인 뒤 억지로라도 수련을 데리고 멀리 유구 같은 땅에 가서 살고 싶었다.

"한물, 나는 인내심이 없다. 빨리 항복해라."

한물이 크게 웃으며 말했다.

"하ー 하ー 하ー. 고니시, 이번에는 네 놈 차례인가? '검은 야차'처럼 네 놈의 목도 날려주마."

고니시의 안색이 검게 변했다. 손을 앞으로 내렸다.

"총을 쏘지 마라. 사로잡아라."

고니시의 명령이 떨어지자마자 고니시의 부관과 시마즈의 부관 등, 서너 명이 칼을 빼들고 나섰다.

한물이 앞으로 나서자 수련이 따라 나섰다. 한물이 수련을 제지했다. 한물이 서너 걸음 앞으로 나와 칼을 뽑아들었다. 고니시의 부관이 먼저 달려 왔다. 칼이 크게 머리를 겨누고 찔러왔다. 한물이 그 칼을 그대로 받아치고 제치면서 고니시 부관의 목을 베었다. 한물이 다시 칼을 모았다. 얼굴에는 칼날 같은 미소가 번졌다. 그것을 보고 있던 시마즈가 얼굴을 붉히며 부하들에게 명령했다.

"총을 쏴 버려라. 전부 죽여 버려!"

시마즈의 부하들이 일제히 조총을 한물에게 겨누었다.

"잠깐! 총을 내려라."

고니시가 칼을 빼어들고 시마즈의 목에 겨누었다. 순식간에 일어난 일이었다. 고니시가 말했다.

"오늘은 내가 총사령관이다. 시마즈, 군령을 어길 참이냐. 목을 베겠다."

시마즈가 얼굴이 벌개졌다. 손짓을 하자 시마즈의 부대가 조총을 거두었다. 이번에는 시마즈의 부관 하시모토가 앞으로 나섰다.

하시모토와 한물이 마주섰다. 하시모토가 먼저 움직였다. 그가 표창을 날렸다. 한물이 칼을 들어 얼굴로 날아오는 표창을 막기 위해 몸을 틀었다. 그 틈에 잽싸게 하시모토의 칼이 한물의 옆구리로 날아들었다. 한물이 표창을 막아내고 허공으로 한 바퀴 뛰어올랐다. 하시모토의 칼이 허공을 가르고 한물의 칼이 하시모토의 허리를 베었다. 부관이 죽자 더 이상 시마즈가 참지 못하고 외쳤다.

"쏴라!"

시마즈가 먼저 조총을 날렸다. 칼로는 한물을 대적할 수 없음을 느낀 고니시도 더 이상 막지 못했다. 시마즈의 조총이 불을 뿜었다.

그 순간 수련이 한물을 막아섰다. 수련이 조총에 맞아 쓰러졌다. 한물이 수련을 안았다. 수련의 몸이 실타래처럼 풀어져 축 늘어졌다. 가관이 몸을 날려 한물 앞을 막아섰다. 가관의 쇠도리깨가 시마즈를 향해 날아갔다. 다시 왜군의 조총이 불을 뿜었다. 이번에는 성루에 일제히 발사되었다.

한물이 조총에 맞아 쓰러졌다. 가관도 쓰러졌다. 한물은 수련을 감싸 안고 무수한 총알을 맞았다. 이제 북문에 살아있는 조선군은 아무도 없었다.

고니시는 찜찜한 표정으로 입맛을 다셨다. 시마즈가 달려 나와 한물의 몸을 난도질했다. 한물을 칼로 찌르고 또 찔렀다. 시마즈가 한물의 몸을 들추고 나서 수련을 난도질하려 할 때였다. 갑자기 시마즈가 뒤로 벌렁 넘어졌다. 시마즈의 등에 수노전이 박혔다.

강대길이 수노궁을 발사했다. 강대길이 무릎걸음으로 어기적어기적 수련에게 다가갔다. 수련은 한물의 품에 안겨있었다. 왜군이 다가가 강대길의 목을 날렸다. 강대길의 목이 땅 위에 굴렀다. 그의 뺨에 길게 그어진 칼자국 흉터가 어긋난 인연의 끈처럼 애처로워 보였다.

그때 북문에서 파진포가 터졌다. 북문이 무너져 내렸다. 성루에 숨어 있던 이산득이 질려통을 파진포에 던졌다. 두 번째 질려통에 파진포가 터졌다. 이산득은 북문과 함께 가루가 되어 사라졌다. 북문에 몰려있던 왜군이 크게 상했다. 고니시도 파편에 투구가 날아가고 머리가 깨졌다.

왜군들은 생명이 붙은 자들의 목을 치고 망자의 코를 베어 통에 담기 시작했다. 왜군들이 날뛰는 동안 성안 여기저기서 왜군 부상자들의 울부짖음이 망자를 향한 귀곡성처럼 남원성 하늘 높이 번져 나갔다.

20장. 지옥도

남원성 전투 나흘 후, 경념의 군막

경념이 한 병사의 다리를 자르고 잠시 군막에서 나와 숨을 돌렸다. 고개를 들어 하늘을 올려다보았다. 조선 땅 남원의 하늘이다. 오봉(추석)에서 닷새가 지나갔다. 고향 규슈보다 파랗고 높은 하늘이 거기에 있다. 경념의 다리가 후들거렸다. 머리가 어지럽고 맨손에는 병사들의 피로 염색되었다. 손에서 피비린내가 가시지 않는다.

경념의 나이 이제 육십 둘. 병사들을 보살피고 수술하는 것이 버겁다. 그나마 백정출신 오다께가 수술을 도와주고 있어 근근이 버티고 있다. 오늘만도 벌써 스무 명 째 다리를 자르고 있다. 오다께는 능숙하게 무릎연골사이에 칼을 쑤셔 넣어 다리를 몸통에서 분리했다. 돼지다리를 자르듯이 유연했다. 경념은 차라리 오다께가 부러웠다. 소독약이 부족하여 수술 중에 죽은 병사만도 여럿이다. 부상병 군막 세 동에서 연신 병사들의 비명소리가 흘러나왔다.

수술이래야 왜도를 불에 달구어 소독한 다음에 손발을 묶고 입에 재갈을 물리는 것이 전부이다. 왜도를 내리쳐서 다리를 자르고 부목을 대어 지압한 다음에 천으로 묶어주는 것뿐이다. 이제는 소독약이 떨어져서 소독도 해 주지 못한다. 수술이 끝나도 피를 많이 흘리거나 후유증으로 죽어가는 병사가 부지기수다. 병사들은 다리가 잘리면 대부분 혼절했다. 그나마 발목을 자르게 된 병사들은 친만 다행이라는 눈빛이었다.

수술을 하지 않을 수 없다. 조선군의 독시에 맞거나 찔려 손을 쓰지 않으면 독시에 맞은 부위가 붓기 시작하다가 금방 썩어 들어가서 결국은 사망했다. 대부분의 부상병들은 발목에 독시가 박혔다. 발목이 아닌 몸통에 독시를 맞은 병사는 손도 써보지 못하고 속절없이 죽었다. 오늘만 해도 부상병을 이천 명이나 진주로 후송했다.

"경념, 주군이 부르시오."

주군의 부관이 경념에게 말했다. 경념이 병사들을 치료하는 군막에서 반 마장 떨어져있는 주군의 군막으로 들어갔다. 군막에는 주군 오타 가즈요시와 좌군 총사령관 우키타 히데이에 그리고 고니시 유키나가가 우키타를 중심으로 둘러 앉아 고민에 빠져있었다. 촛불도 켜지 않아 군막 안이 어두웠다.

우키타는 사흘 전에 조선군의 독시를 맞는데 경념이 수술을 하여 겨우 살려놓았다. 지금도 진물이 등을 타고 흘러서 하루에 한 번씩 소독을 하고 있다.

남원성은 결국 사흘 전에 함락시켰다. 애초의 목표는 달성한 셈이다. 남원성에는 단 한 명도 살아남은 자가 없었다. 포로는 없었다. 전부 죽였다. 모조리 코를 베었다. 수를 헤아려보니 일만 삼백둘이었다. 이제 도요토미 태합에게 전공서를 보내야 하는데 어떻게 전과를 보고해야 할지 고민에 빠진 것이다.

"경념, 부상병이 전부 몇 명이라고."

오타가 한 숨을 쉬며 경념에게 물었다. 고니시는 눈만 끔벅거렸다.

"오늘 다시 점고해보니 총 이만 삼천오백이십팔 명입니다."

경념이 나지막이 대답하자. 일제히 장수들의 입에서 신음이 흘러나왔다. 이대로 도요토미에게 보고했다가는 오타조차도 목이 성하지 못할 지경이다. 남원성을 공략하기 시작할 때 우키타가 이끄는 좌군은 사만 구천육백 명이었다. 와키자카 야스하루가 이끌고 남원에서 합류한 수군은 병력이 칠천 명 이었으니 총병력은 오만 칠천 명이었다. 남원성을 점령하고 점고를 해보니 전사자가 사천팔백 명이었다. 사천팔백 명이 죽고 남원성에서 베어낸 코가 일만 개가 넘으니 계산상으로는 승리가 분명했다. 어찌됐던 남원성을 공략하기는 했다. 그런데 부상병이 무려 이만 삼천 명이다.

전사자의 반 정도가 부상 중 상처가 도져 죽은 수였다. 이미 다리를 자른 부상병 육천 명은 진주로 후송했다. 전투를 하다 보면 부상병은 생기기 마련이다. 머리가 깨지고 다리가 부서질 수 있다. 그러나 이번 부상병은 경우가 달랐다.

"독한 놈들."

우키타가 나지막이 중얼거렸다. 부상병의 대부분은 성에 들어가서 독시에 발등을 찍혔다. 조선 병사들이 아니라 성안으로 피난 들어간 노인이 왜군의 칼을 맞으면서도 독시를 왜군의 발등에 찍었다. 아낙네도 독시로 왜군의 발등을 찍었다. 심지어는 어린애도 독시를 하나 들고 있다가 마지막 할 일이라는 듯 왜군 병사의 발등에 독시를 찌르고 죽어갔다.

"경념, 부상병들의 치료는 어찌 되지?"

이번에는 우키타가 침통한 목소리로 물었다. 경념이 부상병을 정리한 종이를 우키타에게 넘겼다.

"부상병 중 다리를 자르지 않은 병사는 제대로 치료를 하지 않으면 한 달 안에 구 할이 죽을 것입니다. 다리를 자른 병사도 오 할은 한 달 안에 죽는다고 봐야합니다."

우키타의 신음이 깊어졌다. 독시에 찔린 부상병의 대부분이 죽을 것이다. 전주를 거쳐 한성으로 빠르게 진군해야 하는데 부상병 때문에 하루에 삼십 리도 가지 못하고 있다. 그렇다고 부상병을 전부 죽이고 갈 수도 없다.

경념이 군막을 나왔다. 멀리 완전히 허물어져 사라져 버린 남원성이 보였다. 아직도 남원성에서는 연기가 피어오르고 있었다.

"경념, 이것 좀 보시오."

경념에게 발목수술을 받았던 규슈에서 온 고니시의 부관 후시모토가 경념을 군막 한 쪽으로 데려가더니 보자기에 싼 것을 펼쳤다. 조심스러운 손짓이었다. 조그마한 찻잔 둘이었다. 다완으로 쓰기에는 너무 작았다. 질박하고 소박한 것이 한눈에 보아도 조선의 솜씨였다.

"어디서 구했는가?"

경념이 소리를 죽여 물었다. 후시모토가 경념의 귀에 대고 이야기했다. 그 사람이었다. 조선군 한물이었다. 성이 함락되고 한물은 시마즈에게 난도질당하였다. 큰 폭발로 몸통은 가루가 되었는데 시마즈가 한물의 머리를 찾아서 코를 베고 장대 끝에 효시했다. 이틀 후 고니시가 밤에 몰래 후시모토를 보내 한물의 사체를 모아 성 한쪽에 장사지내라고 지시했다. 조선군 승려 한 명도 같이 합장하라고 명령했다. 한물과 같이 합장된 조선승려는 비구니였다.

후시모토가 한물의 사체를 수습하다보니 찻잔이 떨어졌고 신기하게도 비구니의 몸에서도 찻잔이 떨어졌는데 한 쌍 인 듯 똑같았다. 후시모토가 고니시에게 보고하지 않고 몰래 챙긴 것이라고 했다.

"값진 것이요?"

후시모토가 은근히 물었다.

"크기가 너무 작아 큰 값은 못 받겠네."

후시모토가 입맛을 다셨다. 경념이 말했다.

"나에게 팔지? 은량 열 근을 주리."

후시모토의 입이 귀에 걸렸다. 경념이 군막에 들어와서 차용증을 써주고 찻잔을 넘겨받았다. 그날 남원성이 함락되는 날 경념은 한물 장군에게 독시를 맞은 우키타를 치료하느라 남원성에 들어가 보지 못했다. 우키타를 치료하고 있는데 시마즈 장군이 또 독시를 등짝에 맞고 경념에게 온 것이다. 시마즈는 상처가 더 심했다. 시마즈를 치료하느라 병사들 다리를 자를 때 필요한 소독약을 많이 써버렸다. 성이 함락되고 다음 날 오후에야 경념은 남원성에 들어가 볼 수 있었다.

남원성 전투 다음날, 남원성

왜군들이 남원성을 허물고 있었다.

"한 놈도 살려두지 마라. 씨를 말려라"

시마즈는 고래고래 고함을 질렀다. 시마즈가 아니라도 병사들의 눈빛이 이상했다. 핏빛으로 번들거렸다. 남원성 남문은 완전히 무너져 내렸다. 성문이란 성문은 전부 벌집으로 변했다. 남원성 안의 집이란 집은 단 하나도 성한 것이 없이 전부 불타고 있었다. 남원성이 화탕지옥 같았다. 사람의 피가 해자에 그득했다. 시체 타는 냄새가 개를 그슬릴 때 나는 냄새와 같이 진동했다. 경념은 속이 메슥거려 몇 번을 토했다. 승복자락으로 입과 코를 막아야만 했다.

경념이 남문으로 들어섰다. 성가퀴에 머리를 박고 죽은 노인들이 보였다. 치마를 입지 않고 속바지만 입은 아낙들이 성가퀴마다 널브러져 죽어있었다. 하나같이 코가 베어져 사라졌다. 경념은 혹시라도 살아있는 사람이 있나 시체들을 뒤집었다. 살아있는 사람은 없었다. 참혹했다. 갓난아이의 코도 베어졌다. 어린애들의 허리가 잘렸다. 병사들은 죽은 시체의 코를 베고 허리를 자르고 배를 갈랐다. 창자를 끄집어내어 패대기를 쳤다. 여자들의 머리를 모아 쇠코창이에 줄줄이 엮었다. 주검에 칼질을 하고 또 했다. '키키키' 미친 웃음을 흘리며 돌아다녔다.

"나무묘법연화경"

경념이 염주를 굴렸다. 병사들이 동헌 안에 있는 무덤을 전부 파헤쳤다. 조선군 장수들의 무덤이라 했다. 시체들을 끄집어내서 코를 베고 토막을 치기 시작했다. 왜군 병사들의 눈은 야차와 닮았다. 붉은 핏빛의 눈이 인육을 먹는 늑대들처럼 번들거렸다. 아낙들의 배를 가르고 하체를 난도질했다. 얼굴껍질을 벗겨냈다.

'지옥도 이렇지 않으리라.'

경념은 숨을 쉬기가 힘들었다. 걸음을 옮겨 동헌 안에 들어가니 어쩐지 낯익은 왜군의 다리가 보였다. 방패를 걷어 보았다. 스즈키였다. 눈동자에 공포가 가득했다. 얼핏 보면 얼굴은 미소 비슷한 것이 같이 서려 있었다. 창이 몸을 관통했다. 그래도 누군가가 방패를 덮어주었다. 이제 겨우 수염이 나기 시작한 허연 얼굴이 눈을 부릅 뜨고 있었다. 경념이 스즈키의 눈을 감겨주었다. 이제 스즈키는 바다건너 규슈의 구석진 곳 엄마에게 가 있을 것이다. 엄마가 해주는 두부를 먹고 엄마의 무릎을 베고 누워 편한 잠을 자고 있는지도 모른다. 경념은 합장했다.

북문으로 갈수록 시체가 많아졌다. 아마도 최후까지 조선군이 북문에서 저항한 모양이었다. 아직도 연기가 올라오는 넓은 건물에 이르니 조선인의 시체가 불타고 있었다. 코 없는 시체가 층층이 쌓여 있었다. 아낙들이 손에 화살을 하나씩 들고 있었다. 경념이 빼어서 들여다보니 깃이 없고 길이가 한 자 정도 되는 화살이었다. 이걸로 왜군의 발등을 찍은 모양이었다. 화살촉에 입을 대어보니 알싸한 맛이 올라왔다. 퇴엣 침을 뱉었다. 맹독이 발라져 있었다.

동문에는 꽹과리를 허리춤에 찬 시체도 있었다. 유난히 화려한 치마를 입은 처자가 같이 포개져 있었다. 허리가 끊겼는데도 잡은 손은 놓지 않았다. 어젯밤 성안에서 꽹과리소리가 나고 아낙들이 노래를 불렀다. 처음에는 아주 느린 가락으로 시작했다. 차츰 빨라지더니 몇 차례 반복했다. 참으로 전쟁터에 어울리지 않는 희한한 소리였다. 경념은 그 노랫소리를 밤새 들었다. 아직도 그 노랫소리가 귀에 웅성거렸다.

동문 북대 옆에 처자의 시체가 알몸으로 하체를 난도질당한 채 매달려 있었다. 코가 없는 얼굴이지만 얼핏 보아도 조선여자는 아닌 듯했다. 죽어서도 병사들에게 능욕을 당하고 있었다. 경념은 병사들의 눈치를 보면서 여자의 시체를 끌어내려 거적으로 덮어주었다.

북문 성루에 가까이 가보니 조선의 바지저고리를 입고 왼팔에 파란색 완장을 찬 시체가 보였다. 한눈에 보아도 조선인 향도 강대길의 시체였다. 누군가 강대길도 난도질했다. 이상했다. 조선군의 칼을 받은 것 같지는 않았다. 코도 없고 사지가 찢어져 너덜거리는데도 그의 얼굴이 웃는 듯했다. 강대길은 왜군에 귀화한 향도였다. 굳이 누가 죽일 이유는 없었다. 그의 손에는 조선의 활이 쥐어져 있었다.

'강대길은 한물을 만났을까?'

경념이 그를 보며 합장하고 절했다.

북문은 큰 폭발이 있었던 듯 성벽이 무너져 내렸다. 한물이 여기에서 최후를 맞았을 것이다. 고니시도 한물의 목을 베지는 못했다. 병사들의 이야기를 들으면 마지막에 한물은 큰 폭발에 몸이 부서졌다고 했다. 북문에는 조선인 장수들의 목이 일제히 효수되어 있었다. 명나라 장수들의 목도 걸려 있었다. 그 중에는 한물도 있을 것이다. 얼굴만 보아서는 어떤 것이 한물의 얼굴인지 알 길이 없었다.

경념은 합장하고 요령을 흔들면서 염불을 시작했다. 염불소리가 남원성에 울렸다. 요령소리가 성벽에 부딪혀 웅얼거렸다. 남원성의 원혼이 내는 소리 같았다. 하늘도 붉고 땅도 붉고 남원성이 핏빛으로 붉게 무너져 갔다.

에필로그

＊

"신 홍사일 주상전하께 목을 빼고 칼을 받잡기로 아뢰옵니다. 신은 역관의 미천한 몸으로 주상전하의 하해와 같은 성은을 입어 양원 합하의 접반종사로 임명된 바 있사옵니다. 신은 양원 합하의 천병을 위무하고 접반사 정희수와 같이 남원에 진주한 바, 남원 땅은 본시 역적 잔당들의 소굴로서 성은이 미치지 못하는 곳입니다.

양원 합하가 실로 강건한 천병을 삼천이나 이끌고 갔지만 전라병사 이복남은 겨우 관병 오백을 이끌고 왔으며 남원 고을의 의병장이라는 자들은 주상전하의 성은에 의연히 궐기해야 하거늘 미욱하기가 천치와 같아 오히려 천병의 작전을 거역하기 일쑤였습니다. 그 또한 훈련도 되지 않은 오합지졸인 바, 양원 합하는 한숨만 쉴 뿐이었습니다.

적 고니시 일당이 남원성을 포위하자 이복남과 김경호 등 일당은 두려움에 몸을 떨고 고개만 숙이고 있고 양원 합하와 이신방 중군장 등 명군 장수들이 용감하게 분전하였으나 백 대 일의 수적 차이를 극복하지 못하고 중과부적으로 패퇴하여 양원 합하는 적들을 물리치며 천우신조로 퇴각하였으나 다른 명군 장수들은 장렬히 전사하였습니다. 접반사 정희수도 끝까지 남원성을 지키다 순절하였습니다. 이복남 일당 등은 적이 성에 밀어닥치기도 전에 겁을 먹고 무기고를 불태우고 자진하거나 적에게 목숨을 잃었습니다.

신 또한 남원성에서 적을 한 명이라도 더 죽여 주상전하의 성은에 보답해야 했으나 양원 합하가 전주에 가서 원군을 이끌고 오라는 영을 내리신 바, 홀로 적군의 포위망을 뚫다가 적의 조총에 맞아 죽기 일보 직전까지 갔으나 주상의 하해와 같은 보살핌으로 천우신조로 적의 포위망을 뚫고 전주에 도착했으나 이미 전주는 왜적 가토 일당이 점령하고 있었습니다. 왜군의 총알에 맞은 상처가 도져서 치료하느라 잠시 은거하였다가 이제야 아뢰나이다.

조선을 위해 목숨을 초개와 같이 버리시어 대국의 도를 일깨워 주신 양원 합하 그리고 천병의 대장과 장졸들에게 큰 상을 내리소서. 아울러 목숨을 바쳐 전하의 땅 전라도를 지키려다 전사하신 정희수 대감을 잊지 말아 주옵소서. 신은 주상의 성은을 받고도 죽어서 남원을 지키지 못한 죄가 크오니 크게 벌하여 주옵소서. 죽여주시옵소서. 만력 이십오년 구월 이십일 접반종사 홍사일."

＊

류성룡은 두 통의 장계를 들여다보고 있었다. 하나는 양원을 따라 남원에 내려갔던 접반종사 홍사일이 남원성 싸움의 패전을 알린 장계였고, 하나는 의승 처영이 권율 도원수를 통해 올린 남원성 전투에 대한 장계였다.

"아니 어쩌면 이렇게도 남원성 전투에 대한 공과가 다르다는 말이요, 영상?"

이덕형이 류성룡에게 물었다. 그도 두 통의 장계를 모두 읽은 터였다.

"죽은 자는 말이 없으니 누구의 말이 맞는지 알 수가 없소이다."

류성룡이 어금니를 깨물었다. 이미 어심이 의병들에게서 멀어진 지 오래였다. 주상은 명군에만 의존하려고 했다. 관군이나 의병이 크게 공을 세우는 것을 극히 경계했다. 김덕령이 장살되었고 곽재우는 목숨을 보존하기 힘들다고 산 속으로 은거했다. 이순신이 벼랑 끝까지 몰렸었고 류성룡 자신도 영상의 자리를 보존하기 어려웠다. 구월 십육일 이순신이 명량해전에서 열세 척의 배로 왜 수군을 격퇴하였다는 통제사의 장계가 올라왔지만 오히려 주상은 이순신의 허위장계가 아니냐고 폄하했다. 명군은 조선을 살린 병사이고 하늘이 내린 천병이지만 의병은 오히려 역적 잔당으로 몰리는 형국이었다. 주상은 남원이 그렇게 허망하게 무너진 것은 순전히 전라도 놈들이 주상을 배반하고 주상을 몰아내려는 역심을 품고 있어서 의병을 불러 모으지 않고 방관했기 때문이라고 편전에서 공공연히 말했다.

팔월 십칠일 남원성에서 명군과 관군 의병 그리고 성내에 몰려들었던 백성 일만 명이 깡그리 학살되었다. 단 한 명도 살아 나와 남원성 전투를 회고하지 못했다. 단지 왜군만이 남원성 전투의 결과를 이야기할 뿐이었다. 그렇다고 왜군의 말을 듣고 공과를 평할 수는 없는 일이었다. 왜군은 바람 한 번 훅 부니 남원성이 금방 왜군의 수중에 떨어졌다고 떠벌이고 있었다.

단 두 사람만이 남원성 전투를 알려 왔다. 한 명은 홍사일이었다. 의승 처영은 성이 함락되기 하루 전에 성에 진입하다가 왜군의 총에 맞아 낙마하여 부득불 퇴각하였는데 성이 함락되기 전까지의 상황을 비교적 소상하게 장계에 알려왔다. 접반종사 홍사일의 장계는 왜군의 말과 얼추 일치했다. 처영의 장계에는 양원이 남원에서 저지른 횡포며 교룡산성을 파하고 남원성으로 옮긴 것에 대한 비판 그리고 이복남 전라병사의 활약상과 남원 출신 의병과 처영 의승군이 올린 남원성 전투의 활약상을 하루하루 아주 소상하게 썼다. 다만 팔월 십육일 이후 성이 함락되기까지 하루 동안 성내에서 무슨 일이 있었는지는 고하지 못했다.

"그런데 성이 함락되었다는 날짜조차도 다르지 않소. 홍사일은 팔월 십육일에 함락되었다고 하고 처영은 팔월 십칠일에 함락되었다고 하니 과연 누구 말이 맞소이까?"

이덕형이 거듭 홍사일의 장계에 의문을 표시했다. 류성룡은 입을 굳게 다물었다. 주상이 누구의 장계를 더 신뢰할 지는 불을 보듯 훤한 일이었다.

*

만력 삼십칠 년 선조는 임진왜란 때 무공을 세웠거나 명나라에 파병을 주청하는 사신으로 가서 성과를 거둔 문무 관원에게 선무공신 훈호를 내렸다. 십팔 명을 삼등으로 구분하였다. 일등은 이순신·권율· 원균 세 명으로 효충장의적의협력선무공신을 삼고, 이등은 신점· 권응수· 김시민· 이정암· 이억기 다섯 명으로 효충장의협력선무공신을 삼고, 삼등은 정기원 · 권협· 유사원 · 고언백 · 이광악 ·조 경 · 권준 · 이순신(李純信)· 기효근 · 이운룡 십 명으로 효충장의선무공신이라 하였다. 만력 삼십팔 년에는 전년도 선무공신에 들지 못한 사람들 중 구천육십 명을 선무원종공신녹권으로 녹훈하고 문서를 발급하였다.

첫 머리에 문서의 명칭이 있고 문서를 발급받는 개인의 신분과 성명을 기재하였다. 다음에는 선조가 공신도감에 내린 선무원종공신 녹훈의 전지(傳旨)를 실었다. 여기에는 삼등 공신까지의 명단과 신분이 기록되어 있는데, 종친으로부터 노비까지 사회 모든 계층이 망라되어 있다. 각 등급의 공신 명단 끝에는 이들에게 내리는 특권이 기재되어 있다. 각 등급의 공신에게는 관직을 한 계급씩 올려주고 그 자손들에게는 음직(蔭職)을 주게 하였고 그 부모에게는 봉작(奉爵)하고, 죽은 자에게는 추증하고, 기왕의 범죄는 탕감하고, 노비들은 면천(免賤)하여 양민(良民)이 되게 하였던 것이다.

거기에는 홍사일 이름 석 자가 들어있었다. 선무원종공신 삼등에 명한다는 녹훈이 있었다. 전지에는 홍사일이 정유년에 남원성 전투에서 왜적을 크게 부수고 총에 맞아 사경을 헤매면서도 종묘사직을 지키는 데 크게 기여하였다고 썼다. 홍사일에게는 노비 열 명을 내리고 통도사에 내렸던 사하전을 몰수하여 홍사일에게 준다고 쓰여 있었다.

전쟁이 끝나자 선조는 부활되었던 승과를 다시 폐지하였으며 처영에게 내렸던 벼슬과 훈호를 박탈했다. 처영과 한물 그리고 남원성에서 싸웠던 수많은 의병과 아름답게 싸우다가 죽은 남원 백성들은 역사의 어디에도 기록되지 못했다. 단지 왜군 종군승려 경념의 일기에서 겨우 그 흔적을 찾아볼 수 있을 뿐이다.

✳

남원성 전투 일 년 후 팔월 열닷새 삼경, 교토 후시미성

"차차!"

히데요시의 함성이 후시미성에 울렸다. 다다미 위에서 깜박 잠이 들었던 차차의 미간이 심하게 구겨졌다.

"차차!"

히데요시의 목소리는 쉬고 끝이 갈라져 너덜거렸다.

차차는 서서히 몸을 일으켰다. 궁녀 오타가 조심스럽게 미닫이를 열었다. 차차가 무릎걸음을 걸어서 잽싸게 히데요시에게 다가갔다.

"차차. 어서 와라!"

히데요시가 손을 뻗었다. 손이 심하게 후들거렸다. 차차가 그 손을 잡고 히데요시를 안아 머리를 무릎에 받치고 이마를 왼손으로 감쌌다. 히데요시가 긴 숨을 몰아쉬며 눈을 감았다. 눈물이 한 방울 흘러 차차의 무릎에 닿았다. 눈물의 끈끈한 감촉에 차차의 몸이 움찔했다. 그런 히데요시 얼굴을 차차가 내려다보니 쭈그러진 원숭이

의 거죽처럼 보였다. 숨이 잦아들고 잠시 침묵이 흐른 후 히데요시
가 입을 열었다.

"히 – 로 – 이 – 마 – 루"

히데요시는 겨우겨우 입을 놀려 히로이마루를 찾았다.

"히로이마루는 겨우 이제 잠이 들었어요. 깨우지 마세요."

차차는 한마디로 잘라 거절했다. 사실 차차는 히로이마루를 별궁
으로 피신시켰다. 절대로 밤에는 히데요시 곁에 두지 않기로 한 것
이다. 히데요시가 뭔가 불만인 듯 입을 다셨지만 이내 조용해졌다.
구름이 젖혀지며 달빛이 한줌 들어왔다. 바람도 한줌 따라 들어왔
다. 차차의 몸에 싸한 소름이 돌았다. 오늘이 오봉(추석)이다. 차차
의 눈빛이 심하게 흔들렸다.

작년 시월부터 히데요시의 증상이 시작되었다. 작년 봄 고니시가
허둥거리며 히데요시에게 목숨을 구걸했다. 전부 죽여 버리라는 히
데요시의 고함을 뒤로하고 다시 분로쿠 원년에 이어 두 번째로 십사
만 대군이 조선을 치러갔다. 그리고 여름이 되자 조선인 포로와 함
께 조선인과 명군의 코를 벤 상자들이 실려 왔다. 히데요시는 크게
기뻐했다. 조선에서 베어온 십만 개의 코를 묻은 무덤을 교토에 만
들었다. 무덤위에는 오륜탑을 세웠다. 정확히 그때부터 히데요시의
증상이 시작되었다. 처음에는 꿈속에 코 없는 얼굴이 나오기 시작
했다. 전장에서 숱하게 목을 날려본 히데요시였지만 코 없는 얼굴에
기겁을 했다. 수시로 잠에서 깨어 비명을 질렀다. 갈수록 코 없는 얼
굴은 늘어났고 차츰 한 명의 코 없는 얼굴이 자주 출몰했다.

히데요시는 화공을 불러 코 없는 얼굴을 그리게 했다. 화공은 없

는 코를 그려 넣었다. 얼굴은 이십대 초반의 준수한 청년이었다. 짙은 눈썹이 특히나 인상적이었다. 히데요시는 화첩을 조선에 보내 코 없는 얼굴이 누구인지 찾기 시작했다. 그러던 중 낮에도 이상한 소리가 들리기 시작했다. 누구의 귀에도 들리지 않는 소리가 히데요시에게만 들리기 시작한 것이다.

"간간수~! 아, 간간수~"

히데요시는 도리질을 하며 귀를 틀어막았지만 그 소리가 들렸다. 그 소리는 노래 같기도 했고 상여소리 같기도 했다. 여러 사람이 부르는 소리라서 자세히 들을 수는 없지만 마치 벌떼가 귓가에 윙윙거리는 듯이 소리가 커졌다가 작아졌다가 했다. 위가 부실한 히데요시는 먹지도 못했다. 먹자마자 토해내기 시작했다. 음식에서 시체 썩는 냄새가 났다. 잠을 자지 못했다. 눈곱이 끼고 신경이 날카로워지고 비쩍 말라갔다. 히데요시의 발작이 그때부터 시작되었다. 히데요시의 병을 치료하지 못한 두 명의 의사를 할복시켜 죽였다. 모든 사람을 의심하기 시작했다. 차차는 덩달아 전전긍긍하기 시작했다. 백방으로 승려와 의사를 불러 모았지만 증세는 심해졌다. 그때 조선에 출병해 있던 오타 가즈요시가 경념이라는 승려를 급히 교토에 보냈다. 히데요시는 사람들을 물리치고 경념과 오랫동안 이야기를 나누었다. 히데요시는 급히 사백 명의 승려를 불러 모았다. 조선인의 코 무덤에서 성대한 제사가 치러졌다.

경념은 제사가 끝나고 히데요시에게 두 개의 찻잔을 진상했다. 희한하게도 그날로 히데요시의 증상이 말끔히 사라졌다. 히데요시가 경념에게 큰상을 내리고 곁에 두고 중용하려고 하자 경념은 노후를 편히 살고 싶다는 한마디로 완곡하게 거절하고 사라졌다. 그 이후 경념을 찾았지만 찾을 수가 없었다. 히데요시는 경념이 남기고 간 두 개의 찻잔을 지극히 소중히 여겨 조심했다. 머리맡에 두고 항상 바라보았다. 가끔 차를 부어 마시기도 했지만 잘 닦아서 바라보았다.

한 달 전에 히데요시의 무릎에서 놀던 히로이마루가 찻잔을 떨어뜨려 그 중에 한 개를 깨 버렸다. 히데요시가 깜짝 놀라 겨우 여섯 살 된 히로이마루를 방바닥에 집어 던졌다. 히로이마루가 누구인가? 히데요시와 정실 아내 네네 사이에는 아이가 없었다. 첩실인 차차가 낳은 큰아이가 병으로 죽고 어렵게 얻은 둘째 아들이었다. 히로이마루는 히데요시의 수염을 잡고 놀았다. 히로이마루에게는 한없이 자애로운 아버지였다. 심지어 히로이마루를 후계자로 만들기 위해 양자인 히데쓰구 일가를 멸족하기까지 했다. 그런 아들을 집어 던진 것이다.

그때부터 다시 히데요시의 발작이 시작되었다. '간간수' 소리를 안 들리게 한다고 하여 낮에는 종일 샤미센을 켜게 하고 코즈츠미(소고)를 치게 했다. 궁녀들은 종일 교대해 가며 연주했다. 히데요시가 겨우 잠이 들면 연주는 멈췄다. 잠이 들면 다시 히데요시는 코 없는 얼굴에 시달렸다. 히데요시는 아예 잠을 자지 않으려 했다. 그러나 낮에 잠깐 졸아도 코 없는 얼굴은 나타났다. 자객이 있을지 몰라 모든 탁자와 집기를 치우게 했다. 심지어는 이불도 치우게 했다. 궁녀들은 맨 다다미에서 기모노를 덮고 잠을 잤다. 기모노 속에 비수를 감추고 있다고 하여 궁녀의 목을 베었다. 그렇게 세 명의 궁녀가 죽어 넘어졌다. 히데요시의 방에는 어떤 남자도 접근이 허용되지 않았다. 승려 경념을 찾아오지 못했다 하여 경념을 찾으러 갔던 전령의 목을 여러 번 쳤다. 그러나 끝내 경념을 찾지 못했다.

히데요시의 증상은 더욱 심해졌다. 급기야는 어린 아들 히로이마루가 히데요시의 칼에 맞아 어깨가 상했다. 히데요시가 코 없는 얼굴로 착각하고 베려고 했던 것이다. 자칫 했으면 히로이마루의 목이 날아갈 뻔했다. 차차는 히로이마루를 별궁으로 피신시켰다. 히데요시가 정신을 차려 질겁했고 어미인 차차는 불안했다. 히데요시는 정신만 돌아오면 아들 히로이마루를 찾았다. 히로이마루는 기겁을 했고 히데요시의 무릎에 앉아 울음을 꾹 참았다. 히데요시를 향한 차차의 눈빛에는 살기가 돌았다.

조선에서 추석이라고 부르는 오봉이 지나가고 사흘 후 팔월 십팔일 히데요시가 죽었다. 사인은 반위(위암)였다. 궁녀들은 독살이라고 수군거렸다. 남원성이 왜군에 무너진 뒤 딱 일 년이 흐른 날이었다.

남원성 1,2쇄의 오류를 수정하여 3쇄를 냈습니다. 1인독립출판사 〈구름바다〉의 부족한 점을 애정으로 감싸주고 교정에 도움주신 애독자님들께 머리 숙여 깊이 감사의 인사 올립니다.

작가 후기

사실 이 소설은 한 분을 빼고는 설명하기 힘들다. 남원 출신이신 한의사 최형주 원장이다. 영등포에서 '명성한의원'을 열어 인술을 베푸셨는데 나는 개인적으로 그 분의 사상의학에 깊은 인상을 받았다. 최 원장은 정유재란 남원성 전투에서 목숨 바쳐 싸우다 전몰했던 만인의 결사항전 정신을 제대로 조명해 주기를 나에게 바라셨다. 만인의 의로운 죽음은 결국 왜군의 패전으로 이어져 짓밟힌 나라를 되살렸기에 남원성 전투는 승전으로 역사에 기억되어야 한다고 말씀하셨다. 이 지면을 빌려 타계하신 최형주 원장에게 깊은 감사를 드리며 이 소설이 '만인의총'의 진정한 의미에 일조하기를 바란다.

또한 이 소설은 다양한 사서와 역사소설을 참고했지만 '남원과 정유재란'(최규진, 신영출판사, 1997)을 가장 많이 참고했음을 밝힌다. 최규진 선생님은 남원에서 학교 교사를 역임하신 것으로 알고 있다. 이런 분들이 계셔서 소설에 참으로 소중한 사료가 되었다. 아울러 왜군 종군 승려 경념이 남긴 '조선일일기'도 참고했음을 밝힌다. 일본인 승려의 종군일기가 '조선왕조실록'보다 더 객관적인 사실을 기록하고 있다는 합리적인 의심을 지금도 저자는 가지고 있다.

글재주도 없고 게으른 내가 역사 소설을 출간하게까지 된 것은 전적으로 마누라 덕이다. 혹시라도 독자들의 치사가 있다면 그 모든 공을 박인애 시인에게 돌린다.

교하에서 고형권 쓰다

남원성

고형권 역사소설

발행일 · 2018년 9월 20일

발행인 · 박인애

발행처 · 구름바다

초판인쇄 2018년 9월 20일
3쇄 인쇄 · 2019년 6월 5일

등 록 일 · 2017년 10월 31일

등록번호 · 제406-2017-000145호

주   소 · 파주시 노을빛로 109-1 301호

전   화 · 031-8070-5450, 010-4301-0736

팩   스 · 031-5171-3229

전자우편 · freeinae@icloud.com

디 자 인 · rainbow_snake

인   쇄 · 한국학술정보(주) 북토리

ⓒ고형권
ISBN 979-11-962493-1-1 (03810)

값 15,000원

「이 도서의 국립중앙도서관 출판예정도서목록(CIP)은 서지정보유통지원시스템 홈페이지(http://seoji.nl.go.kr)와
국가자료공동목록시스템(http://www.nl.go.kr/kolisnet)에서 이용하실 수 있습니다.(CIP제어번호: CIP 2018028854)」

「이 도서는 한국출판문화산업진흥원 2018년 우수출판콘텐츠 제작 지원 사업 선정작입니다.」